Let's disapp[ear]
few hours together. Here's
hoping that we both stay up
way past our bedtime to see
what happens next.

Thank you for joining me.

Harlan Coben

Disparaissons ensemble pour quelques heures.
Je nous souhaite de rester éveillés le plus tard possible
pour savoir ce qui va se passer.
Merci d'être avec moi.

Harlan Coben

PEUR NOIRE

Harlan Coben

PEUR NOIRE

Traduit de l'anglais (États-Unis)
par Paul Benita

ÉDITIONS FRANCE LOISIRS

Titre original : *Darkest Fear*

Édition du Club France Loisirs,
avec l'autorisation des Éditions Fleuve Noir

Éditions France Loisirs,
123, boulevard de Grenelle, Paris
www.franceloisirs.com

Le Code de la propriété intellectuelle n'autorisant, aux termes des paragraphes 2 et 3 de l'article L. 122-5, d'une part, que les « copies ou reproductions strictement réservées à l'usage privé du copiste et non destinées à une utilisation collective » et, d'autre part, sous réserve du nom de l'auteur et de la source, que les « analyses et les courtes citations justifiées par le caractère critique, polémique, pédago-gique, scientifique ou d'information », toute représentation ou reproduction inté-grale ou partielle, faite sans le consentement de l'auteur ou de ses ayants droit ou ayants cause, est illicite (article L. 122-4). Cette représentation ou reproduction, par quelque procédé que ce soit, constituerait donc une contrefaçon sanctionnée par les articles L. 335-2 et suivants du Code de la propriété intellectuelle.

© 2000 by Harlan Coben. All rights reserved.
© 2009, Éditions Fleuve Noir, département d'Univers Poche, pour la traduction française.
ISBN : 978-2-298-03634-3

Quand un père donne à son fils,
ils rient tous les deux
Quand un fils donne à son père,
ils pleurent tous les deux.

Proverbe yiddish

Celui-ci est pour ton père. Et le mien.

« — Quelle est votre plus grande terreur ? murmura la voix. Fermez les yeux et regardez. Vous la voyez ? Ça y est ? Vous y êtes ? La peur la plus terrible que vous puissiez imaginer ?

Après un long silence, je dis :

— Oui.

— Bien. Maintenant imaginez quelque chose de pire, de bien pire... »

— « Peur noire » par Stan Gibbs,
article dans le *New York Herald*,
16 janvier.

1

Une heure avant que son monde n'éclate comme une tomate bien mûre sous un talon aiguille, Myron mâchait une pâtisserie qui avait l'aspect et le goût d'un pain détartrant pour urinoir.

— Alors ? demanda Maman.

Au prix d'un effort méritoire, il avala.

— Pas mal.

Maman secoua la tête, visiblement déçue.

— Quoi ?

— Je suis avocate. Le fils que j'ai éduqué devrait savoir mentir.

— Tu as fait de ton mieux.

Elle haussa les épaules et fit un geste vers le... gâteau.

— C'est la première fois que je cuisine, *bubbe*. Tu peux me dire la vérité.

— On dirait un pain détartrant, dit Myron.

— Un quoi ?

— Tu sais, les urinoirs publics. Les trucs qu'ils mettent pour l'odeur.

— Et tu en manges ?

— Non...

— C'est pour ça que ton père y reste si longtemps ? Il déguste un petit en-cas ? Et moi qui me faisais du souci pour sa prostate.

— Je plaisantais, M'man.

Les yeux bleus de Maman sourirent. Aujourd'hui, ils étaient bleu et rouge, d'un rouge qu'aucun collyre ne parviendrait à effacer, de ce rouge que seules des larmes lentes et fréquentes apportent. D'habitude, Maman était du genre facétieux. Pas larmoyant.

— Et moi aussi, Einstein. Tu crois qu'il n'y a que toi, dans cette famille, qui possèdes le sens de l'humour ?

Myron ne répondit pas. Il guettait le gâteau, craignant, ou peut-être espérant, qu'il ne se mette à ramper pour se planquer quelque part. Au cours des trente et quelques années durant lesquelles sa mère avait vécu sous ce toit, elle n'avait jamais confectionné la moindre pâtisserie, jamais tenté de réaliser la plus sommaire des recettes, pas même essayé de réchauffer des croissants surgelés. Elle était, certes, capable de faire bouillir de l'eau – à condition qu'on la force à suivre les instructions les plus strictes – ou même de cuisiner... quand il s'agissait de glisser une pizza congelée dans le micro-ondes ; elle faisait d'ailleurs preuve d'une habileté diabolique pour l'extraire de son emballage. La pizza, pas le micro-ondes. Non, chez les Bolitar, la cuisine n'était pas un lieu dédié à la gastronomie mais à la réunion, une sorte de salle de meeting strictement familiale. La table ronde était couverte de magazines, de catalogues et de boîtes de bouffe chinoise à emporter. Il y avait autant d'action sur la gazinière que dans un docu-fiction sur la lutte des classes en Antarctique. Le four était un pur objet de propagande, encastré là uniquement pour la frime.

Ils étaient assis au salon : convertible blanc en similicuir et moquette bleu-vert à poils longs façon tapis de bain. Et Myron n'arrêtait pas de se tourner vers la fenêtre écran large pour lorgner la pancarte À VENDRE plantée dans la pelouse comme si une soucoupe volante venait de s'y poser et s'apprêtait à déverser quelque chose de sinistre.

— Où est P'pa ?

Maman fit un geste las vers la porte.

— En bas.

— Dans ma chambre ?

— Ton *ancienne* chambre. Tu as déménagé, tu te rappelles ?

C'était exact : il avait quitté le nid parental à trente-quatre ans, pas moins. De quoi ouvrir de nouveaux horizons à toute une génération de pédiatres ; le fils prodigue préférant s'incruster dans son cocon en sous-sol bien après l'apparition de ses ailes de papillon. Mais Myron aurait pu arguer du contraire. Il aurait pu évoquer le fait que, pendant des générations et dans la plupart des cultures, la progéniture demeurait au foyer jusqu'à un âge avancé, qu'en adoptant cette philosophie on pourrait créer un boom sociétal, aider les gens à garder des racines, un lien avec quelque chose de tangible en cette ère de désintégration du noyau familial. Et au cas où cet argument ne vous suffirait pas, il pourrait vous en servir un autre. Il en avait quelques centaines en réserve.

Mais la vérité était plus simple : il aimait vivre en banlieue avec papa-maman – même si confesser un tel sentiment était aussi branché qu'un *collector* de Whitney Houston.

— Qu'est-ce qui se passe ? demanda-t-il.

— Ton père ne sait pas encore que tu es là. Il croit que tu n'arrives que dans une heure.

— Et qu'est-ce qu'il fabrique dans la cave ?

— Ton père a acheté un ordinateur. Il fait joujou avec.

— Papa ?

— Je vois que tu saisis l'ampleur du désastre. Un homme qui ne sait pas changer une ampoule... et voilà qu'il se prend pour Bill Gates. Il passe son temps sur la tuile.

— La Toile, corrigea Myron.

— La quoi ?

— Ça s'appelle la Toile, M'man.

— Je voyais plutôt ça comme une tuile... Tu es sûr ? Bon, si tu le dis... Donc, ton père passe tout son temps devant cette boîte en plastique. Il discute avec des gens, Myron. Voilà ce qu'il me dit. Il discute avec des inconnus. Comme avec sa CB dans le temps, tu te souviens ?

Il s'en souvenait. 1976. Les papas juifs se signalant la présence des flics sur la route du *delicatessen*. Puissant convoi de Cadillac Seville.

— Et ce n'est pas tout, poursuivit Maman. Il est en train de taper ses mémoires. Un homme qui ne

14

sait pas faire la liste des commissions se prend soudain pour un ex-président.

Ils vendaient la maison. Myron n'arrivait toujours pas à le croire. Son regard errait dans le décor, un décor plus que familier, et venait buter sur les photos accrochées au mur dans l'escalier. Il y voyait l'évolution de sa famille à travers les modes – les jupes et les revers rétrécissant ou s'agrandissant, les franges quasi hippies, les machins en daim, les pattes d'éph', les smokings hallucinés qu'on n'aurait même pas acceptés dans un casino de Vegas –, les années s'enfuyant d'un cadre à l'autre comme dans une de ces déprimantes pubs pour assurances vie. Il fit une pause sur les poses de sa période basket – un gamin au lancer franc, un préado sautant au panier, un ado réussissant son dunk – la série se terminant par les couvertures de *Sports Illustrated*, les deux premières le montrant à Duke et la dernière avec la jambe dans un plâtre orné de cette légende en lettres capitales : EST-IL FINI ? (la réponse étant un OUI ! gravé lui aussi en capitales dans son cerveau).

— Alors, quel est le problème ? demanda-t-il.

— Est-ce que j'ai dit qu'il y avait un problème ?

— Non, mais tu es avocate.

— Et alors ? Tu as peur de ta propre mère ?

— Non, mais j'ai presque peur des avocats.

Elle croisa les mains devant elle.

— Il faut qu'on parle.

Myron n'aima pas son ton.

— Mais pas ici, ajouta-t-elle. Allons faire un tour.

Il acquiesça et ils se levèrent. Avant qu'ils atteignent la porte, la sonnerie de son portable le rattrapa.

Myron dégaina à une allure qui aurait impressionné Wyatt Earp.

— MB Sports, déclara-t-il d'une voix soyeuse, professionnelle. Myron Bolitar à l'appareil.

— Jolie voix, dit Esperanza. On dirait Billy the Kid commandant deux colts 45.

Esperanza Diaz avait été son assistante, elle était désormais son associée dans MB Sports (M pour Myron, B pour Bolitar... pour ceux qui prennent des notes).

— J'espérais Lamar, dit-il.

— Il n'a toujours pas rappelé ?

— Non.

Il entendit Esperanza froncer les sourcils.

— On est dans le caca, dit-elle.

— Nous ne sommes pas dans le caca. Nous traversons juste quelques difficultés passagères, c'est tout.

— C'est ce que je disais, nous sommes en pleine crise aiguë de transit intestinal.

— Elle est bien bonne, celle-là, dit Myron.

— Merci.

Lamar Richardson était un bloqueur, élu meilleur joueur de l'année à son poste, qui venait de devenir « libre d'agent » – des mots que tout agent sportif murmure avec la ferveur d'un mufti louant Allah. En quête d'un nouveau représentant, Lamar avait réduit sa liste finale à trois agences : deux conglomérats hypertrophiés dont la moindre succursale avait la taille d'un centre commercial, parking compris, et la susmentionnée MB Sports, ridiculement minuscule mais oh-si-chaleureuse.

16

Regardant sa mère debout près de la porte, Myron changea d'oreille et demanda :

— Rien d'autre ?

— Vous ne devinerez jamais qui a appelé, dit Esperanza.

— Claudia et Naomi exigeant un nouveau ménage à trois ?

— Presque.

Elle ne le lui dirait pas. Avec ses amis, fallait toujours passer par le jeu télé.

— Un indice ?

— Une de vos ex-maîtresses.

Il faillit sursauter.

— Jessica.

Esperanza émit un bruit de buzzer.

— Désolée, vous vous êtes trompé de salope.

Myron en resta perplexe. Il n'avait eu que deux relations durables dans sa vie : Jessica pendant treize ans, coupures comprises (la dernière, définitive). Et avant ça, il fallait remonter à...

— Emily Downing ?

— *Ding-ding*, fit Esperanza.

Une image lui creva la cervelle. Emily assise sur le canapé dans le foyer en sous-sol, avec son sourire, ses jambes sous les cuisses, son pull trois fois trop grand aux couleurs de la fac et ses mains qui avaient disparu dans les manches.

Sa bouche s'assécha.

— Que voulait-elle ?

— Sais pas. Elle a juste dit qu'elle *devait* vous voir. La voix rauque et voilée. Très mystérieuse,

17

votre ex. Quand elle parle, on a l'impression que tout ce qu'elle dit est à double sens.

Oui, avec Emily, c'était toujours comme ça.

— Elle est bonne au lit ? s'enquit Esperanza.

En tant que bisexuelle exceptionnellement séduisante, elle envisageait chaque être humain comme un partenaire potentiel. Myron se demanda ce que ça faisait, de devoir affronter un choix aussi écrasant, avant de se conseiller d'éviter tout surmenage intellectuel de bon matin.

— Qu'a-t-elle dit exactement ?

— Rien de précis. On aurait dit une bande-annonce, vous voyez le genre, le ton grave, haletant, et plein d'expressions comme urgence absolue, une question de vie ou de mort, dernier recours, et cetera, et cetera.

— Je ne veux pas lui parler.

— C'est ce que j'ai pensé. Si elle rappelle, vous voulez que je l'envoie balader ?

— S'il vous plaît.

— *Más tarde* alors.

Il raccrocha et une autre image lui déferla dessus comme une vague-surprise à la plage. Deuxième année à Duke. Emily qui le regarde allongé sur son lit avant de quitter tranquillement la chambre. Peu après ça, elle avait épousé l'homme qui avait bousillé la vie de Myron.

On respire, se dit-il. On se calme. Voilà, comme ça.

— Tout va bien ? demanda Maman.

— Très bien.

Elle secoua la tête, déçue.

— Je ne mens pas, se défendit-il.

— C'est ça. Bien sûr. Tu respires toujours comme un pervers en train de passer un coup de fil obscène. Écoute, si tu refuses de parler à ta mère...

— Je refuse de parler à ma mère.

— ... qui t'a élevé et...

Comme d'habitude, Myron coupa le son. De temps en temps, souvent à vrai dire, Maman se laissait aller et se mettait à radoter. Certes, elle savait être résolument moderne ; elle avait été une féministe de la première heure, l'incarnation résolue du slogan inscrit sur son vieux T-shirt : « La place d'une femme est à la Maison... Blanche. » Mais dès qu'elle posait les yeux sur son fils, son maquillage progressiste coulait et la mère juive surgissait du soutien-gorge brûlé. Ce qui avait rendu l'enfance de ce garçon assez intéressante.

Ils sortirent de la maison, Myron surveillant la pancarte À VENDRE comme si elle allait soudain sortir un flingue. Il se mit à contempler une scène qu'il n'avait en fait jamais vue – le jour ensoleillé où Papa et Maman étaient arrivés ici la première fois, main dans la main, le ventre de Maman tout gonflé, tous deux un peu effrayés et très excités à l'idée que cette maison en forme de cookie avec son étage et ses trois chambres allait devenir leur vaisseau pour l'existence, leur SS *American Dream*. Maintenant, que cela lui plaise ou pas, le voyage touchait à son terme. Oubliez cette connerie à propos d'une « porte qui se ferme, une autre qui s'ouvre ». La pancarte À VENDRE marquait la fin : la fin de la jeunesse et de l'âge mûr, la fin d'une famille, l'échouage du bateau dans lequel ces deux personnes avaient démarré, dans lequel elles s'étaient battues contre les éléments, avaient élevé leurs gosses et traversé leurs vies.

Ils remontèrent la rue. Signe le plus certain que l'automne banlieusard était arrivé : des feuilles étaient empilées le long du trottoir pendant que dans les jardins, les aspirateurs-souffleurs vrombissaient comme des hélicoptères sur Saigon. Myron marchait de façon à frôler les tas de feuilles mortes. Il aimait les sentir craquer sous ses semelles. Allez savoir pourquoi.

— Ton père t'a parlé, dit Maman. De ce qui lui est arrivé.

Myron sentit son ventre se durcir. Il s'enfonça un peu plus dans les feuilles, levant haut les jambes et les écrasant plus fort.

— Oui.

— Que t'a-t-il dit exactement ?

— Qu'il avait eu des douleurs à la poitrine quand j'étais aux Caraïbes.

La baraque des Kaufman avait toujours été jaune mais les nouveaux propriétaires l'avaient repeinte en blanc. Ça faisait bizarre, cette couleur, dans le quartier. Certaines maisons avaient eu droit à une couverture en aluminium, tandis que sur d'autres avaient poussé diverses excroissances : cuisines, garages ou chambres à coucher. La jeune famille qui avait remplacé les Miller s'était débarrassée des parterres de fleurs si chers aux Miller. Chez les Davis, c'étaient les merveilleux arbustes sur lesquels Bob Davis travaillait chaque week-end qui avaient disparu. Myron pensa à une armée d'invasion qui arrache tous les drapeaux des conquis.

— Il ne voulait pas te le dire, dit Maman. Tu connais ton père. Il s'imagine encore qu'il doit te protéger.

Myron hocha la tête, restant parmi les feuilles.

Puis, elle ajouta :

— C'étaient plus que des douleurs à la poitrine.

Il s'immobilisa.

— C'était un infarctus, continua-t-elle, évitant son regard. Il a passé trois jours en soins intensifs.

Elle clignait des yeux.

— L'artère était presque entièrement bouchée.

La gorge de Myron se bouchait elle aussi.

— Ça l'a changé. Je sais à quel point tu l'aimes, mais il va falloir que tu l'acceptes.

— Que j'accepte quoi ?

La voix de Maman resta douce et ferme.

— Que ton père vieillit. Que je vieillis.

Un temps. Pour réfléchir à ça.

— J'essaie, dit-il.

— Mais ?

— Mais je vois cette pancarte À VENDRE...

— Du bois, des briques et des clous, Myron.

— Quoi ?

Elle s'enfonça dans les feuilles pour le prendre par le coude.

— Écoute-moi. À voir ta tête, on dirait qu'on vient de réciter le kaddish, mais cette pancarte n'est pas notre pierre tombale et cette maison n'est pas ton enfance. Cette maison ne fait pas partie de notre famille. Elle ne respire pas, elle ne pense pas, elle ne se fait pas du souci pour toi. Ce n'est que du bois, des briques et des clous.

— Vous y avez vécu près de trente-cinq ans.

— Et alors ?

Alors ? Il se détourna, se remit à marcher.

— Ton père veut être honnête avec toi, reprit-elle, mais tu ne lui facilites pas les choses.

— Pourquoi ? Qu'est-ce que j'ai fait ?

Elle secoua la tête, leva les yeux vers le ciel comme pour y chercher une inspiration divine. Myron restait à ses côtés. Elle faufila sa main sous son bras pour s'appuyer contre lui.

— Tu as toujours été un superbe athlète. Pas comme ton père. Lui, c'était une vraie gourde.

— Je sais.

— Parfait. Et tu le sais parce que ton père n'a jamais fait semblant d'être ce qu'il n'est pas. Il a fait en sorte que tu le voies comme un être humain... parfois même, vulnérable. Et ça a eu un drôle d'effet sur toi. Tu l'as encore plus adoré. Tu as fait de lui quelque chose de presque mythique.

Myron ne chercha pas à la contredire. Il haussa les épaules et dit :

— Je l'aime.

— Je sais, mon chéri. Mais ce n'est qu'un homme. Un homme bien. Et maintenant, un homme qui vieillit et qui a peur. Ton père a toujours voulu que tu voies ce qu'il y avait d'humain en lui. Mais il ne veut pas que tu voies sa peur.

Myron garda la tête baissée. Il y a certaines choses qu'on n'imagine pas ses parents faire – l'amour étant l'exemple classique. La plupart des gens ne peuvent pas – et ne devraient probablement même pas essayer – se représenter leurs géniteurs en flagrant délit. Mais, en cet instant, c'était une autre image taboue qui s'imposait à lui, celle de son père terrifié, assis dans le noir au bord de son lit, une main sur la poitrine et c'était une vision douloureuse, insupportable. Sa voix franchit péniblement sa gorge.

— Qu'est-ce que je dois faire ?

— Accepter les changements. Ton père prend sa retraite. Il a travaillé toute sa vie et, comme la plupart des crétins machos de son époque, son travail était, à ses yeux, tout ce qui lui conférait de la valeur. Ce qui fait qu'il traverse une période difficile. Il n'est plus le même. Et tu n'es plus le même. Votre relation est en train de changer et aucun de vous deux n'aime les changements.

Myron resta silencieux.

— Tends-lui un peu la main, dit Maman. Il t'a porté toute sa vie. Il ne te le demandera pas, mais maintenant c'est ton tour.

Quand ils tournèrent le dernier coin, Myron vit la Mercedes garée devant la pancarte À VENDRE. Il se demanda pendant un moment si c'était un agent immobilier venu faire visiter la maison. Son père se trouvait dans le jardin discutant avec une femme. Il faisait de grands gestes en souriant. En regardant son visage – la peau rugueuse qui semblait toujours avoir besoin d'être rasée, le nez proéminent dont P'pa se servait pour le « cog-nez » quand ils « faisaient la bagarre », les yeux aux paupières lourdes à la Victor Mature ou à la Dean

23

Martin, les boucles serrées qui s'accrochaient encore à son crâne longtemps après que le noir s'est grisé – Myron sentit une main lui fouiller la poitrine et lui tordre le cœur.

Papa lui fit signe.

— Regarde qui est là ! s'exclama-t-il.

Emily Downing se retourna et lui adressa un sourire gêné. Myron la fixa sans rien dire. Cinquante minutes venaient de s'écouler. Plus que dix avant que le talon n'éclate la tomate.

2

Du passé.

Du gros, du lourd.

Ses parents s'évanouirent comme par enchantement. Malgré leur formidable capacité à se mêler de ses affaires, ils possédaient le talent tout aussi extraordinaire de disparaître dès que cela devenait nécessaire. Ils se laissèrent tranquillement avaler par la maison.

Emily essaya un sourire mais celui-ci lui résista.

— Tiens, tiens, dit-elle dès qu'ils furent seuls, l'homme que je n'aurais jamais dû laisser partir.

— Celle-là, tu me l'as déjà servie la dernière fois.

— Vraiment ?

Ils s'étaient connus à la bibliothèque de Duke. Emily était un peu plus en chair à l'époque et ça ne lui allait pas mal du tout ; les années l'avaient définitivement amincie, affinée, et ça aussi, ça lui allait pas mal du tout. L'effet visuel demeurait. Emily était moins jolie que – pour citer *Superfly* –, *foxy*. En bon français : bandante. Chaudasse. Jeune étudiante, elle avait de longs cheveux vicelards, toujours un peu entortillés comme si elle venait de sortir d'un pieu trempé, un sourire à vous faire bouillir les couilles et un corps qui ondulait de façon inconsciente et projetait le mot *sexe* comme un néon rose branché en permanence. Peu importait qu'elle ne soit pas belle ; la beauté n'a pas grand-chose à voir avec ça. Chez elle, c'était un truc naturel, inné. Emily n'aurait pas été moins excitante si elle avait porté un sac-poubelle et un rat crevé sur la tête.

La chose bizarre, c'est qu'ils étaient tous les deux puceaux quand ils s'étaient rencontrés, ayant tous les deux raté la peut-être surévaluée révolution sexuelle des années soixante-dix et du début des années quatre-vingt. Myron avait toujours pensé que cette révolution était essentiellement un battage médiatique ou alors qu'elle n'avait pas réussi à abattre les murs de briques des lycées de banlieue. Cela dit, il avait toujours été doué pour se trouver des justifications. En fait, c'était plus probablement sa faute... à condition, bien sûr, de considérer que ne pas coucher avec n'importe qui soit une faute. Il avait toujours été attiré par les filles « gentilles », même au lycée. Les histoires sans lendemain ne l'intéressaient pas. Chaque personne du sexe opposé qu'il rencontrait était évaluée comme une éventuelle partenaire à vie, une âme sœur, un amour éternel. Ce que Myron aimait dans l'amour, c'était la guimauve.

Mais, avec Emily, il – et elle – avait découvert l'exploration sexuelle. Chacun avait appris de l'autre dans des tentatives aussi bégayantes que délicieusement torturantes. Même maintenant, alors qu'il la détestait comme il avait rarement détesté quelqu'un, il sentait encore, il se souvenait encore, de la façon dont le bout de ses nerfs chantait et grésillait quand ils étaient au pieu. Ou sur la banquette arrière d'une caisse. Ou dans un cinéma, dans une bibliothèque et même une fois pendant un séminaire de philo sur le *Leviathan* de Hobbes. La vie : on rêve de guimauve et on se retrouve dans du jus de femme.

Mais il n'y avait pas eu que ça. Leur histoire avait tenu trois ans. Il l'avait aimée et elle avait été la première à lui briser le cœur.

— Il y a un café près d'ici ? demanda-t-elle.

— Un Starbucks.

— Je conduis.

— Je n'ai pas envie d'aller prendre un café avec toi, Emily.

Cette fois, elle réussit son sourire.

— Mon charme ne fait plus effet, c'est ça ?

— Depuis un bon moment, déjà.

Demi-mensonge.

Elle bougea ses hanches. Myron la regarda, songeant à ce qu'avait dit Esperanza. Ce n'était pas juste sa voix ou ses mots… même ses gestes étaient à double sens.

— C'est important, Myron.

— Pas pour moi.

— Tu ne sais même pas…

— Je m'en fous, Emily. Tu es le passé. Et ton mari aussi…

— Mon *ex*-mari. J'ai divorcé, tu te rappelles ? Et je n'ai jamais su ce qu'il t'avait fait.

— Exact, dit Myron. Il se trouve juste que c'est à cause de toi qu'il l'a fait.

Elle le regarda.

— Ce n'est pas si simple.

Il hocha la tête. Elle avait raison, bien sûr.

— Moi, j'ai toujours su pourquoi, dit-il. J'étais un petit con obsédé par la compétition et je voulais me sentir plus fort que Greg. Mais toi, pourquoi ?

Elle secoua la tête. Ses anciens cheveux auraient flotté d'un côté et de l'autre, finissant par lui couvrir la moitié du visage. Sa nouvelle coiffure était plus courte, plus classe, mais il continuait à voir les mèches folles.

— Ça n'a plus aucune importance, dit-elle.

— Sans doute pas, mais j'ai toujours été curieux.

— On avait trop bu tous les deux.

— C'est aussi simple que ça ?

— Oui.

Myron grimaça.

— Lamentable, dit-il.

— Peut-être que c'était juste sexuel, dit-elle.

— Un acte purement physique ?

— Pourquoi pas ?

— La veille de ton mariage avec un autre ?

Elle le regarda. Encore une fois.

— C'était con, d'accord ?

— J'te l'fais pas dire.

— Et peut-être que j'avais peur.

— De te marier ?

— De ne pas avoir choisi le bon mari.

Myron secoua la tête.

— Seigneur, tu n'as aucune honte.

Emily parut sur le point de dire autre chose mais elle s'arrêta, comme si soudain elle était vidée, siphonnée. Il voulait qu'elle parte, mais avec les anciennes amours il y a toujours aussi une attirante tristesse. Là, devant vous, se trouve la route jamais prise, le « et si » existentiel, l'incarnation d'une vie complètement autre si les choses s'étaient déroulées un tout petit peu différemment. Il n'éprouvait plus le moindre intérêt pour elle, pourtant quand elle parlait, ce qu'il avait été resurgissait, avec les blessures et le reste.

— Ça date de quatorze ans, dit-elle doucement. Tu ne crois pas qu'il est temps de passer à autre chose ?

Il pensa à ce que cet acte « purement physique » lui avait coûté. Tout, peut-être. Son rêve le plus cher, en tout cas.

— Tu as raison, dit-il en se détournant. Va-t'en, s'il te plaît.

— J'ai besoin de ton aide.

Il fit non de la tête.

— Comme tu l'as dit, il est temps de passer à autre chose.

— Viens juste prendre un café avec moi. Viens prendre un café avec une vieille amie.

Il voulait dire non mais le passé était trop fort. Il hocha la tête, craignant d'utiliser sa voix. Ils roulèrent en silence jusqu'au Starbucks et commandèrent leurs cafés compliqués à une *barista* qui se prenait pour une artiste et en faisait des tonnes, beaucoup plus de toute façon que le dealer de vinyles du coin. Ils ajoutèrent les condiments de rigueur au petit présentoir, jouant au chat et à la souris en cherchant à atteindre le lait écrémé sans passer au-dessus du bras de l'autre. Ils s'installèrent sur deux chaises métalliques au dossier ridiculement bas. Du reggae sortait des murs. *Jamaican Me Crazy*.

Emily croisa les jambes et but une petite gorgée.

— As-tu jamais entendu parler de l'anémie de Fanconi ? Intéressante ouverture.

— Non.

— C'est une maladie génétique qui provoque des défaillances de la moelle osseuse. Elle touche aussi les chromosomes.

Myron attendit la suite.

— Est-ce que tu connais quelque chose aux greffes de moelle osseuse ?

L'interrogatoire prenait une tournure étrange, mais il décida de jouer le jeu.

— Un peu. Un de mes amis a eu une leucémie et il avait besoin d'une greffe. Ils ont fait une demande de donneurs à la synagogue. On est tous allés se faire tester.

— Quand tu dis « tous » …

— Maman, Papa, toute la famille. Je crois bien que Win y est allé aussi.

Elle pencha la tête.

— Win ? Comment va-t-il ?

— Toujours pareil.

— Désolée d'entendre ça, dit-elle. Quand on était à Duke, il nous écoutait faire l'amour, n'est-ce pas ?

— Seulement quand on fermait les volets et qu'il ne pouvait pas regarder.

Elle rit.

— Il ne m'a jamais aimée.

— Tu étais sa préférée.

— Vraiment ?

— Rassure-toi, ça ne veut pas dire grand-chose.

— Il hait les femmes, c'est ça ?

Myron réfléchit à la question.

— En tant qu'objets sexuels, ça peut aller. Pour le reste...

— Un mec bizarre.

Si seulement elle savait.

Elle but une autre gorgée.

— J'ai un peu de mal à parler, dit-elle.

Il ne l'aida pas.

— Qu'est-il arrivé à ton ami qui avait la leucémie ? reprit-elle.

— Il est mort.

Elle blêmit.

— Je suis désolée. Quel âge avait-il ?

— Trente-quatre.

Emily sirota encore, serrant son mug entre ses deux mains.

— Donc, tu figures dans le registre national des donneurs de moelle ?

— J'imagine. J'ai filé du sang et en échange j'ai eu droit à une carte de donneur.

Elle ferma les yeux.

— Quoi ?

— L'anémie de Fanconi est fatale. On peut la traiter pendant un moment avec des transfusions sanguines et des hormones, mais le seul remède vraiment efficace est une greffe de moelle osseuse.

31

— Je ne comprends pas, Emily. Est-ce que tu as cette maladie ?

— Elle ne touche pas les adultes.

Elle posa son café et leva les yeux vers lui. Il n'était pas très doué pour lire dans les prunelles, mais celles-là étaient aveuglantes de douleur.

— Elle touche les enfants.

Comme obéissant à un signe, la musique du Starbucks changea pour se transformer en truc instrumental plus sombre. Myron attendit. Pas longtemps.

— Mon fils en est atteint, dit-elle.

Myron se souvint de sa visite chez eux à Franklin Lakes quand Greg avait disparu... le gamin jouant dans le jardin avec sa sœur. C'était, quoi, il y a deux, trois ans. Le garçon avait environ dix ans, sa sœur huit peut-être. Greg et Emily étaient en pleine guerre du droit de garde et les gosses se retrouvaient pris sous le feu croisé, le genre de combat dont personne ne sort indemne.

— Je suis désolé, dit-il.

— Il faut lui trouver un donneur compatible.

— Je croyais qu'entre frère et sœur, c'était presque toujours possible.

Elle cligna des paupières, le regard ailleurs.

— Une chance sur quatre, dit-elle trop vite.

— Ah.

— Le registre national avait trouvé trois donneurs potentiels. Par potentiels, je veux dire que les tests immunogènes initiaux n'étaient pas négatifs. Le A et le B correspondaient, mais ils devaient encore faire un examen complet du sang et des tissus pour savoir...

Elle s'arrêta de nouveau.

— Je deviens technique. Excuse-moi. Mais quand votre enfant a une maladie pareille, on vit, on pense en jargon médical.

— Je comprends.

— Quoi qu'il en soit, passer la première étape, c'est comme gagner un ticket remboursable à la loterie. On peut encore y croire. Même si le pourcentage de réussite n'est pas meilleur. Le centre de transfusion convoque les donneurs potentiels pour leur faire subir tout un tas d'examens, mais les chances que le typage HLA – les systèmes immunitaires – corresponde suffisamment pour que la greffe soit possible restent très maigres, surtout avec seulement trois donneurs potentiels.

Myron acquiesça, se demandant toujours pourquoi elle lui racontait tout ça.

— Nous avons eu de la chance, dit-elle. Un des trois est compatible avec Jeremy.

— Génial.

— Sauf qu'il y a eu un problème, dit-elle, le sourire de nouveau figé. Le donneur a disparu.

— Comment ça, disparu ?

— Je ne sais pas exactement. Le registre est confidentiel. On refuse de me dire ce qui se passe. On avait une piste, ça semblait marcher et puis, tout à coup, le donneur n'est plus là. Notre médecin ne peut rien me dire… les données sont protégées. Strictement.

— Le donneur a peut-être changé d'avis.

— Alors, on ferait mieux de le convaincre de changer encore une fois, dit-elle. Sinon, Jeremy meurt.

Voilà qui était très clair.

— Que crois-tu qu'il se soit passé ? demanda Myron. Tu penses qu'il a disparu, c'est ça ?

— Il ou elle, dit Emily. Oui.

— Il ou elle ?

— Je ne sais rien à propos des donneurs – ni leur âge, ni leur sexe, ni leur adresse. Rien. Mais la santé de Jeremy ne s'améliore pas et les chances de trouver un autre donneur à temps sont... quasi nulles.

Son visage restait digne, ou plutôt pétrifié.

— Il faut que nous retrouvions ce donneur.

— Et c'est pour ça que tu es venue me voir ?

— Win et toi avez retrouvé Greg alors que personne d'autre n'y était arrivé. Quand il a disparu, Clip s'est aussitôt adressé à toi. Pourquoi ?

— C'est une longue histoire.

— Pas si longue, Myron. Win et toi, vous avez été entraînés pour ce genre d'affaires. Vous savez vous y prendre.

— Pas dans un cas pareil, dit Myron. Greg est un athlète célèbre. Il peut s'adresser aux médias, offrir des récompenses. Il peut se payer des détectives privés.

— On y a déjà pensé. Greg donne une conférence de presse demain.

— Et ?

— Et ça ne marchera pas. J'ai dit au médecin de Jeremy que nous étions prêts à offrir n'importe quelle somme au donneur, même si c'est illégal. Mais il y a un truc bizarre dans cette histoire. J'ai peur que toute cette publicité n'ait en fait l'effet

34

contraire… qu'elle incite le donneur à se cacher encore plus, je ne sais pas.

— Qu'est-ce qu'en dit Greg ?

— Nous ne nous parlons plus beaucoup, Myron. Et quand nous le faisons, en général, c'est pas très joli.

— Greg sait-il que tu es venue t'adresser à moi ?

Elle le regarda.

— Il te hait autant que tu le hais. Peut-être plus encore.

Myron décida de prendre cela pour un non. Emily ne le lâchait pas des yeux, fouillant son visage comme si elle comptait y trouver une réponse.

— Je ne peux pas t'aider, Emily.

On aurait dit qu'il venait de la gifler.

— Je compatis, poursuivit-il, mais je commence à peine à surmonter quelques problèmes majeurs de mon côté.

— Tu es en train de dire que tu n'as pas le temps ?

— Ce n'est pas ça. Un détective privé aurait de meilleures chances…

— Greg en a déjà engagé quatre. Ils n'ont même pas identifié le donneur.

— Je doute de pouvoir faire mieux.

— Il s'agit de la vie de mon fils, Myron.

— Je comprends, Emily.

— Tu ne peux pas mettre de côté ton animosité envers Greg et moi ?

Il n'était pas sûr de pouvoir.

— Ce n'est pas la question. Je suis agent sportif, pas détective.

— Ce n'est pas ça qui t'a gêné la dernière fois.

— Et regarde comment ça s'est terminé. Chaque fois que je me mêle de quelque chose, ça tourne au désastre.

— Mon fils a treize ans, Myron.

— Je suis désolé…

— Je ne veux pas de ta compassion, bordel de merde.

Ses yeux étaient plus petits maintenant, tout noirs. Elle se pencha vers lui, jusqu'à amener ces petites pointes toutes noires à quelques centimètres de ses yeux.

— Je veux que tu fasses le calcul.

Il la contempla, un peu perdu.

— Tu es agent. Tu t'y connais en chiffres, pas vrai ? Donc, fais le calcul.

Myron s'écarta, pour se donner un peu de distance.

— De quoi tu parles ?

— L'anniversaire de Jeremy, c'est le dix-huit juillet, dit-elle. Fais le calcul.

— Quel calcul ?

— Encore une fois : il a treize ans. Il est né le dix-huit juillet. Je me suis mariée le dix octobre.

Rien. Pendant quelques secondes, il entendit des mères papoter à une table voisine, un bébé pleurer, une *barista* lancer une commande à une autre, puis ça arriva. Un souffle glacé passa sur son cœur. Une plaque d'acier s'enroula sur sa poitrine, lui coupant la respiration. Il ouvrit la bouche, mais rien n'en sortit. C'était comme si on lui avait filé un coup de batte au plexus. Emily, qui l'observait, hocha la tête.

— Oui, dit-elle. C'est ton fils.

3

— Tu ne peux pas en être certaine, dit Myron.

Tout, en Emily, hurlait l'épuisement.

— Je le suis.

— Tu couchais aussi avec Greg, non ?

— Exact.

— Alors, comment peux-tu savoir...

— Le déni, le coupa-t-elle avec un soupir. La première étape.

Il pointa l'index vers elle.

— Me balance pas ces conneries psy, Emily.

— Aussitôt suivi par la colère.

— Tu ne peux pas être certaine...

— Je l'ai toujours su.

Myron se laissa aller contre son dossier. Il gardait un air digne, pétrifié plutôt.

— Quand je suis tombée enceinte, j'ai pensé la même chose que toi : j'avais plus souvent couché avec Greg, donc le bébé devait être le sien. Du moins, c'est ce que je me disais.

Elle ferma les yeux. Myron ne bougeait pas ; il n'osait pas.

— Et puis, quand Jeremy est né, il me ressemblait, alors qui aurait pu dire ? Mais – et ça peut paraître complètement idiot – une mère sait. Ne me demande pas comment. Je savais. Moi aussi, j'ai essayé de le nier. Je me disais que c'était juste ma culpabilité à cause de ce que nous avions fait et que Dieu avait choisi cette façon de me punir.

— T'as révisé l'Ancien Testament avant de venir ?

— Le sarcasme, dit-elle avec presque un sourire. Ta défense préférée.

— Ton intuition maternelle peut difficilement passer pour une preuve, Emily.

— Tu m'as demandé tout à l'heure pour Sara.

— Sara ?

— La sœur de Jeremy. Tu demandais si elle n'était pas compatible. Elle ne l'est pas.

— Exact, et tu as dit que la probabilité était de une sur quatre entre frères et sœurs.

— Entre vrais frères et sœurs, oui. Mais il y avait très peu de points compatibles entre eux. Parce qu'elle n'est que sa demi-sœur.

— C'est le médecin qui te l'a dit ?

— Oui.

Myron sentit le sol devenir tout flasque sous sa chaise. À moins que ce ne soit la chaise.

— Et... Greg le sait ?

— Non. Le médecin m'avait emmenée à l'écart. Depuis le divorce, c'est moi qui ai la garde des enfants. Greg a des droits mais ils vivent chez moi. Je suis responsable des décisions médicales.

— Donc il croit toujours... ?

— Que Jeremy est son fils, oui.

Myron s'enfonçait dans un marécage de plus en plus profond, de plus en plus vaste.

— Mais tu disais que tu avais toujours su.

— Oui.

— Pourquoi ne lui as-tu pas dit ?

— Tu plaisantes, j'espère ? J'étais mariée avec Greg. Je l'aimais. Nous commencions notre vie ensemble.

— Tu aurais quand même dû me le dire.

— Quand, Myron ? Quand aurais-je dû te le dire ?

— Dès que le bébé est né.

— Tu écoutes quand je parle ? Je viens juste de te dire qu'à ce moment-là, je n'en étais pas sûre.

— Tu as dit : « Une mère sait. »

— Allons, Myron. J'étais amoureuse de Greg, pas de toi. Toi, avec l'eau de rose qui te sert de sens moral... tu aurais tout fait pour que je divorce, que je t'épouse et qu'on vive ensemble ton superbe conte de fées de banlieue.

— Tu as donc préféré vivre un mensonge ?

— C'était la bonne décision en fonction de ce que je savais à ce moment-là. Avec le recul...

Elle s'interrompit, avala une bonne gorgée de sa boisson.

— ... il y a des tas de choses que j'aurais faites différemment.

Il essaya de digérer ça, mais il avait trop mal au ventre. Une nouvelle équipe de mamans de footballeurs entra dans l'établissement. Elles s'installèrent dans un coin et se mirent à chanter les exploits de la petite Brittany, de Kyle et de Morgan.

— Depuis quand Greg et toi êtes séparés ?

La voix de Myron semblait plus dure qu'il ne l'avait voulu. Ou peut-être pas.

— Quatre ans maintenant.

— Et tu n'étais plus amoureuse de lui, non ? Il y a quatre ans ?

— Non.

— Et même avant, enchaîna-t-il. Je veux dire, tu n'étais probablement plus amoureuse de lui depuis un bon moment, non ?

— Non.

— Donc, tu aurais pu le lui dire à ce moment-là. Ou en tout cas, il y a quatre ans. Pourquoi ne l'as-tu pas fait ?

— C'est un interrogatoire ?

— C'est toi qui as lâché cette petite bombe, Emily. Comment croyais-tu que j'allais réagir ?

— Comme un homme.

— Et tu entends quoi au juste par là ?

— J'ai besoin de ton aide. Jeremy a besoin de ton aide. C'est là-dessus que nous devrions nous concentrer.

— D'abord, je veux des réponses. J'y ai quand même un peu droit.

Elle parut hésiter puis finit par hocher la tête avec lassitude.

— Si ça peut t'aider à te débarrasser de...

— Me débarrasser ? On n'est pas en train de parler d'un petit calcul aux reins.

— Je suis trop fatiguée pour me disputer avec toi, dit-elle. Vas-y. Pose tes questions.

— Pourquoi ne m'as-tu rien dit jusqu'à aujourd'hui ?

Le regard d'Emily s'égara quelque part au-dessus de son épaule.

— J'ai failli le faire, dit-elle. Une fois.

— Quand ?

— Tu te souviens quand tu es venu chez nous ? Quand Greg avait disparu ?

Il acquiesça. Il était justement en train de penser à cette journée.

— Je me souviens.

— Greg et moi, on était en pleine bagarre pour la garde des enfants.

— Tu l'avais accusé d'avoir abusé d'eux.

— Ce n'était pas vrai. Et tu l'as deviné sur-le-champ. C'était juste une manœuvre légale.

— Tu parles d'une manœuvre, dit Myron. La prochaine fois, accuse-le de crimes de guerre.

— Qui es-tu pour me juger ?

— À vrai dire, je crois que je suis assez bien placé pour ça.

Plus du tout égarés, les yeux d'Emily revinrent se planter dans les siens.

— Les batailles de garde d'enfants, c'est la guerre sans les Accords de Genève. Greg devenait méchant. J'ai été méchante, moi aussi. On est prêt à tout pour gagner.

— Y compris à révéler que Greg n'était pas le père de Jeremy ?

— Non.

— Pourquoi pas ?

— Parce que j'avais déjà gagné la garde.

— Ce n'est pas une réponse. Tu haïssais Greg.

— Oui.

— Et tu le hais encore aujourd'hui ?

— Oui.

Aucune hésitation.

— Donc, pourquoi ne lui as-tu pas dit ?

— Parce que ma haine de Greg, dit-elle, ne pèse pas lourd en face de mon amour pour Jeremy. Et c'est cet amour qui compte avant tout. J'aurais pu faire du mal à Greg. J'y aurais peut-être même pris du plaisir. Mais je n'aurais jamais pu faire ça à mon fils : lui enlever son père.

— Je croyais que tu étais prête à tout pour gagner.

— J'étais prête à tout contre Greg, dit-elle, pas contre Jeremy.

Oui, pensa-t-il, ça se tenait... sauf qu'il sentait qu'elle lui cachait quelque chose.

— Tu as donc gardé ce secret pendant treize ans.

— Oui.

— Tes parents sont au courant ?

— Non.

— Tu ne l'as jamais dit à personne ?

— À personne.

— Alors, pourquoi me le dis-tu maintenant ?

Elle secoua la tête.

— Tu fais exprès de jouer les débiles, Myron ?

Il posa les mains sur la table. Elles ne tremblaient pas. D'une certaine façon, il comprenait que toutes ces questions n'étaient pas uniquement dues à la curiosité ; elles faisaient partie du mécanisme de défense : les barbelés et les tranchées dont il avait généreusement entouré sa cervelle pour empêcher la révélation d'Emily de l'atteindre. Il savait que ce qu'elle lui avait dit était en train d'altérer sa vie plus que tout ce qu'il avait jamais entendu jusqu'à aujourd'hui. Les mots *mon fils* flottaient en lui. Mais pour l'instant, ce n'étaient que des sons. Ils allaient bien finir par les franchir, mais pour l'instant barbelés et tranchées tenaient encore.

— Tu crois que j'avais envie de te le dire ? Je t'ai pratiquement supplié de m'aider mais tu as refusé. Je suis désespérée, Myron.

— Assez désespérée pour mentir ?

— Oui, dit-elle de nouveau sans la moindre hésitation. Mais ce n'est pas un mensonge, Myron. Tu dois me croire.

Il haussa les épaules.

— Peut-être que le père de Jeremy est quelqu'un d'autre.

— Quoi ?

— Un troisième homme, dit-il. Tu as couché avec moi la veille de ton mariage. J'étais sûrement pas le seul. Il a dû y avoir une douzaine d'autres types.

Elle le dévisagea.

— Tu veux ta livre de chair, c'est ça, Myron ? Vas-y, arrache-la, je survivrai. Mais ça ne te ressemble pas.

— Tu me connais si bien que ça, hein ?

— Même quand tu étais en colère – même quand tu avais vraiment le droit de me haïr – tu n'as jamais été cruel. C'est pas ton genre.

— On est en territoire inconnu, là, Emily.

— Ça ne change rien.

Il sentit quelque chose se coaguler en lui, il avait du mal à respirer. Il attrapa son mug, le contempla comme s'il allait y trouver une réponse tout au fond, le reposa. Il était incapable de regarder Emily.

— Comment as-tu pu me faire ça ?

Elle tendit la main au-dessus de la table pour la poser sur son bras.

— Je suis désolée.

Il retira son bras.

— Je ne sais pas quoi te dire d'autre, reprit-elle. Tu voulais savoir pourquoi je ne t'ai jamais rien dit. J'ai toujours d'abord pensé au bien-être de Jeremy, mais je pensais aussi à toi.

— Conneries.

— Je te connais, Myron. Je sais que tu es bouleversé. Mais, pour le moment, tu dois mettre ça de côté. Tu dois retrouver le donneur et sauver la vie de Jeremy. On s'occupera du reste après.

— Depuis quand...

Il avait failli dire *mon fils*.

— ... Jeremy est-il malade ?

— On l'a appris il y a six mois. Il faisait du basket. Il a commencé à se blesser trop souvent. Et puis il était essoufflé sans raison. Il tombait...

Sa voix s'éteignit.

— Il est à l'hôpital ?

— Non. Il vit à la maison, il va à l'école, il a l'air bien, il est juste un peu pâle. Mais il ne peut plus faire de sport de compétition ou quoi que ce soit de ce genre. À le voir, on croirait qu'il va bien mais...

c'est juste une question de temps. Il est tellement anémique, les cellules de sa moelle sont si faibles qu'il risque d'attraper n'importe quoi, la moindre infection pourrait être mortelle, et même s'il la surmonte, des tumeurs finiront par apparaître. On le traite avec des hormones. Ça l'aide mais ce n'est que temporaire, ce n'est pas un remède.

— Et la greffe de moelle en serait un ?

— Oui.

Son visage s'était illuminé avec une ferveur presque religieuse.

— Si la greffe n'est pas rejetée, il pourrait être complètement guéri. C'est arrivé avec d'autres gosses.

— Je peux le voir ?

Elle baissa les yeux. Le bruit du mixer, probablement en train de confectionner un *frappuccino*, explosa tandis que le percolateur chantait sa parade nuptiale avec les différents *latte*. Emily attendit que le vacarme se calme.

— Je ne peux pas t'en empêcher. Mais j'espérais que tu te conduirais mieux que ça.

— C'est-à-dire ?

— C'est déjà assez dur d'avoir treize ans et d'être atteint d'une maladie quasiment incurable. Tu veux vraiment, en plus, lui enlever son père ?

Il ne dit rien.

— Je sais que tu es en état de choc. Et je sais que tu as encore des millions de questions à poser. Mais tu ne dois pas y penser pour le moment. Tu dois mettre ta colère, ta confusion et le reste de côté. La vie d'un garçon de treize ans – notre garçon – est en jeu. Concentre-toi là-dessus, Myron. Trouve le donneur, d'accord ?

Il regarda les mamans de footballeurs, vantant toujours leurs gamins. Les entendre lui déchira soudain le ventre.

— Donne-moi l'adresse du médecin de Jeremy.

4

Quand les portes de l'ascenseur s'ouvrirent sur la réception de MB Sports, Big Cyndi tendit vers Myron deux bras à peine plus épais que les colonnes de marbre de l'Acropole. Myron faillit bondir pour leur échapper – réflexe de survie involontaire – mais il y renonça et se contenta de fermer les yeux. Big Cyndi l'étreignit – imaginez votre matelas à eau se refermant sur vous – et le souleva dans les airs – imaginez votre matelas en plein trip à l'acide.

— Oh, monsieur Bolitar ! s'écria-t-elle.

Il grimaça, se demandant si ses tympans avaient tenu le coup. Elle finit par le reposer délicatement, comme une poupée de porcelaine sur son étagère. Deux mètres, cent cinquante kilos stéroïdes : Big Cyndi avait été championne intercontinentale de catch à quatre ; à l'époque, Big Chief Mama – c'était elle – faisait équipe avec Petite Pocahontas, alias Esperanza. Sa tête formait un cube qui aurait été parfait s'il n'avait été couronné par des mèches aussi pointues que celles de la statue de la Liberté en plein trip à l'acide, elle aussi. Elle portait assez de maquillage pour repeindre toute la troupe de

Cats. Ses fringues l'enserraient comme une peau de boudin et son séduisant sourire, s'il avait été vertical, aurait été à sa place dans une culotte de sumo.

— Euh, tout va bien ? se risqua Myron.

— Oh, monsieur Bolitar !

On aurait dit qu'elle allait l'étreindre de nouveau, mais quelque chose l'en dissuada, peut-être la terreur dans le regard de Myron. Elle ramassa la grosse valise qui, dans sa papatte, ressemblait à un mange-disque du début des années soixante-dix. Ouais, elle était énorme à ce point, énorme au point que le monde autour d'elle ressemblait à un décor de série Z, comme si elle ravageait un Tokyo miniature, piétinant les lignes à haute tension et écrasant comme des mouches les avions de chasse virevoletant autour d'elle.

Esperanza apparut à la porte de son bureau. Croisant les bras, elle resta là, une épaule contre le cadre. Même après sa récente épreuve, elle demeurait immensément belle, les petites boucles d'un noir luisant tombant sur son front, la peau sombre toujours aussi radieuse... un fantasme de gitane. Mais il apercevait de nouvelles rides autour de ses yeux et quelque chose de moins parfait dans sa posture. Il aurait voulu qu'elle prenne un peu de repos, mais il savait qu'elle ne le ferait pas. Esperanza aimait MB Sports. Elle voulait sauver la boîte.

— Que se passe-t-il ? demanda-t-il.

— Tout est dans ma lettre, monsieur Bolitar, dit Big Cyndi.

— Quelle lettre ?

— Oh, monsieur Bolitar ! cria-t-elle de nouveau.

— Quoi ?

Mais elle ne répondit pas, cachant son visage entre ses mains avant de sauter dans l'ascenseur au risque de le décrocher de ses câbles. Les portes se refermèrent et elle disparut.

Myron attendit une demi-seconde avant de se tourner vers Esperanza.

— Explication ?

— Elle prend un congé sans solde.

— Pourquoi ?

— Big Cyndi n'est pas stupide, Myron.

— Je n'ai jamais dit qu'elle l'était.

— Elle voit ce qui se passe.

— Ce n'est que temporaire, dit-il. On va se refaire.

— Et quand on se sera refait, Big Cyndi reviendra. En attendant, elle a reçu une bonne proposition de boulot.

— Au Leather'n Lust ?

Le soir, Big Cyndi travaillait parfois comme videuse dans un bar SM, le Leather'n Lust. Slogan : Faisons-nous mal. Il avait entendu dire qu'il lui arrivait de prendre part au spectacle sur scène. Dans quel rôle, Myron n'en avait aucune idée et il n'avait jamais eu le courage de le demander : un autre tabou abyssal autour duquel son cerveau préférait tourner plutôt que de s'y risquer.

— Non, dit Esperanza. Elle replonge dans la FLAC.

Pour les non-initiés, FLAC est l'acronyme approximatif de Fabuleuses Ladies du Catch.

— Big Cyndi va remonter sur le ring ?

Esperanza acquiesça.

— Sur le circuit vétéran.

— Pardon ?

— La FLAC cherche à se développer. Ils ont fait une étude de marché. Le circuit senior du PGA attire des tas de fans. Si ça marche pour le golf...

Elle haussa éloquemment les épaules.

— Un circuit pour catcheuses séniles ?

— Disons plutôt pour catcheuses à la retraite, dit Esperanza. Après tout, Big Cyndi n'a que trente-huit ans. Ils ont récupéré pas mal d'anciennes gloires : Queen Qaddafi, Bunny Berlin, Brezhnev Babe, Lolita Napalm, La Veuve Noire...

— J'me souviens pas de la Veuve Noire.

— Elle est d'un temps que vous n'avez pas connu. Que même vos parents n'ont pas connu. Elle doit avoir dans les soixante-dix ans.

Myron réussit à ne pas crier « argh ».

— Et les gens vont donner de l'argent pour voir catcher une femme de soixante-dix ans ?

— C'est vilain de faire de la discrimination à cause de l'âge.

— Ouais, désolé.

— De plus, le catch féminin professionnel a des difficultés en ce moment. Il doit affronter une concurrence déloyale avec toutes ces femmes qui s'arrachent les yeux en direct dans les talk-shows télévisés. La profession doit réagir.

— Et faire lutter de vieilles dames est la solution ?

— À mon avis, ils visent plutôt la nostalgie.

— Offrir l'occasion d'applaudir la catcheuse de votre adolescence ?

— Vous n'êtes pas allé voir Steely Dan en concert il y a un ou deux ans ?

— C'est un peu différent, non ?

Nouveau haussement d'épaules éloquent.

— Des papys. Qui comptent plus sur ce dont vous vous souvenez que sur ce que vous voyez ou entendez.

Elle avait raison. Ça foutait les jetons. Mais elle avait raison.

— Et vous ? demanda Myron.

— Quoi, moi ?

— Ils ne voulaient pas que Petite Pocahontas fasse son grand retour, elle aussi ?

— Ouais, ils voulaient.

— Vous avez été tentée ?

— De quoi ? De remonter sur le ring ?

— Oui.

— C'est ça, dit Esperanza. J'ai sculpté mon joli p'tit cul sur les bancs de la fac de droit tout en bossant à temps complet pour pouvoir un jour renfiler mon bikini en daim et pétrir des nymphettes sur le retour devant d'ex-ados toujours aussi baveux.

Un silence, puis :

— Cela dit, c'est quand même un métier plus respectable qu'agent sportif.

— Ha ha.

Myron se dirigea vers le bureau de Big Cyndi où trônait, bien en évidence, une enveloppe avec son nom gribouillé en travers en orange fluo.

— C'est du crayon ? s'enquit-il.

— À paupières.

— Je vois.

— Bon, vous me dites ce qui ne va pas ? demanda-t-elle.

— Rien.

— À voir votre tête, on jurerait que vous venez d'apprendre la séparation de Wham.

— Ne me rappelez pas ce cauchemar, dit Myron. Il pourrait revenir me hanter.

Esperanza l'observa un moment.

— Ça a quelque chose à voir avec votre petite copine de fac ?

— Plus ou moins.

— Doux Jésus, Fils de Son Père.

— Quoi ?

— Comment vous dire cela de façon pas trop désagréable, Myron ? Quand il s'agit des femmes, vous n'êtes pas con, vous êtes abominablement con. Preuves A et B : Jessica et Emily.

— Vous ne connaissez même pas Emily.

— Pas besoin. Je croyais que vous ne vouliez pas lui parler ?

— Je ne voulais pas. Mais elle est venue chez mes parents.

— Vous voulez dire qu'elle s'est pointée là-bas, comme ça ?

— Ouais.

— Que voulait-elle ?

Il secoua la tête. Il n'était pas encore prêt à en parler.

— Des messages ?

— Pas autant qu'on aurait voulu.

— Win est en haut ?

— Je crois qu'il est déjà rentré, dit-elle en raflant son manteau. Et je vais en faire autant.

— Bonne nuit.

— Si vous avez des nouvelles de Lamar...

— Je vous appelle.

Esperanza enfila son manteau, chassant une coulée de cheveux noirs au-dessus du col, et il s'enferma dans son bureau pour tenter de recruter quelques clients par téléphone. Il fit gonfler sa facture mais pas ses effectifs.

Plusieurs mois auparavant, la mort d'une femme lui avait fait – utilisons un jargon psychiatrique complexe – péter les plombs. Pas la panne totale, la dépression nerveuse justifiant un internement, non, pas ça. Pas tout à fait. Il s'était juste contenté de s'exiler sur une île déserte en compagnie de Terese Collins, superbe présentatrice télé rencontrée la veille de son départ, sans dire à personne – ni à Win, ni à Esperanza, ni même à Papa et à Maman – où il allait ni quand il reviendrait. Dans son autobiographie mentale, il appelait cet épisode la Fuite aux Caraïbes.

Comme l'avait remarqué Win, quand il décidait de dérailler, c'était avec style.

Finalement, il avait dû rentrer pour découvrir que leurs clients disparaissaient aussi vite que les employés de maison pendant une descente de la police de l'immigration. À présent, Myron et Esperanza tentaient de réanimer une MB Sports comateuse et peut-être agonisante. La tâche n'était pas facile. La compétition dans les eaux troubles de la représentation sportive se limitait à une douzaine de gros requins affamés barbotant en compagnie d'un appétissant petit poisson nommé Myron.

Les bureaux de MB Sports étaient joliment situés à l'angle de Park Avenue et de la 46ᵉ dans l'immeuble Locke-Horne, propriété de la famille de celui avec qui Myron faisait de nouveau chambre commune comme au bon vieux temps de la fac. Win. Le bâtiment était un des plus chic de ce quartier très chic et offrait des vues évidemment saisissantes sur les gratte-ciel de Manhattan. Myron profita de celle de son bureau pendant un moment avant de baisser les yeux vers la cohue qui grouillait en contrebas. La vision des fourmis ouvrières le déprimait toujours, au point qu'il en avait composé une chanson dont il ne connaissait que le refrain : « C'est ça, la vie ? »

Il se tourna vers son Mur des Clients, celui avec les photos de tous les athlètes représentés par MB Sports, qui maintenant ressemblait à une immense tranche de gruyère avec plein de trous. Rectangulaires, les trous. Il aurait voulu en souffrir mais, si injuste que cela soit pour Esperanza, il n'était pas touché jusqu'au cœur. Il voulait redémarrer, aimer MB, retrouver l'ancienne passion, mais il avait beau souffler sur les braises, le feu ne reprenait pas.

Emily appela une heure plus tard.

— Le Dr Singh n'a pas de consultation demain, mais tu peux passer pendant sa tournée du matin.

— Où ça ?

— *Babies and Children's Hospital.* Au Columbia Presbyterian dans la 167ᵉ Rue. Dixième étage, sud.

— Quelle heure ?

— La tournée commence à huit heures.

— D'accord.

Bref silence.

— Ça va, Myron ?

— Je veux le voir.

Il lui fallut quelques secondes.

— Comme je te l'ai déjà dit, je ne peux pas t'en empêcher. Mais réfléchis-y un peu avant, d'accord ?

— Je veux juste le voir. Je ne lui dirai rien. Pour le moment, du moins.

— On peut en parler demain ?

— Ouais, d'accord.

Emily hésita de nouveau.

— Tu as un accès Internet, Myron ?

— Oui.

— Nous avons une adresse URL.

— Quoi ?

— Un site Internet privé. Je prends des photos avec un appareil numérique et je les poste sur cette adresse. Pour mes parents. Ils ont déménagé à Miami l'an dernier. Ils passent sur le site chaque semaine. Pour voir grandir leurs petits-enfants. Si tu veux voir à quoi ressemble Jeremy...

— Quelle est l'adresse ?

Elle la lui donna et Myron la tapa. Il raccrocha avant d'appuyer sur *Enter*. Les photos apparurent. En haut de l'écran, une bannière clamait BONJOUR, MAMIE ET PAPY. Myron pensa aussitôt à ses propres parents.

Il y avait quatre clichés de Jeremy et Sara. Myron ravala sa salive. Il plaça la flèche sur l'image miniature de Jeremy et cliqua. La photo apparut pleine

56

page. Il essayait de respirer normalement. Il fixa longtemps les traits sans remarquer quoi que ce soit de spécial. Au bout d'un moment, ses yeux lui jouèrent des tours et il vit son propre visage se refléter sur l'écran se superposant à celui du garçon, les images se mêlant, créant un écho visuel... De quoi ? Il n'en savait rien.

5

Myron entendit les cris d'extase à travers la porte.

Win – pour l'état civil : Windsor Horne Lockwood III – l'hébergeait temporairement dans son appartement du Dakota sur la 72e Rue et Central Park West. Le Dakota était une célébrité architecturale new-yorkaise dont la riche et flamboyante histoire avait totalement été éclipsée par l'assassinat de John Lennon. Y entrer signifiait passer devant l'endroit où Lennon s'était vidé de son sang, ce qui donnait plus ou moins l'impression de marcher sur une tombe. Myron avait fini par s'y habituer.

De l'extérieur, le Dakota était beau et sombre comme une maison hantée géante. La plupart des appartements, dont celui de Win, offraient une superficie supérieure à celle d'une principauté européenne. L'an dernier, après une vie passée chez Papa/Maman, Myron avait finalement quitté le sous-sol de leur maison pour emménager dans un loft de SoHo avec l'amour de sa vie, Jessica. C'était un pas immense, le premier signe qu'après plus d'une décennie de liaisons et de déliaisons, Jessica était enfin prête à – *gasp !* – s'engager. Les deux amants avaient donc topé là, prêts à plonger dans le grand bain de la vie commune. Et comme pour tant de plongeons dans l'existence, l'atterrissage avait été douloureux.

Les cris d'extase se multipliaient.

Myron colla son oreille à la porte. Des cris, certes, mais aussi une bande-son. Pas du *live*, donc. Il glissa sa clé dans le trou. Les râles et le reste provenaient de la salle télé. Win n'utilisait jamais cette pièce pour se... filmer. Soulagé, Myron franchit le seuil.

Win portait son uniforme WASP : pantalon à pinces, chemise à haut pouvoir de destruction rétinienne, mocassins, pas de chaussettes. Ses mèches blondes avaient été séparées avec la précision qu'emploient les vieilles dames pour se partager l'addition dans un salon de thé ; sa peau d'une blancheur de porcelaine s'autorisait deux pointes rosées au bout des joues. Il était assis en position du lotus, les jambes repliées en quatre ou cinq, mains sur les genoux, index et pouces formant deux cercles. Le Yuppie Zen. Le Yogipolitain. La délicate odeur de Main Line se mêlant à l'encens oriental.

Win inspira pendant dix secondes, bloqua tout, et expira deux fois plus longtemps. Il méditait, bien sûr, mais à la Win. C'est-à-dire qu'il n'écoutait pas d'apaisants bruits de nature ou le tintement de clochettes en bronze ; non, il préférait se recueillir sur la BO de pornos des années soixante-dix ; imaginez une mauvaise imitation d'Hendrix au kazoo électrique wah-wahifié. C'était audible, bien sûr, à condition d'avoir une caisse d'antibiotiques sous la main.

Et il ne fermait pas les yeux, non plus. Il ne visualisait pas une biche lapant l'eau d'un torrent ou bien une cascade déferlant devant des pierres couvertes de mousse. Son regard restait fixé sur l'écran télé ; plus précisément, sur une vidéo maison de lui-même en compagnie d'une ou plusieurs femelles atteintes de fièvre érotique.

Myron se décida à entrer. Win leva un de ses doigts libres avec autant d'autorité qu'il en faut à un flic de la circulation pour lever un bras entier, indiquant par là qu'il avait besoin d'un peu de temps. Myron risqua la moitié d'un œil vers l'écran, aperçut – à moitié donc – les chairs ligotées et regretta aussitôt son demi-regard.

Quelques secondes plus tard, Win dit :

— Salut.

—Je voudrais que mon dégoût soit noté, dit Myron.

— C'est noté.

Win le Lotus se déploya avec fluidité et se retrouva soudain, très normalement, debout. Il sortit la cassette du lecteur. Elle était étiquetée *Anon. 11. Anon.*, Myron le savait, voulait dire Anonyme. Ce qui signifiait que soit Win avait oublié les noms de ses partenaires, soit ne les avait jamais sus.

— Je n'arrive pas à croire que tu continues ça, dit Myron.

— S'agirait-il d'un nouveau cours de morale ? demanda Win d'un air coquin. Comme c'est gentil à toi.

— Je peux te demander quelque chose ?

— Demande, je te prie.

— Un truc que j'ai toujours voulu savoir…

— Mes oreilles sont toutes émues d'entendre cela.

— Oublions, un instant, ma répugnance…

— Elle est déjà oubliée. Ton sentiment de supériorité m'est d'un tel réconfort.

— Tu prétends que ceci…

Myron fit un geste prudent vers la cassette et la télé.

— … te détend.

— Oui.

— Mais est-ce que ça ne t'excite pas aussi ?

— Pas du tout.

— C'est là que j'comprends pas.

— Voir l'acte ne m'excite pas, expliqua Win. Penser à l'acte ne m'excite pas. Les vidéos, les magazines cochons, *Penthouse*, le téléphone rose… rien de tout cela ne m'excite. Pour moi, il n'existe aucun substitut à la réalité. La ou les partenaires doivent être présentes. Le reste a autant d'effet que si j'essayais de me chatouiller. C'est pourquoi je ne me masturbe jamais.

Myron en resta coi.

— Un problème ? demanda Win.

— Je me demandais juste ce qui m'avait pris de poser cette question, dit Myron.

Win ouvrit un meuble Ming converti en minifrigo et lui lança un Yoo-Hoo avant de se servir un cognac. Cette pièce était remplie d'antiquités, de riches tapisseries, de tapis orientaux et de bustes d'hommes aux cheveux longs et bouclés. Sans les bidules audio-vidéos futuristes, on aurait pu se croire chez les Médicis.

Ils s'écroulèrent dans leurs fauteuils habituels.

— Tu sembles soucieux, dit Win.

— J'ai une affaire pour nous.

— Ah.

— Je sais que j'ai dit qu'on arrêtait. Mais c'est un cas un peu spécial.

— Je vois.

— Tu te rappelles d'Emily ?

Win faisait lentement tournoyer son cognac dans un verre obèse.

— Petite amie à la fac. Émettait des bruits de guenon pendant l'amour. T'a plaqué quand tu entrais en licence. A épousé ton ennemi N° 1, Greg Downing. Qu'elle a aussi plaqué. Elle émet sûrement encore ces bruits de guenon.

— Elle a un fils, dit Myron. Il est malade.

Il expliqua rapidement la situation, oubliant de mentionner le fait qu'il pourrait être le père du garçon. S'il n'était pas parvenu à en parler avec Esperanza, il ne risquait sûrement pas de le faire avec Win.

— Cela ne devrait pas être trop difficile, dit celui-ci quand il eut terminé. Tu vois le médecin demain ?

— Oui.

— Découvre ce que tu peux sur celui qui gère les dossiers des donneurs.

Win ramassa la télécommande et brancha la télé. Il zappa pour échapper aux pubs et parce qu'il était un vrai mâle. Il s'arrêta sur CNN. Terese Collins présentait les infos.

— La charmante Mme Collins nous rendra-t-elle visite demain ?

Myron hocha la tête.

— Son vol arrive à dix heures.

— Elle vient souvent.

— Ouais.

— Est-ce que...

Win grimaça comme il l'aurait fait devant un reportage sur les hémorroïdes.

— ... ça deviendrait sérieux entre vous ?

Myron loucha vers Terese dans la télé.

— Je ne sais pas. C'est encore trop neuf.

Il y avait une intégrale *All in the Family* sur le câble, ce que Win n'aurait manqué pour rien au monde. Et Myron non plus. Ils commandèrent de la bouffe chinoise. Pendant les deux premiers épisodes, Myron essaya d'apprécier la sitcom mais il ne cessait de penser à Jeremy. Il parvenait à éviter le sujet de la paternité, se concentrant, comme Emily l'avait demandé, sur la maladie et la tâche à accomplir. L'anémie de Fanconi. C'était ce dont était atteint le garçon, selon elle. Il trouverait peut-être quelque chose sur le Web.

— Je reviens, dit-il.

Win haussa un sourcil.

— L'épisode des funérailles de Stretch Cunningham va commencer.

— Je veux vérifier quelque chose sur Internet.

— C'est l'épisode où Archie fait son éloge funèbre.

— Je sais.

63

— Où il déclare qu'il n'aurait jamais cru que Stretch Cunningham était juif à cause du « ham » dans son nom[1]

— Je connais l'épisode, Win.

— Et tu es prêt à rater ça pour aller sur le Net ?

— Tu l'as déjà enregistré.

— Là n'est pas la question.

Les deux hommes se dévisagèrent. Au bout d'un moment, Win dit :

— Raconte.

Myron hésita à peine

— Emily dit que je suis le père du garçon.

— Ah, fit Win avec un hochement de tête.

— Tu n'as pas l'air surpris.

Win attrapa une autre crevette entre ses baguettes.

— Tu la crois ?

— Oui.

— Pourquoi ?

— D'abord, ce serait un sacré mensonge.

— Mais Emily est douée pour mentir, Myron. Elle t'a toujours menti. Elle t'a menti à la fac. Elle t'a menti quand Greg a disparu. Elle a menti au tribunal à propos de la conduite de Greg avec les enfants. Elle a trahi Greg la veille de leur mariage en couchant avec toi. Et, si elle te dit effectivement la vérité maintenant, elle t'a donc menti pendant environ treize ans.

Voilà qui donnait à réfléchir.

— Je pense qu'elle dit la vérité cette fois.

— Tu *penses*, Myron ?

---

1. Jeu de mots intraduisible : « ham » = jambon. *(N.d.T.)*

— Je vais faire un test en paternité.

— Si tu y tiens.

— Qu'est-ce que tu entends par là ?

— C'est une phrase que je trouve parfaitement compréhensible.

Myron grimaça.

— Ne viens-tu pas de dire que je devais m'assurer qu'elle ne ment pas ?

— Pas du tout, dit Win. Je ne faisais que remarquer l'évidence. Je n'ai pas dit que vérité ou mensonge faisaient la moindre différence.

Myron réfléchit encore.

— Là, je suis un peu perdu.

— Dans ce cas, soyons simples, fit Win. Et même si tu es le père biologique de l'enfant ? Quelle différence cela fait-il ?

— Voyons, Win. Même toi, tu ne peux pas être aussi froid.

— C'est plutôt le contraire, en fait. Aussi étrange que cela puisse te paraître, c'est mon cœur qui parle.

— Tu veux bien m'expliquer ?

Win fit encore tourner son verre, observa le liquide, but une gorgée. Le rose de ses joues rosit un peu plus.

— Encore une fois, soyons simples. Quoi que révèle le test en paternité, tu n'es pas le père de Jeremy Downing. Son père, c'est Greg. Tu as peut-être été un donneur de sperme. Tu as peut-être été un accident de stupre, un aléa biologique. Tu as peut-être fourni une structure cellulaire microscopique qui s'est combinée avec une autre structure un peu plus complexe. Mais tu n'es pas le père de ce garçon.

— Ce n'est pas si simple, Win.

— Au contraire, c'est aussi simple que cela, mon ami. Le fait que tu aies choisi de façon fort prévisible de compliquer la chose ne la change en rien. Je peux te le démontrer, si tu veux.

— Je t'écoute.

— Tu aimes ton père, exact ?

— Tu connais la réponse.

— Je la connais, dit Win. Mais qu'est-ce qui fait de lui ton père ? Le fait qu'il ait grogné sur Maman après quelques verres – ou bien la façon dont il s'est occupé de toi, sa façon de t'aimer, ces trente-cinq dernières années ?

Myron baissa les yeux vers son Yoo-Hoo.

— Tu ne dois rien à ce garçon, continua Win, et chose tout aussi importante, il ne te doit rien. Nous essaierons de sauver sa vie, si c'est ce que tu souhaites, mais cela devrait s'arrêter là.

Myron réfléchissait encore. Au naturel, c'est-à-dire quand il délirait, Win était terrifiant. Quand il ne délirait pas, c'était pire encore.

— Tu as peut-être raison.

— Mais tu continues à penser que ce n'est pas si simple.

— Je ne sais pas.

Sur l'écran, Archie s'approchait de la chaire, kippa sur la tête.

— C'est un début, dit Win.

6

Myron mélangea des Froot Loops pour gosses avec du très adulte All-Bran dans un bol qu'il combla de lait écrémé. C'était un homme, certes. Mais aussi et encore un grand enfant. Poignant.

Le train N° 1 l'emmena sur un quai enterré si profond sous la 168e Rue que les voyageurs devaient emprunter un ascenseur puant l'urine pour atteindre la surface. L'engin était grand, sombre et tremblotant ; il avait sa place dans un documentaire d'une chaîne culturelle sur les mines de charbon.

Située dans Washington Heights, à un jet de pierre de Harlem et juste en face de la Salle Audubon sur Broadway où Malcolm X avait été abattu, la très réputée section pédiatrique du Columbia Presbyterian Medical Center était appelée l'Hôpital pour Enfants et Bébés. Avant, on disait juste l'Hôpital pour Bébés mais un comité d'éminents experts avait été convoqué et, après des heures de débats intenses et rigoureux, il avait été décidé d'adopter une nouvelle appellation : le *Babies Hospital* serait dorénavant le *Babies and Children's*

Hospital. Morale de l'histoire : les comités sont vraiment, vraiment importants.

Mais ce nom redondant reflète de façon adéquate la réalité : on ne s'occupe dans cet immeuble passablement vieillot que de naissances et de pédiatrie. Douze étages dont onze sont consacrés à des enfants malades. Il y a peut-être là quelque chose de très malsain, mais probablement rien au-delà du théologiquement évident.

Myron s'immobilisa devant l'entrée pour contempler le bâtiment noirci par la pollution. De nombreux malheurs voyaient le jour dans cette ville et beaucoup d'entre eux échouaient ici. Il se présenta à la réception, donna son nom au gardien qui lui remit un passe sans lâcher son *Guide TV* des yeux. Myron patienta longuement devant l'ascenseur et en profita (justement) pour lire la Charte des Droits des Patients, rédigée en anglais et en espagnol. Deux pancartes munies de flèches idoines et parallèles indiquaient le Service de Cardiologie Sol Goldman et le Burger King de l'hôpital. Messages contradictoires ou justement, non… Difficile à dire.

La porte de la cabine s'ouvrit au dixième étage sur une fresque arc-en-ciel « Sauvons la Forêt Tropicale », réalisée, selon la légende, par les « patients pédiatriques » de l'établissement. Sauvons la Forêt Tropicale. Ouais, comme si tout ce qui manquait à ces gosses c'était de faire un peu de jardinage.

Myron demanda à une infirmière où il pouvait trouver le Dr Singh et celle-ci lui montra une femme guidant un troupeau d'internes dans le couloir. Myron fut un peu surpris de constater la féminité du Dr Singh ; il avait imaginé un homme. Où va se loger le sexisme ?

Le – la ? – Dr Singh était, comme son nom l'indiquait fortement, indienne d'Inde, par opposition à indienne d'Amérique. Trente-cinq ans environ, les cheveux un peu moins foncés que Myron s'y serait attendu pour une Indienne d'Inde. Elle portait, bien sûr, une veste blanche de médecin. Comme tous les internes, qui semblaient pour la plupart âgés de quatorze ans ; sur eux, la veste faisait plutôt l'effet d'une blouse, comme s'ils s'apprêtaient à peindre avec les doigts ou alors à disséquer une grenouille en classe de biologie. Certains arboraient une expression très grave qui paraissait presque risible sur leurs visages de chérubins, mais tous avaient les yeux cernés par cet épuisement dû à trop de nuits de garde et qui semble faire partie des matières obligatoires de leur cursus.

Seuls deux d'entre eux étaient des hommes – des garçons, plutôt – tous deux en jeans, cravate criarde et chemise blanche, comme des serveurs de fast-food. Les femmes – les traiter de filles aurait épuisé le quota hebdomadaire de termes antipolitiquement corrects alloué à Myron – préféraient les fringues d'hôpital. Tous si jeunes. Des bébés soignant des bébés.

Il suivit le groupe, jetant, de temps à autre, un regard dans une chambre et le regrettant aussitôt. Les murs du couloir étaient festifs et joyeusement décorés d'images, collages et modelages Disney/Nick Junior/PBS, mais Myron ne voyait que du noir. Un étage entier rempli d'enfants mourants. Des petits garçons et des petites filles chauves qui avaient très mal, les veines bleuies par les toxines et les poisons. L'air si calme, pas du tout effrayé, ils faisaient preuve d'un courage surnaturel. Pour voir la terreur nue, il fallait regarder les yeux des parents, comme si Papa et Maman aspiraient l'horreur vers eux et se l'enfonçaient sous la peau pour la retirer à leurs enfants.

— Monsieur Bolitar ?

Le Dr Singh lui tendait la main. Elle avait un regard très direct.

— Je suis Karen Singh.

Il faillit lui demander comment elle faisait, comment elle restait à cet étage, jour après jour, à regarder des gosses mourir. Mais il ne le fit pas. Ils échangèrent les politesses d'usage. Myron, qui s'était – bien sûr – attendu à un accent bengalais, ne décela que celui du Bronx.

— Nous pourrons parler ici, dit-elle.

Elle poussa une de ces portes superlourdes, superlarges, endémiques aux hôpitaux, et ils pénétrèrent dans une chambre vide aux lits sans drap ni couverture. Ce dépouillement enflamma l'imagination de Myron. La scène : une femme affolée se ruant dans l'hôpital, martelant le bouton d'appel de l'ascenseur, plongeant à l'intérieur, cognant un autre bouton, sprintant dans le couloir vers la chambre silencieuse, le lit en train d'être défait par une infirmière et soudain le cri d'angoisse...

Il secoua la tête. Il regardait trop la télévision.

Karen Singh s'assit au coin d'un matelas et il l'étudia un moment. Elle avait des traits longs et minces qui, tous, pointaient vers le bas – le nez, le menton, les sourcils. Un visage assez dur.

— Vous me dévisagez, dit-elle.

— Désolé, je n'en avais pas l'intention.

Elle se toucha le front.

— Vous vous attendiez peut-être à un point ?

— Euh... non.

— Bien. Alors, venons-en au fait, d'accord ?

— D'accord.

— Mme Downing veut que je réponde à toutes vos questions.

— Merci d'en prendre le temps.

— Êtes-vous un enquêteur privé ?

— Plutôt un ami de la famille.

— Vous avez joué au basket avec Greg Downing ?

Myron était toujours surpris par la mémoire du public. Après toutes ces années, les gens se rappelaient encore ses grands matchs, ses meilleures actions, parfois avec plus de clarté que lui-même.

— Vous aimez le basket ?

— Non. À vrai dire, je déteste ça.

— Alors, comment...

— Simple déduction. Vous êtes grand, vous avez l'âge qui convient et vous avez dit être un ami de la famille. Donc...

Elle haussa les épaules.

— Jolie déduction.

— C'est un peu notre métier quand vous y réfléchissez. Déduire. Établir des diagnostics. Certains sont faciles. Pour d'autres, il faut savoir interpréter les signes. Vous avez lu Sherlock Holmes ?

— Oui.

— Sherlock disait qu'on ne doit jamais élaborer une théorie avant d'avoir réuni les faits – parce qu'alors on tord les faits pour qu'ils s'adaptent à la théorie, au lieu de tordre la théorie pour qu'elle s'adapte aux faits. Neuf fois sur dix, les mauvais diagnostics sont dus à ce que les médecins ignorent l'axiome de Sherlock.

— C'est ce qui s'est passé avec Jeremy Downing ?

— Je le crois, oui.

Quelque part, une machine se mit à biper. Un bruit qui vous épluchait les nerfs.

— Donc, son premier médecin a foiré ?

— Je refuse d'entrer dans cette querelle. L'anémie de Fanconi est assez rare. Et les symptômes ressemblent à beaucoup d'autres. Il est facile de se tromper de diagnostic.

— Parlez-moi de Jeremy.

— Que voulez-vous que je vous dise ? Il l'a. L'anémie de Fanconi. Ce qui veut dire que sa moelle osseuse est altérée.

— Altérée ?

— Le mot juste serait « pourrie ». Sa moelle est pourrie. À cause d'elle, il est susceptible d'attraper toutes sortes d'infections ou de cancers. Ça se transforme souvent en LAM.

Devant son air perplexe, elle expliqua :

— Leucémie aiguë myéloïde.

— Mais vous pouvez le guérir ?

— Guérir est un mot optimiste. Disons qu'avec une greffe de moelle osseuse et des traitements avec un nouveau composé à la fludarabine, son pronostic serait bon.

— Fluda-quoi ?

— Peu importe. Il nous faut un donneur de moelle compatible avec Jeremy. C'est tout ce qui compte.

— Et vous n'en avez pas.

Le Dr Singh s'agita sur le matelas.

— Exactement.

Myron sentit la résistance. Il préféra battre en retraite, tenter une offensive sur un autre flanc.

— Pourriez-vous m'expliquer le processus de greffe ?

— Étape par étape ?

— Si ce n'est pas trop vous demander.

Elle haussa de nouveau les épaules et tous ses traits devinrent un peu moins pointus.

— Première étape : trouver un donneur.

— Comment ?

— On essaie d'abord les membres de la famille. Les frères et sœurs ont les meilleures chances d'être compatibles. Puis les parents. Puis les gens d'origine similaire.

— Quand vous dites d'origine similaire...

— Les Noirs avec les Noirs, les Juifs avec les Juifs, les Latinos avec les Latinos. On voit ça très souvent dans les tests de moelle osseuse. Si le patient est, par exemple, un Juif hassidique, les tests se feront dans leurs *schuls*. Il est généralement plus difficile de trouver des donneurs pour les sang-mêlé.

— Et le sang de Jeremy, ou je ne sais ce que vous testez chez lui... est plutôt rare ?

— Oui.

Emily et Greg étaient tous les deux d'origine irlandaise. La famille de Myron provenait, elle, de la vieille et vaste Russie, mais aussi de Pologne avec des bouts de Palestine qui s'étaient rajoutés au cours du voyage. Sang-mêlé. Il pensa à ce que ça impliquait pour la paternité.

— Donc, après avoir épuisé la famille, comment cherchez-vous le donneur ?

— On s'adresse au registre national.

— Qui se trouve ?

— À Washington. Vous y êtes inscrit ?

Myron acquiesça.

— Ils ont des archives informatisées. On recherche une compatibilité éventuelle dans leur banque de données.

— D'accord, maintenant imaginons que vous trouviez un donneur dans l'ordinateur...

— Un donneur *éventuel*, corrigea-t-elle. Le centre local appelle le donneur potentiel et lui demande de venir. Ils réalisent toute une série d'examens. Mais les chances pour qu'il soit vraiment compatible sont très minces.

Karen Singh se détendait, plus à l'aise maintenant d'évoquer un sujet qui lui était familier, ce qui était exactement le but qu'il recherchait. Les interrogatoires obéissent à des lois curieuses. Parfois, il faut lancer une attaque frontale et parfois il vaut mieux contourner, faire ami-ami et passer discrètement par-derrière. Win avait une formule pour ça : « On peut attraper des fourmis avec du miel, mais ne jamais oublier sa bombe de Raid. »

— Supposons que vous trouviez le donneur impeccable, dit Myron. Que se passe-t-il ensuite ?

— Le centre se procure son autorisation.

— Quand vous dites le centre, vous voulez parler du registre national à Washington ?

— Non, je parle du centre local. Vous avez votre carte de donneur sur vous ?

— Oui.

— Faites voir.

Il sortit son portefeuille, trifouilla parmi une douzaine de cartes de réduction de supermarchés, trois affiliations à des vidéoclubs, une ou deux de ces offres « au centième café profitez de notre réduction de dix cents » et finit par trouver sa carte de donneur, qu'il lui tendit.

— Vous voyez, dit-elle en lui montrant le verso. Votre centre local se trouve à East Orange, New Jersey.

— Donc si j'étais un donneur éventuel, le centre d'East Orange me contacterait ?

— Oui.

— Et si j'étais un donneur compatible ?

— Vous signeriez quelques papiers et vous donneriez votre moelle.

— C'est comme donner son sang ?

Lui rendant sa carte, Karen Singh s'agita de nouveau.

— Récolter de la moelle osseuse est une procédure plus invasive.

Invasive. À chaque profession, son jargon.

— C'est-à-dire ?

— D'abord, il faudra vous endormir.

— Une anesthésie ?

— Oui.

— Et ensuite, que font-ils ?

— Un docteur vous enfonce une aiguille à travers les os et aspire la moelle avec une seringue.

— Aouh, fit Myron.

— Comme je viens de vous l'expliquer, vous êtes endormi.

— Peut-être, mais ça paraît quand même beaucoup plus compliqué qu'un don de sang.

— Oui, dit-elle. Mais c'est une opération sans risque et relativement indolore.

— Il doit pourtant y avoir des gens qui s'y refusent. Je veux dire, la plupart ont dû devenir donneurs de la même manière que moi : ils avaient un ami malade et ils ont fait un test sanguin. Pour quelqu'un qu'on connaît et qu'on aime, on est prêt à faire un sacrifice. Mais pour un étranger ?

Les yeux de Karen Singh trouvèrent les siens et les attrapèrent. Durement.

— Il s'agit de sauver une vie, monsieur Bolitar. Pensez-y. Ça vous arrive souvent d'avoir l'occasion de sauver la vie d'un autre être humain ?

Il avait touché un point sensible. Bien.

— Êtes-vous en train de dire que les gens ne refusent jamais ?

— Je ne dis pas que ça n'arrive jamais mais, en général, les gens font ce qu'il faut.

— Le donneur rencontre-t-il la personne qu'il ou elle sauve ?

— Non. C'est complètement anonyme. La confidentialité est très importante. Tout se déroule dans le plus grand secret.

Ils y arrivaient maintenant et Myron sentait ses défenses remonter comme une vitre de voiture. Il décida de reculer encore, de la laisser revenir sur un terrain plus confortable.

— Que se passe-t-il pour le patient pendant tout cela ? demanda-t-il.

— À quel moment ?

— Pendant que la moelle est récoltée. Comment le préparez-vous ?

Voilà qu'il parlait lui aussi comme un vrai docteur. À force de regarder *Urgences*…

— Cela dépend de ce que l'on traite, dit le Dr Singh. Mais, dans la plupart des maladies, le receveur subit une semaine entière de chimiothérapie.

Chimiothérapie. Un de ces mots qui amène le silence dans une pièce plus sûrement que le froncement de sourcils d'une bonne sœur.

— On fait la chimio avant la greffe ?

— Oui.

— J'aurais cru que cela les affaiblirait, dit Myron.

— Jusqu'à un certain point, c'est exact.

— Alors, pourquoi la faire ?

— C'est nécessaire. On greffe au receveur une nouvelle moelle osseuse. Pour cela, il faut tuer l'ancienne. Avec la leucémie, par exemple, la dose de chimio est élevée parce qu'il faut tuer toute la moelle vivante. Dans le cas de l'anémie de Fanconi, on peut se montrer moins agressif parce que la moelle est déjà faible.

77

— Donc, vous tuez toute la moelle osseuse ?

— Oui.

— N'est-ce pas dangereux ?

Le Dr Singh lui balança de nouveau son regard dur.

— C'est une procédure dangereuse, monsieur Bolitar. Il s'agit de remplacer la moelle osseuse d'une personne.

— Et ensuite ?

— Et ensuite, on injecte la nouvelle moelle dans le patient. Il ou elle est gardé en isolement dans un environnement stérile pendant les deux premières semaines.

— En quarantaine.

— Oui. Vous vous souvenez de ce vieux film télé *Le Garçon dans la Bulle de Plastique* ?

— Qui ne s'en souvient pas ?

Le Dr Singh sourit.

— Le patient vit donc là-dedans ? demanda Myron.

— Une sorte de chambre bulle, oui.

— Je ne savais pas, dit-il. Et ça marche ?

— Le rejet est toujours possible, bien sûr. Mais notre taux de succès est assez élevé. Dans le cas de Jeremy Downing, il pourra vivre une vie normale, active, grâce à la greffe.

— Et sans elle ?

— Nous pourrons continuer à le traiter avec des hormones mâles et de croissance, mais sa mort prématurée est inévitable.

Silence. Sauf la machine qui continuait à biper imperturbablement.

Myron s'éclaircit la gorge.

— Quand vous disiez que tout ce qui concerne le donneur reste confidentiel...

— Je voulais dire totalement.

Fini de tourner autour du pot.

— Et comment l'acceptez-vous, docteur Singh ?

— Que voulez-vous dire ?

— Le registre national a trouvé un donneur compatible avec Jeremy, n'est-ce pas ?

— Je crois, oui.

— Donc, que s'est-il passé ?

Elle se tapota le menton avec l'index.

— Puis-je parler avec franchise ?

— Je vous en prie.

— Je crois au besoin du secret et de la confidentialité. La plupart des gens ne comprennent pas à quel point il est facile, indolore et important de mettre leur nom dans un registre. Tout ce qu'ils ont à faire, c'est donner un peu de sang. Juste un petit tube, beaucoup moins que pour un vrai don de sang. Par ce simple geste, vous pouvez sauver une vie. Vous comprenez la signification de ce geste ?

— Je crois.

— Nous autres, dans la communauté médicale, nous faisons tout notre possible pour encourager les gens à s'inscrire dans le registre de don de moelle osseuse. L'éducation est, bien sûr, importante. Et la confidentialité aussi. Elle doit être respectée. Les donneurs doivent avoir confiance en nous.

Elle s'interrompit, croisa les jambes, posa les mains derrière elle sur le matelas.

— Mais, dans le cas de Jeremy, nous sommes face à un dilemme. L'importance de la confidentialité se heurte au bien-être de mon patient. Pour moi, ce dilemme est facile à résoudre. Le serment d'Hippocrate prévaut sur tout. Je ne suis ni juriste ni prêtre. Ma priorité est de sauver des vies, pas de protéger des susceptibilités. Je dirais que je ne suis pas le seul médecin à voir les choses ainsi. C'est peut-être pour cela que nous n'avons aucun contact avec les donneurs. Le centre local – dans votre cas, celui d'East Orange – s'occupe de tout. Il récolte la moelle et nous l'expédie.

— Et vous dites que vous ne savez pas qui est le donneur ?

— C'est exact.

— Ni où il ou elle habite ? Vous n'avez aucun renseignement ?

— Tout ce que je peux vous dire, c'est que le registre national a trouvé un donneur. Ils l'ont appelé et ils me l'ont signalé. J'ai, peu après, reçu un autre appel me disant que le donneur n'était plus disponible.

— Et vous avez abandonné ?

Elle se raidit. Ses yeux se firent petits et noirs.

— Non, monsieur Bolitar, je n'ai pas abandonné. J'ai ragé contre la machine. Mais les gens du registre national ne sont pas des ogres. Ils savent, eux aussi, que c'est une question de vie ou de mort. Si un donneur se dérobe, ils font tout leur possible pour le persuader. Ils font tout ce que je ferais à leur place pour convaincre le donneur de ne pas nous lâcher.

— Et dans le cas qui nous occupe, rien n'a marché ?

— On dirait.

— A-t-on dit au donneur qu'il condamne un petit garçon de treize ans à mort ?

Elle n'hésita pas.

— Oui.

Myron montra ses paumes.

— Alors, que devons-nous en conclure, docteur ? Que le donneur est un monstre d'égoïsme ?

Karen Singh rumina ça un moment.

— Peut-être, dit-elle. Ou peut-être que la réponse est plus simple.

— Par exemple ?

— Peut-être que le centre ne parvient plus à le retrouver. *Salut.* Myron eut l'impression qu'on venait de le réveiller.

— Comment cela, « ne parvient plus à le retrouver » ?

— J'ignore ce qui s'est passé. Le centre ne me le dira pas et cela vaut probablement mieux. Je suis l'avocate du patient. Mais j'ai eu l'impression que mes interlocuteurs étaient...

Elle s'arrêta, cherchant le mot juste.

— ... perplexes.

— Qu'est-ce qui vous fait dire cela ?

— Rien de concret. Juste le sentiment qu'il pourrait ne pas simplement s'agir d'un donneur récalcitrant.

— Comment pourrions-nous nous en assurer ?

— Je n'en sais rien.

— Comment pourrions-nous trouver le nom du donneur ?

— Nous ne pouvons pas.

— Il doit bien y avoir un moyen, dit Myron. Jouons à faire semblant. Comment pourrais-je m'y prendre ?

Nouveau haussement d'épaules.

— En piratant le système informatique. C'est la seule façon, selon moi.

— Le système à Washington ?

— Ils sont reliés aux centres locaux. Mais il vous faudrait des tas de codes et de mots de passe. Peut-être qu'un bon hacker y arriverait... je ne sais pas.

Les hackers, Myron lui le savait, étaient nettement plus performants dans les films que dans la réalité.

— Combien de temps avons-nous, docteur ?

— Je ne saurais le dire. Jeremy réagit bien aux traitements hormonaux. Mais ce n'est qu'une question de temps.

— Donc, il faut trouver ce donneur.

— Oui.

Karen Singh se tut, regarda Myron, regarda ailleurs.

— Il y a autre chose ? demanda-t-il.

Son regard resta ailleurs.

— Il y a une autre possibilité qui offrirait de minces chances, dit-elle.

— Laquelle ?

— Gardez à l'esprit ce que je vous ai dit tout à l'heure. Je suis l'avocate du patient. Mon travail est d'explorer la moindre piste menant à sa guérison.

Elle avait une drôle de voix maintenant.

— Je vous écoute, dit Myron.

Karen Singh se frotta les paumes sur son pantalon.

— Si les parents biologiques de Jeremy concevaient de nouveau, il y a vingt-cinq pour cent de chances que leur nouvel enfant soit compatible.

Elle le regarda enfin.

— Je ne crois pas que cela soit possible, dit-il.

— Même si c'est le seul moyen de sauver la vie de Jeremy ?

Myron n'avait pas de réponse à ça. Un garçon de salle ouvrit la porte, jeta un coup d'œil dans la pièce, marmonna une excuse et se retira. Myron se leva et la remercia.

— Je vous reconduis à l'ascenseur, dit le Dr Singh.

— Merci.

— Il y a un labo au premier étage du pavillon Harkness, dit-elle en lui tendant un bout de papier.

Myron y jeta un œil : c'était une ordonnance.

— J'ai cru comprendre que vous pourriez vouloir faire un examen sanguin confidentiel.

Ni l'un ni l'autre ne prononça le moindre mot jusqu'aux ascenseurs. Dans le couloir, ils croisèrent plusieurs enfants dans des fauteuils roulants. Le Dr Singh leur souriait, les traits pointus s'adoucissant au point d'en devenir presque célestes. Les gamins ne semblaient toujours pas avoir peur. Myron se demanda si ce calme était engendré par l'ignorance ou l'acceptation, il se demanda si les gosses comprenaient la gravité de ce qui était en train de leur arriver ou bien s'ils possédaient une clairvoyance que leurs parents ne connaîtraient jamais. Mieux valait laisser de telles questions philosophiques à des gens plus érudits, se dit-il. Mais peut-être que la réponse était plus simple qu'il ne l'imaginait : la souffrance des enfants serait relativement brève, celle des parents éternelle.

Quand ils arrivèrent devant les cabines, Myron osa :

— Comment faites-vous ?

Elle comprit ce qu'il voulait dire.

— Je pourrais dire quelque chose de joli sur la consolation qu'on trouve à aider mais la vérité, c'est que je me blinde et que, dès que je sors d'ici, je me planque derrière ce blindage.

La porte de l'ascenseur s'ouvrit. Avant que Myron n'ait eu le temps de faire le moindre geste, retentit une voix qu'il connaissait trop :

— Qu'est-ce que tu fous ici ?

Greg Downing s'avança vers lui.

7

Du passé. Du lourd. Encore.

La dernière fois que les deux hommes s'étaient retrouvés dans la même pièce, Myron, assis sur la poitrine de Greg, essayait de le tuer, le cognant encore et encore à la tête jusqu'à ce que Win – Win ! – le tire en arrière. C'était trois ans auparavant. Myron ne l'avait plus revu depuis, sauf aux infos à la télé.

Greg Downing le fixait d'un sale air. Puis il regarda Karen Singh avant de se tourner de nouveau vers lui comme s'il espérait qu'il se serait évanoui.

— Qu'est-ce que tu fous ici ? répéta-t-il.

Il portait une chemise en flanelle sur un de ces tricots gaufrés qu'on trouve à Baby Gap, un jean délavé et des godillots de travail pré-usés. Le Bûcheron Branché.

Quelque chose prit feu dans la poitrine de Myron.

Depuis le premier rebond qu'ils s'étaient disputé en sixième, Greg et Myron incarnaient à la perfection les rivaux du village. Au lycée, où leur championnat personnel avait définitivement pris son essor, ils s'étaient affrontés à huit reprises, se partageant équitablement les victoires. La rumeur prétendait que les deux futures superstars se haïssaient, mais il ne s'agissait que d'une banale hyperbole sportive ; en fait, Myron connaissait à peine Greg en dehors des terrains. C'étaient tous les deux des compétiteurs féroces, pire que ça même, prêts à tout pour gagner mais, à la sonnerie du buzzer, les deux garçons se serraient la main et la rivalité hibernait jusqu'à la prochaine rencontre.

Du moins, c'est ce que Myron avait toujours cru.

Quand il avait accepté une bourse à Duke et que Greg avait choisi University of North Carolina, les fans de basket s'étaient réjouis. Leurs duels apparemment innocents allaient pouvoir reprendre en *prime time* sur les chaînes de sport. Myron et Greg ne les avaient pas déçus. Les matchs Duke-UNC avaient atteint des records d'audience, aucune rencontre ne se terminant par plus de trois points d'écart. Tous deux avaient mené des carrières universitaires spectaculaires. Tous deux avaient été sélectionnés chez les All-Americans. Tous deux avaient fait la couverture de *Sports Illustrated* à plusieurs reprises et en avaient même partagé une. Pourtant, la rivalité se confinait aux quatre lignes du terrain. Ils s'y battaient jusqu'au sang, mais la compétition n'avait jamais débordé sur leurs vies personnelles.

Jusqu'à Emily.

Avant le début de sa dernière année de fac, Myron avait évoqué devant elle la question du mariage. Le lendemain, elle était venue le voir, lui avait pris les mains, l'avait regardé dans les yeux et avait déclaré : « Je ne suis pas sûre de t'aimer. » Paf. Comme ça. Il se demandait encore ce qui s'était passé. Trop, trop tôt, sans doute. Le besoin de voler encore de ses propres ailes, de connaître autre chose, qui sait. Du temps avait passé. Trois mois, selon le décompte de Myron. Et Emily s'était foutue avec Greg. Myron avait fait celui que ça ne dérangeait pas... même quand ils avaient annoncé leurs fiançailles juste avant la remise des diplômes. C'était aussi la période de la draft pour la NBA. Tous deux avaient été sélectionnés au premier tour, même si, de façon surprenante, Greg avait été pris avant Myron.

C'est à ce moment-là que tout s'était précipité.

Résultat ?

Près d'une décennie et demie plus tard, Greg approchait du terme d'une carrière de basketteur pro All-Star. Les gens l'acclamaient. Il gagnait des millions et était célèbre. Il jouait au jeu qu'il aimait. Pour Myron, le rêve de sa vie s'était terminé avant même de commencer. Au cours de son premier match de pré-saison avec les Celtics, Big Burt Wesson lui avait foncé dessus, prenant son genou en sandwich entre ses cent trente kilos et ceux d'un autre joueur. Ça avait fait shhriic, crac, pop... juste avant la douleur fulgurante, comme si des griffes de métal lui déchiraient la rotule en lamelles.

Son genou ne s'en était jamais remis.

Un accident. C'est du moins ce que tout le monde, y compris Myron, avait cru. Pendant plus de dix ans, il avait été persuadé que sa blessure n'avait été qu'un coup de poisse, un caprice des Parques. Mais maintenant, il savait. Maintenant, il savait que l'homme qui se tenait face à lui en avait été la cause. Maintenant, il savait que la rivalité apparemment innocente de leur enfance était devenue un monstre qui s'était goinfré de ses rêves, avait massacré le mariage de Greg et Emily et, selon toute probabilité, avait provoqué la naissance de Jeremy Downing.

Il sentit ses poings se serrer.

— Je m'en allais.

Greg lui posa une main sur la poitrine.

— Je t'ai posé une question.

Myron regarda la main.

— Y a au moins une chose de bien, dit-il.

— Laquelle ?

— Pas de transport, dit Myron. On est déjà à l'hôpital.

Greg ricana.

— La dernière fois, tu m'as eu par surprise.

— Tu veux qu'on réessaie ?

— Pardon de vous interrompre, messieurs, dit Karen Singh. Mais vous êtes sérieux ?

Greg ne lâchait pas Myron du regard.

— Arrête, dit Myron, j'vais me faire pipi dessus.

— T'es qu'un fils de pute.

— Et tu n'es pas non plus sur ma liste de cartes de vœux, Greg la Crotte.

Greg la Crotte. Très adulte.

Greg se pencha en avant.

— Tu sais ce que j'aimerais te faire, Bolitar ?

— M'embrasser sur les lèvres ? M'acheter des fleurs ?

— Des fleurs pour ta tombe, oui.

Myron hocha la tête.

— Elle est excellente, celle-là, Greg. Waouh, je suis blessé.

Karen Singh intervint de nouveau.

— Ce n'est pas parce qu'on est dans un hôpital pour enfants que vous devez vous conduire comme des gosses.

Greg recula, sans lâcher Myron du regard.

— Emily, fit-il. C'est elle qui t'a appelé, hein ?

— Je n'ai rien à te dire, Greg.

— Elle t'a demandé de retrouver le donneur. Comme tu m'as retrouvé.

— Tu as toujours été un garçon brillant.

— J'ai convoqué une conférence de presse. Je vais lancer un appel direct au donneur. Offrir une récompense.

— Bravo.

— Ce qui veut dire qu'on n'a pas besoin de toi, Bolitar.

Myron regarda Greg et, pendant un instant, ils se retrouvèrent sur le terrain, le visage trempé de sueur, la foule hurlant, le chrono défilant, la balle suspendue à quatre mètres de haut. Le nirvana. Disparu à jamais. Volé par Greg. Et par Emily. Et aussi, surtout, si Myron était honnête, par sa propre stupidité.

— Faut que j'y aille, dit-il.

Greg s'écarta, Myron passa et pressa le bouton de l'ascenseur.

— Hé, Bolitar.

Il se retourna.

— Je suis venu ici pour parler de mon fils avec la toubib, dit Greg, pas pour ressasser le passé.

Myron ne dit rien. Il regarda la lumière du bouton qui clignotait.

— Tu penses pouvoir nous aider à sauver mon garçon ? demanda Greg.

La bouche de Myron s'assécha d'un coup.

— Je ne sais pas.

L'ascenseur tinta et s'ouvrit. Il n'y eut pas d'au revoir, pas de salut, pas le moindre échange. Myron entra dans la cabine et laissa la porte se refermer. Arrivé en bas, il se rendit au labo. Il remonta sa manche. Une femme lui tira du sang et dit :

— Votre médecin vous contactera pour les résultats.

8

Win s'ennuyait, aussi conduisit-il Myron à l'aéroport pour aller chercher Terese. Son pied écrasa l'accélérateur comme si celui-ci l'avait offensé. La Jag s'envola. Comme d'habitude quand Win était au volant, Myron évitait de regarder la route.

— Il semblerait, commença Win, que le plus simple serait de localiser une clinique satellite située dans un coin un peu perdu. À la campagne ou au fin fond du Jersey. Nous nous y introduirions de nuit avec un expert en informatique.

— Ça ne marchera pas, dit Myron.

— ¿ Porqué ?

— Le centre à Washington éteint tout le système informatique à six heures du soir. Impossible de le rallumer à distance.

— Hum, fit Win.

— Ne t'inquiète pas, dit Myron, j'ai un plan.

— À chaque fois que tu dis ça, mes tétons durcissent.

— Je croyais que seule la réalité avait cet effet-là sur toi ?

— N'est-ce pas la réalité ?

Ils trouvèrent une place dans le parking courte durée de JFK et se plantèrent devant la porte de Continental Airlines dix minutes avant l'arrivée du vol. Quand les passagers commencèrent à apparaître, Win annonça :

— Je vous attends là, dans le coin.

— Pourquoi ?

— Je ne voudrais pas vous priver de l'intimité de vos retrouvailles. Sans compter que, de là-bas, j'aurais une bien meilleure vue sur le derrière de Mme Collins.

Ah, Win.

Deux minutes plus tard, Terese Collins débarqua. Elle était très simplement parée d'une chemise blanche et d'un pantalon vert, ses cheveux châtains remontés en queue-de-cheval. Dans son sillage, les gens se donnaient des petits coups de coude, accompagnés de murmures et de mimiques subtiles qui signifiaient « je vous ai reconnue mais j'veux pas en avoir l'air ».

Terese vint vers Myron, son sourire d'avant la pub aux lèvres : pas trop large, pas trop éclatant, mais restant amical, rappelant aux téléspectateurs qu'elle venait de leur parler de guerres, de pestilence et de tragédies et que peut-être un grand sourire béat serait obscène. Ils se serrèrent un peu trop fort et Myron sentit la tristesse habituelle l'envahir. Ça arrivait à chaque fois qu'ils s'étreignaient – cette impression que quelque chose en lui s'écroulait. Et c'était pareil pour elle, il le sentait.

Win les rejoignit.

— Salut, Win, dit-elle.

— Salut, Terese.

— Encore en train de mater mon cul ?

— Je préfère le terme « derrière ». Et la réponse est oui.

— Toujours satisfait ?

— 20 sur 20.

— Hum hum, fit Myron. S'il vous plaît, attendez l'inspection vétérinaire.

Win et Terese se regardèrent et levèrent les yeux au ciel.

Myron avait eu tort. La préférée de Win n'était pas Emily mais Terese. Même si c'était strictement en raison du fait qu'elle vivait à un demi-continent de distance. « Tu fais partie de ces types navrants qui se sentent incomplets s'ils ne retrouvent pas leur chère et tendre à la maison tous les soirs, lui avait dit Win. Quoi de mieux qu'une femme qui a une carrière à mener et qui habite à deux mille kilomètres ? »

Win alla chercher la Jag pendant qu'ils attendaient les bagages. Terese le regarda s'éloigner.

— Il a un plus beau cul que moi ? demanda Myron.

— Il n'y a pas de plus beau cul que le tien.

— Je sais. C'était juste pour te tester.

Terese continuait à regarder Win.

— C'est un type intéressant, dit-elle.

— Mouais.

— Extérieurement, il est froid et détaché, dit-elle. Mais sous cette carapace, très loin en dessous, il est froid et détaché.

— Tu sais lire au fond des gens, Terese.

93

Win les déposa au Dakota avant de retourner au bureau. Dès que Myron et Terese se retrouvèrent dans l'appartement, elle se jeta sur lui. Il y avait toujours cette urgence chez elle. Ce désespoir. Agréable, oui. Terrible, même. Cette tristesse qui ne s'en allait pas quand ils faisaient l'amour, sauf que pendant un petit moment elle se levait comme une couverture nuageuse, planant au-dessus d'eux au lieu de peser sur eux.

Ils s'étaient rencontrés dans une mondanité à but caritatif quelques mois plus tôt, traînés tous les deux là-dedans par des amis bien intentionnés. Leur malheur mutuel les avait attirés, comme s'ils portaient une espèce de couronne psychique qu'eux seuls pouvaient repérer. Ils s'étaient enfuis le soir même aux Caraïbes sur un coup de tête. Pour le très prévoyant Myron, ce geste spontané avait paru étonnamment juste. Ils avaient passé trois semaines d'extase hébétée sur une île privée, essayant de colmater le flot de douleur. Quand il avait finalement dû rentrer, ils avaient tous les deux cru que c'était terminé. Ils s'étaient trompés. Du moins, ils semblaient s'être trompés.

Myron admettait être en voie de guérison. Il n'avait pas récupéré toutes ses forces, il n'était pas revenu à la normale, ni rien de tout ça. Il doutait même que cela arrive un jour. Et il n'était pas sûr d'en avoir envie. Des mains géantes l'avaient tordu avant de le relâcher, et si son monde se détordait lentement, il savait qu'il ne retrouverait jamais sa position initiale.

Poignant, toujours.

Mais quoi qu'il soit arrivé à Terese, ce qui avait amené cette tristesse ou, si vous préférez, tordu son monde, c'était toujours là et ça refusait de s'en aller.

La tête de Terese était posée sur sa poitrine, ses bras noués autour de lui. Il ne voyait pas son visage. Elle ne le lui montrait jamais après.

— Tu veux en parler ? demanda-t-il.

Elle ne lui avait toujours rien dit et Myron l'interrogeait rarement. C'était une espèce de règle cardinale entre eux, et tacite.

— Non.

—Je ne suis pas en train d'insister. Je veux seulement que tu saches que, si tu es prête, je suis là.

—Je sais.

Il aurait voulu ajouter quelque chose, mais elle se trouvait encore dans un endroit où les mots étaient soit superflus, soit blessants. Il resta silencieux et lui caressa les cheveux.

— Cette relation, dit Terese. C'est bizarre.

— Ça et autre chose.

— On m'a dit que tu sortais avec Jessica Culver, l'écrivain.

— On a rompu.

— Ah.

Elle ne bougeait pas, le serrant toujours un petit peu trop fort.

—Je peux te demander quand ? ajouta-t-elle.

— Un mois avant que je te rencontre.

— Et ça faisait combien de temps que vous étiez ensemble ?

— Treize ans, avec des pointillés.

—Je vois... Et je suis le remède ?

— Je suis le tien ?

— Peut-être, dit-elle.

— Même réponse.

Cela la fit réfléchir un moment.

— Mais ce n'est pas à cause de Jessica Culver que tu t'es enfui avec moi.

Il revit le cimetière donnant sur la cour d'école.

— Non, dit-il. Ce n'est pas à cause d'elle.

Terese leva enfin le visage vers lui.

— On n'a aucune chance. Tu le sais ?

Il ne dit rien.

— Ce n'est pas rare, poursuivit-elle. Des tas d'histoires n'ont aucune chance. Mais les gens s'y accrochent parce qu'elles sont marrantes. La nôtre n'est pas marrante, non plus.

— Parle pour toi.

— Ne te méprends pas, Myron. Tu es un sacré coup.

— Tu pourrais mettre ça par écrit devant notaire ?

Elle sourit, toujours sans joie.

— Alors, qu'est-ce qu'on est en train de faire au juste ?

— Tu veux la vérité ?

— De préférence.

— J'en fais toujours trop, dit Myron. C'est ma nature. Je rencontre une femme et j'imagine aussitôt la maison en banlieue, la pelouse à tondre et les deux gosses virgule un. Mais, pour une fois, je ne fais pas ça. Je laisse les choses arriver. Donc, pour répondre à ta question, je ne sais pas. Et je ne suis pas sûr d'avoir envie de savoir.

Elle baissa la tête.

— Tu te rends compte que je suis assez abîmée.

— Plus ou moins.

— Je trimballe pas mal de bagages.

— On trimballe tous des bagages, dit Myron. La question est, est-ce que tes bagages vont avec les miens ?

— Qui a dit ça ?

— Je paraphrase un truc que j'ai vu sur Broadway.

— Lequel ?

— *Rent*.

Elle fronça les sourcils.

— J'aime pas les comédies musicales.

— Désolé d'entendre ça, dit Myron.

— Toi, oui.

— Ah ça, oui.

— Trentenaire, célibataire, sensible et aimant les comédies musicales, dit-elle. Si tu te fringuais un peu mieux, je dirais que tu es gay.

Elle lui colla très vite un gros baiser sur les lèvres et ils se serrèrent un petit moment. Une fois encore, il voulait lui demander ce qu'il lui était arrivé, mais il ne le fit pas. Elle finirait bien par le lui dire. Ou pas. Il décida de changer de sujet.

— J'ai besoin que tu me rendes un service.

Cette fois, elle le regarda dans les yeux.

— Il faut que je m'introduise dans le système informatique du centre national de don de moelle osseuse, dit-il. Et je crois que tu peux m'aider.

— Moi ?

— Ouais.

— Tu te trompes de technophobe, dit-elle.

— J'ai pas besoin d'une technophobe. J'ai besoin d'une célèbre présentatrice.

— Je vois. Et tu me demandes ça comme une faveur postcoïtale ?

— Ça fait partie de mon plan, dit Myron. J'ai sapé ta volonté. Tu ne peux rien me refuser.

— Diabolique.

— En effet.

— Et si je refuse ?

Myron se tortilla les sourcils.

— Je referai usage de mon corps musclé et de ma technique d'amour patentée pour te soumettre.

— « Soumettre », répéta-t-elle en l'attirant plus près. C'est en un mot ou deux ?

9

Tout fut réglé à une vitesse ahurissante.

Myron expliqua son plan à Terese. Elle l'écouta sans l'interrompre avant de passer quelques appels. Sans lui demander pourquoi il cherchait le donneur ni en quoi le donneur et lui étaient liés. Encore la règle tacite, pensa-t-il.

Moins d'une heure plus tard, un van tout équipé de la chaîne de télé était garé devant le Dakota et le directeur du Bergen County Blood Center – un centre de collecte de moelle osseuse situé dans le New Jersey – avait accepté de tout laisser tomber pour une interview immédiate avec Terese Collins, star télévisuelle. Le pouvoir de la boîte à merdes.

Ils prirent le Harlem River Drive jusqu'au George Washington Bridge, pour traverser l'Hudson et sortir sur Jones Road dans Englewood, New Jersey. Quand Myron s'empara de la caméra, il s'aperçut qu'elle était plus lourde qu'il ne l'aurait cru. Terese lui montra comment la stabiliser sur l'épaule et la braquer. Il avait l'impression de jouer au bazooka.

— Tu ne crois pas que je devrais porter un déguisement ? demanda-t-il.

— Pourquoi ?

— Il y a encore des gens qui me reconnaissent, de l'époque où je jouais.

Elle lui lança un regard apitoyé.

— Je suis assez célèbre dans certains cercles, insista-t-il.

— Reviens sur terre, Myron. Si, par miracle, quelqu'un te reconnaissait, il se dirait que tu as eu de la chance de ne pas avoir fini dans le caniveau comme la plupart des anciens sportifs.

Il encaissa.

— Tu as sans doute raison.

— Encore une chose, dit-elle. Et ça va être une vraie torture pour toi.

— Quoi ?

— Il va falloir que tu te taises, dit Terese. Que tu gardes ta langue zélée dans ta bouche.

— Grands dieux !

— Tu n'es que le cameraman.

— « Artiste photographique » serait plus politiquement correct.

— Joue ton rôle, c'est tout. Laisse-moi m'occuper de lui.

— Puis-je, au moins, utiliser un pseudonyme ? fit-il en se collant l'œil à la caméra. Tu pourrais m'appeler Flash. Ou Scoop.

— Et pourquoi pas Iris ? Pour souligner ton côté féminin ?

Il l'avait cherché.

Dès qu'ils pénétrèrent dans la clinique, tous les regards convergèrent sur Terese. Avec plus ou moins d'ostentation. C'était la première fois, Myron s'en rendait soudain compte, qu'il sortait avec elle en public. Il n'avait jamais vraiment réfléchi au fait qu'elle était si célèbre.

— On te dévisage tout le temps comme ça ? chuchota-t-il.

— Oui.

— Ça ne t'ennuie pas ?

Elle secoua la tête.

— C'est des conneries.

— Quoi ?

— Les célébrités qui se plaignent du regard des gens. Tu veux mettre les boules à une star ? Envoie-la quelque part où personne ne la reconnaît.

Myron sourit.

— Quelle lucidité envers toi-même.

— C'est une nouvelle façon de dire cynique ?

— M. Englehardt va vous recevoir, annonça la réceptionniste.

Elle les conduisit à travers un couloir aux minces murs de placoplâtre recouverts d'une peinture propice à la dépression. Planté derrière un bureau en plastique imitation bois, Englehardt n'allait pas tarder à atteindre la trentaine. Il avait un menton aussi faible qu'un café de distributeur.

Myron remarqua aussitôt les deux ordinateurs. Un sur le bureau. Un autre sur un meuble à côté. Hum.

Englehardt jaillit de son siège comme s'il venait d'apprendre que celui-ci était couvert de poux. Il braquait des yeux écarquillés sur Terese. Totalement ignoré, Myron se sentait dans la peau du... cameraman. Terese adressa un sourire aveuglant à

101

Englehardt qui en perdit l'usage de la vue et d'une bonne moitié de la cervelle.

— Terese Collins, dit-elle en tendant la main.

Englehardt eut un peu de mal à la trouver, d'autant qu'il semblait hésiter à mettre un genou à terre.

— Je vous présente mon cadreur. Malachy Throne.

Myron esquissa un sourire. Après la débâcle sur les comédies musicales, il s'était inquiété. Mais Malachy Throne ? C'était du génie. Du pur génie.

Ils échangèrent quelques politesses. Englehardt n'arrêtait pas de se toucher les cheveux, faisant de son mieux pour garder l'air subtil, et non comme s'il se préparait pour la caméra. Tu rêves, mon pote. Finalement, Terese signala qu'ils étaient prêts à commencer.

— Où voudriez-vous que je m'assoie ? s'enquit Englehardt.

— Derrière votre bureau, ce serait parfait. N'est-ce pas, Malachy ?

— Derrière le bureau, dit Myron. Ouais, c'est le meilleur angle.

L'interview commença. Terese ne lâchait pas son sujet du regard ; piégé dans le rayon, Englehardt était fasciné, incapable de risquer une pupille ailleurs. Myron, quant à lui, colla son œil au viseur. Pro jusqu'au bout des cils. Très Richard Avedon.

Terese demanda comment il avait commencé sa carrière dans cette administration, l'interrogea sur son passé et autres insignifiances, l'aidant à se détendre, le baladant sur un terrain qu'il connaissait bien, usant d'une technique similaire à celle dont Myron s'était servi avec le Dr Singh. Elle était en mode studio. Sa voix était différente, ses yeux plus concentrés.

— Donc, le registre national de Washington recense tous les donneurs ? demanda-t-elle.

— C'est exact.

— Mais vous avez accès à ces dossiers ?

Englehardt tapota l'ordinateur qui se trouvait sur son bureau et dont l'écran lui faisait face. D'accord, se dit Myron, donc c'était celui du bureau. Ce qui rendait les choses un peu plus difficiles, mais pas impossibles.

Terese se tourna vers Myron.

— Pourquoi ne pas faire un contrechamp, Malachy ?

Avant de s'adresser à Englehardt :

— Si cela ne vous dérange pas.

— Pas du tout.

Myron commença à faire mouvement. Le moniteur était éteint. Pas vraiment une surprise.

Terese continuait à tenir le regard d'Englehardt.

— Est-ce que tout le monde dans cette clinique a accès à l'ordinateur du fichier central ?

Englehardt secoua fermement la tête.

— Non, je suis le seul.

— Pourquoi donc ?

— Ce sont des informations confidentielles. Le secret ne doit en aucun cas être brisé.

Myron était maintenant en place.

— Je vois, dit-elle. Mais quelqu'un pourrait s'introduire ici en votre absence ?

— Je ferme toujours la porte de mon bureau à clé, dit Englehardt, dressé sur ses ergots et désireux de plaire. Et il faut un mot de passe pour avoir accès au fichier.

— Que vous êtes le seul à connaître ?

Englehardt essaya de ne pas se rengorger, mais il n'essaya pas trop fort.

— C'est exact.

Vous avez déjà vu ces reportages en caméra cachée à la télé ? Avec ces angles de prises de vue bizarres et souvent en noir et blanc ? La vérité, c'est qu'il est facile pour n'importe qui d'acheter une de ces caméras maquillées et tout aussi facile d'en trouver une qui filme en couleurs. Des tas de magasins à Manhattan en font commerce, sans parler du Web. Tapez : « accessoires pour espions ». Vous verrez des caméras cachées dans des montres, des stylos, des mallettes et – les plus utilisées – dans des détecteurs de fumée... disponibles pour quiconque se déleste de la somme adéquate. Myron en avait justement une qui ressemblait à une cassette vidéo. Il la posa sur le rebord de la fenêtre, l'objectif braqué sur le moniteur de l'ordinateur.

Quand elle fut en place, Myron se tapota le nez, à la Redford dans *L'Arnaque*. C'était le signal. *Bolitar. Myron Bolitar. Un Yoo-Hoo. Au shaker, pas à la cuiller.* Terese réagit aussitôt. Soudain, son sourire disparut. Elle afficha un air funèbre comme si elle s'apprêtait à annoncer le début de la Troisième Guerre mondiale.

Ce qui provoqua une certaine confusion chez Englehardt.

— Madame Collins ? Vous allez bien ?

Pendant un moment, elle ne put supporter de le regarder. Puis :

— Monsieur Englehardt, dit-elle d'une voix martiale. Je dois vous avouer quelque chose.

— Je vous demande pardon ?

— Je suis ici sous un faux prétexte.

Englehardt parut perdu. À vrai dire, la métamorphose de Terese était si déroutante que Myron aussi en était presque perdu.

— Je crois sincèrement que vous accomplissez un travail remarquable et essentiel, continua-t-elle. Mais d'autres ne partagent pas tout à fait mon opinion.

Les yeux d'Englehardt s'écarquillaient.

— Je ne comprends pas.

— J'ai besoin de votre aide, monsieur Englehardt.

— Billy, corrigea-t-il.

Myron grimaça. Billy ?

Terese ne rata pas l'occasion.

— Quelqu'un tente de saboter vos efforts, Billy.

— Mes efforts ?

— Pour le registre national.

— Je ne suis pas sûr de bien…

— Connaissez-vous le cas Jeremy Downing ?

Englehardt secoua la tête.

— Je ne sais jamais le nom des patients.

— C'est le fils de Greg Downing, la star du basket.

— Oh, attendez, oui, j'en ai entendu parler. Son fils est atteint de l'anémie de Fanconi.

— C'est exact.

— M. Downing ne va-t-il pas donner une conférence de presse aujourd'hui ? Pour essayer de trouver un donneur ?

— Exactement, Billy. Et c'est bien là le problème.

— Comment cela ?

— M. Downing a déjà trouvé le donneur.

Toujours égaré :

— Et c'est un problème ?

— Non, bien sûr que non. Si cette personne est bien le donneur. Si cette personne dit bien la vérité.

Englehardt regarda Myron. Myron haussa les épaules et revint devant le bureau. Laissant la cassette vidéo sur le rebord de la fenêtre.

— Je ne vous suis pas, madame Collins.

— Terese, dit-elle. Un homme s'est fait connaître. Il prétend être le donneur compatible.

— Et vous pensez qu'il ment ?

— Laissez-moi terminer. Non seulement, il prétend être le donneur, mais il affirme que, s'il a refusé de donner sa moelle jusqu'à présent, c'est en raison du traitement infect qu'il a subi de la part de ce centre.

Englehardt faillit en tomber à la renverse.

— Quoi ?

— Il prétend avoir été traité de façon lamentable, que votre personnel s'est montré grossier et qu'il a même envisagé de porter plainte.

— C'est ridicule.

— Probablement.

— Il ment.

— Probablement.

— Et il sera démasqué. Dès qu'ils effectueront son analyse de sang, ils verront que c'est un mythomane.

— Mais quand, Billy ?

— Quoi ?

— Quand effectueront-ils cette analyse ? Dans un jour ? Une semaine ? Un mois ? D'ici là, les dégâts seront faits. Il va apparaître à la conférence de presse de Greg Downing. Tous les médias seront là. Même si on finit par le démasquer, personne ne se souviendra de la rétractation. On ne se souviendra que des allégations.

— Seigneur, souffla Englehardt, consterné.

— Je vais être franche avec vous, Billy. Nombre de mes collègues le croient. Pas moi. Je flaire un coup de pub. J'ai demandé à certains de mes meilleurs enquêteurs privés de fouiller le passé de cet homme. Pour le moment, ils n'ont rien trouvé et le temps nous manque.

— Mais que puis-je faire ?

— Il faut que je *sache* qu'il ment. Je ne peux pas l'arrêter si je le *crois* simplement. Je dois être certaine.

— Comment ?

Terese se mâcha la lèvre inférieure. Réflexion profonde.

— Votre système informatique.

Englehardt protesta aussitôt.

— Les informations sont confidentielles. Comme je vous l'ai déjà dit. Je ne puis vous révéler…

— Je n'ai pas besoin de savoir le nom du donneur.

Elle se pencha en avant. Myron essayait de rester le plus loin possible de l'action. Il se serait désintégré, s'il l'avait pu, pour ne pas la gêner.

— J'ai besoin de savoir que ce n'est *pas* son nom.

Hésitation d'Englehardt.

— Je reste assise ici, dit-elle. Je ne peux pas voir votre écran. Malachy est près de la porte.

Elle se tourna vers Myron.

— Tu as coupé la caméra, Malachy ?

— Oui, Terese, dit Myron, baissant la voix pour se mettre au diapason.

— Voilà donc ce que je suggère, dit Terese. Vous regardez à Jeremy Downing dans votre ordinateur. Vous verrez le nom du donneur s'afficher. Je vous donne le nom de cet homme. Vous me dites s'il correspond. Simple, non ?

Englehardt hésitait encore.

— Vous ne violerez aucune clause de confidentialité, vous ne révélerez rien sur aucun patient, reprit-elle. Nous ne pouvons pas voir l'écran. Nous pouvons même quitter la pièce pendant que vous le regardez, si vous préférez.

Englehardt ne dit rien. Terese non plus. Le laissant mariner. L'intervieweuse parfaite. Finalement, elle se tourna vers Myron.

— Ramasse ton matériel, lui dit-elle.

— Attendez.

Les yeux d'Englehardt glissèrent vers la gauche, la droite, en haut, en bas.

— Jeremy Downing, c'est bien ça ?

— Oui.

Il se livra encore à quelques manœuvres oculaires. Enfin convaincu que la zone était sans danger, il se pencha sur le clavier et tapa à toute allure. Quelques secondes plus tard, il demanda :

— Quel est le nom de ce soi-disant donneur ?

— Victor Johnson.

Englehardt consulta son écran et sourit.

— Ce n'est pas lui.

— Vous en êtes sûr ?

— Certain.

Terese sourit elle aussi.

— C'est tout ce que nous voulions savoir.

— Vous allez l'arrêter ?

— Il ne participera même pas à la conférence de presse.

Myron récupéra la cassette et la caméra et ils filèrent. Une fois dehors, il se tourna vers elle.

— Malachy Throne ?

— Tu sais qui c'est ?

— Il jouait Double-Face dans *Batman*, la série télé. Souriante, Terese hocha la tête.

— Pas mal.

— Je peux te dire quelque chose ?

— Quoi ?

— Ça m'excite quand tu me donnes le rôle du méchant.

— Et même quand je ne te le donne pas.

— T'essaies de me faire passer un message ?

Cinq minutes plus tard, ils visionnaient la bande dans le van.

10

M. Davis Taylor
221 North End Ave
Waterbury, Connecticut

Les numéros de téléphone et de sécurité sociale se trouvaient là, eux aussi. Myron appela sur son portable. Au bout de deux sonneries, une voix de robot, la boîte vocale par défaut, lui demanda de laisser un message après le signal sonore. Il récita son nom et son numéro de portable et demanda à M. Taylor de le rappeler.

— Qu'est-ce que tu vas faire maintenant ? demanda Terese.

— Essayer de parler à M. Davis Taylor.

— La clinique n'a-t-elle pas déjà essayé ?

— Probablement.

— Mais tu sauras être plus persuasif ?

— Probablement pas.

— Je dois couvrir le Waldorf ce soir, dit-elle.

— Je sais. J'irai seul. Ou peut-être avec Win.

Elle ne le regardait toujours pas en face.

— Ce garçon qui a besoin de la greffe, dit-elle. Ce n'est pas un étranger, n'est-ce pas ?

Myron hésita.

— Non, ce n'est pas un étranger.

À la façon dont elle hocha la tête, il comprit qu'il ne fallait rien ajouter. Il ne le fit pas. Il reprit son téléphone pour appeler Emily. Elle répondit au milieu de la première sonnerie.

— Allô ?

— Quand Greg donne-t-il sa conférence de presse ?

— Dans deux heures.

— Je dois le joindre.

Il entendit une sorte de hoquet... d'espoir.

— Tu as trouvé le donneur pour Jeremy ?

— Pas encore.

— Mais tu as quelque chose.

— On verra.

— Pas de ça avec moi, Myron.

— Pas de quoi ?

— C'est de la vie de mon fils qu'il s'agit.

Et du mien ?

— J'ai une piste, Emily. C'est tout.

Elle lui donna le numéro.

— Myron, je t'en prie, appelle-moi si...

— À l'instant même où j'apprends quelque chose.

Il raccrocha et appela Greg.

— Il faut que tu annules la conférence de presse.

— Pourquoi ? demanda Greg.

— Donne-moi jusqu'à demain. C'est tout.

— Tu as quelque chose ?

— Peut-être, dit Myron.

— Peut-être rien du tout, dit Greg. Tu as quelque chose, oui ou non ?

— J'ai un nom et une adresse. Il se pourrait que ce soit notre homme. Je veux vérifier avant que tu fasses une requête publique.

— Où habite-t-il ? s'enquit Greg.

— Dans le Connecticut.

— Tu y vas en voiture ?

— Oui.

— Maintenant ?

— Plus ou moins.

— Je veux y aller avec toi, dit Greg.

— Ce n'est pas une bonne idée.

— C'est mon gosse, bon Dieu.

Myron ferma les yeux.

— Je comprends.

— Donc, tu vas aussi comprendre ça : je ne te demande pas ta permission. J'y vais. Alors, arrête de faire ta chochotte et dis-moi où je passe te prendre.

Greg conduisit. Il avait un de ces 4 × 4 luisants qui font rage chez les riches banlieusards du New Jersey dont la pratique du tout-terrain se limite à franchir des ralentisseurs sur un parking d'hypermarché. Le chic pesant. Pendant un long moment, aucun des deux hommes ne parla. La tension dans l'air était au-delà de celles qu'on coupe au couteau ; elle pressait contre les vitres de la voiture, tassait Myron sur son siège, l'épuisait et le déprimait.

— Comment as-tu eu le nom ? demanda Greg.

— C'est pas important.

Greg laissa tomber. Ils roulèrent encore un peu. À la radio, Jewel insistait avec ferveur : ses mains étaient petites, elle le savait, mais c'étaient les siennes et pas celles d'une autre. Myron fronça les neurones. Pas vraiment *Blowing in the Wind*, hein ?

— Tu m'as cassé le nez, tu sais ? reprit Greg.

Silence.

— Et ma vision n'est plus la même. J'ai du mal à voir le panier.

Myron n'en croyait pas ses oreilles.

— Tu me rends responsable de ta saison de merde, Greg ?

— Je dis juste...

— Tu vieillis, Greg. C'est ta quatorzième saison et participer à cette grève ne t'a pas arrangé.

Greg agita une main.

— Tu ne comprendrais pas.

— Tu as raison. Je n'ai jamais pu devenir pro.

— Exact, et je n'ai jamais baisé la femme de mon ami.

— Elle n'était pas ta femme. Et on n'était pas amis.

Ils se turent tous les deux. Greg garda les yeux sur la route. Myron tourna les siens vers la vitre côté passager.

Waterbury est une de ces villes qu'on traverse pour aller dans une autre ville. Myron avait proba-blement emprunté ce bout de la 84 une centaine de fois, remarquant toujours, mais de loin, que Waterbury était une bourgade laide comme un cul. Un vilain cul. Maintenant qu'il avait : l'occasion de

la voir de près, il se rendait compte qu'il avait large-
ment sous-estimé l'offense que cette ville faisait à la
vue, qu'elle était effectivement laide comme un cul
et que cette laideur ne s'appréciait pleinement que
de près. Il secoua la tête. Et il y avait des gens pour
se moquer du New Jersey ?

Myron avait déniché l'itinéraire sur le Net. Il
lisait les indications à Greg d'une voix qu'il avait du
mal à reconnaître comme la sienne. Greg se laissait
guider en silence. Cinq minutes plus tard, ils s'arrêtaient devant une maison à bardeaux délabrée,
située au milieu d'une rue de maisons à bardeaux
délabrées. Les baraques étaient plantées de travers
et si serrées les unes contre les autres qu'on aurait
dit deux rangées de dents gâtées.

Ils sortirent de la voiture. Myron aurait préféré
que Greg y reste mais on n'a pas toujours ce qu'on
veut. Il frappa à la porte et aussitôt, ou presque, une
voix éraillée retentit.

— Daniel ? C'est toi, Daniel ?

— Je voudrais parler à Davis Taylor.

— Daniel ?

— Non, fit Myron, criant à travers la porte. Davis
Taylor. Mais peut-être se fait-il appeler Daniel.

— De quoi est-ce que vous parlez ?

Un vieil homme ouvrit la porte, l'air déjà méfiant.
Il portait des lunettes trop petites pour son visage, si
petites que les branches de métal s'enfonçaient dans
les replis de peau sur les tempes, et une perruque
jaunasse qui cherchait à imiter la coiffure de
Marilyn dans *Certains l'aiment chaud*. Il avait une
pantoufle au pied gauche, une chaussure au pied

114

droit et son peignoir de bain avait dû faire la guerre des Boers.

— J'ai cru qu'vous étiez Daniel, dit-il.

Il essaya de réajuster ses lunettes mais elles refusèrent de bouger. Il plissa les paupières.

— Vous ressemblez à Daniel, ajouta-t-il.

— Un bien bel homme.

— Quoi ?

— Peu importe. Êtes-vous Davis Taylor ?

— Qu'est-ce que vous voulez ?

— Nous cherchons Davis Taylor.

— Connais pas de Davis Taylor.

— Nous sommes bien au 221 North End Drive ?

— Oui.

— Davis Taylor n'habite pas ici ?

— Ici, il n'y a que moi et mon fils, Daniel. Sauf qu'il n'est pas là. Il est à l'étranger.

— Donc, vous êtes seul ici, sans Daniel ni Davis ?

— Quoi ?

— Peu importe.

Le vieil homme se tourna vers Greg, essaya de nouveau d'ajuster les lunettes, plissa de nouveau les paupières.

— Je vous connais, vous. Vous jouez au basket ?

Greg offrit au vieil homme un sourire aussi doux que condescendant... Moïse toisant un sceptique après l'ouverture de la mer Rouge.

— C'est exact.

— Vous êtes Dolph Schayes.

— Non.

— Vous ressemblez à Dolph. Un sacré tir. J'l'ai vu jouer à St. Louis l'an dernier. Quelle patte.

Myron et Greg échangèrent un regard. Dolph Schayes avait pris sa retraite en 1964.

— Je suis désolé, dit Myron. Nous n'avons pas saisi votre nom.

— Vous êtes pas en uniforme, constata le vieil homme.

— Non, monsieur, confirma Myron sans trop savoir pourquoi.

— Donc, vous êtes pas là pour Daniel. J'avais peur que vous soyez de l'armée et…

Sa voix s'éteignit.

Myron comprit de quoi il était question.

— Votre fils est en poste à l'étranger ?

Le vieil homme hocha la tête.

— Au Viêt Nam.

Ce fut au tour de Myron de hocher la tête, regrettant les blagues qu'il s'était autorisées.

— Nous n'avons toujours pas saisi votre nom, monsieur.

— Nathan. Nathan Mostoni.

— Monsieur Mostoni, nous cherchons quelqu'un qui s'appelle Davis Taylor. Il est très important que nous le trouvions.

— J'connais pas de Davis Taylor. C'est un ami de Daniel ?

— Ça se pourrait.

Le vieil homme médita là-dessus.

— Non, j'vois pas.

— Qui d'autre habite ici ?

— Juste moi et mon garçon.

— Rien que vous deux ?

— Ouais. Sauf que mon gars est à l'étranger.

116

— Donc, en ce moment, vous vivez seul ?

— Combien de fois vous allez me poser cette question, mon garçon ?

— C'est juste que c'est une grande maison, dit Myron.

— Et alors ?

— Vous ne louez jamais une des chambres ?

— Ben oui. J'avais une étudiante qui vient de déménager.

— Comment s'appelait-elle ?

— Stacy quelque chose. J'me souviens pas.

— Combien de temps est-elle restée ici ?

— Six mois, à peu près.

— Et avant ça ?

Celle-là demanda quelques efforts synaptiques. Nathan Mostoni se gratta le visage comme un chien se gratte le ventre.

— Un certain Ken.

— Vous n'avez jamais eu un locataire répondant au nom de Davis Taylor ? Ou quelque chose comme ça ?

— Non. Jamais.

— Cette Stacy avait-elle un petit ami ?

— J'crois pas.

— Vous connaissez son nom de famille ?

— J'ai plus toute ma mémoire. Mais elle est à l'université.

— Laquelle ?

— Waterbury State.

Myron se tourna vers Greg et une autre idée lui vint.

— Monsieur Mostoni, aviez-vous déjà entendu le nom de Davis Taylor avant aujourd'hui ?

Nouveau plissement de paupières.

— Que voulez-vous dire ?

— Quelqu'un d'autre est-il venu vous voir ou vous a-t-il appelé pour vous parler de Davis Taylor ?

— Non, mon garçon. J'ai jamais entendu c'nom-là.

Myron regarda Greg encore une fois avant de se retourner vers le vieil homme.

— Donc, personne du centre de moelle osseuse n'est entré en contact avec vous ?

L'autre décolla son oreille avec sa main.

— Le centre de quoi ?

Myron posa encore quelques questions, mais Nathan Mostoni s'égara de nouveau dans son passé. Il n'y avait plus rien à obtenir ici. Myron et Greg le remercièrent et repartirent sur l'allée craquelée.

Dans la voiture, Greg demanda :

— Pourquoi le centre de moelle osseuse n'a-t-il pas contacté ce type ?

— Ils l'ont peut-être fait, dit Myron. Et il a peut-être oublié.

Greg ne parut pas convaincu. Myron ne l'était pas non plus.

— Et maintenant ? fit Greg.

— On fouine dans le passé de ce Davis Taylor. On trouve tout ce qu'on peut sur lui.

— Comment ?

— C'est assez facile de nos jours. Juste quelques clics et mon associée saura tout sur lui.

— Ton associé ? Tu veux parler de ce malade hyperviolent avec qui tu partageais une chambre à la fac ?

— Petit a, il est fortement déconseillé de traiter Win de malade hyperviolent, même s'il ne semble pas se trouver dans ton voisinage immédiat. Petit b, non, je voulais parler de mon associée à MB Sports, Esperanza Diaz.

Greg contemplait la maison délabrée.

— Et moi, qu'est-ce que je fais ?

— Rentre chez toi.

— Et ?

— Reste avec ton fils.

Greg secoua la tête.

— Je ne peux pas le voir avant le week-end.

— Je suis sûr qu'Emily sera d'accord.

— Tu parles, ricana Greg. Tu ne la connais plus très bien, hein, Myron ?

— J'imagine que non.

— Si elle pouvait, elle ferait en sorte que je ne revoie plus jamais Jeremy.

— Tu n'exagères pas un peu, Greg ?

— Non, Myron. Au contraire, même.

— Emily m'a dit que tu es un bon père.

— Est-ce qu'elle t'a aussi dit de quoi elle m'a accusé pour obtenir la garde des enfants ?

— D'avoir abusé d'eux.

— Pas juste abusé, Myron. D'avoir *sexuellement* abusé d'eux.

— Elle voulait avoir la garde.

— Et c'est une excuse ?

— Non, dit Myron. C'est déplorable.

— Pire que ça, dit Greg. C'est de la folie. Tu n'as pas idée de ce dont elle est capable.

— Par exemple ?

Mais Greg se contenta de secouer la tête en lançant le moteur.

— Je te repose la question : que puis-je faire ?

— Rien, Greg.

— Mauvaise réponse. Je ne vais pas rester assis le cul sur une chaise pendant que mon gosse est en train de mourir, tu comprends ?

— Je comprends.

— Tu n'as rien d'autre que ce nom et cette adresse ?

— Rien.

— Bien, dit Greg. Je te dépose à la gare et je reviens ici surveiller cette maison.

— Tu crois que le vieil homme nous a menti ?

Greg haussa les épaules.

— Peut-être qu'il a juste un peu perdu les pédales ou qu'il a oublié. Ou peut-être que je perds mon temps. Mais il faut que je fasse quelque chose.

Myron ne dit rien.

— Tu m'appelleras si tu apprends quoi que ce soit ? demanda Greg.

— Bien sûr.

Pendant le trajet en train vers Manhattan, Myron repensa à ce qu'avait dit Greg. À propos d'Emily. Ce qu'elle avait fait – et ce qu'elle était prête à faire – pour sauver son fils.

11

Myron et Terese commencèrent le lendemain matin à se doucher ensemble. Il contrôlait la température, veillant à rester sur bouillant. Pour éviter de... rétrécir.

Quand ils sortirent de la cabine embuée, il l'aida à se sécher.

— Travail soigneux, dit-elle.

— Nous nous appliquons à fournir les meilleurs services possibles, m'dame.

Il la frotta encore un peu.

— Je remarque toujours un truc quand je me douche avec un homme, dit Terese.

— Lequel ?

— Mes seins sont d'une propreté irréprochable.

Win était parti depuis longtemps. Ces derniers temps, il aimait être au bureau à six heures. Des histoires de marchés étrangers. Terese toasta un bagel tandis que Myron se préparait un bol de céréales. Des Quisp. On n'en trouvait plus à New York, mais Win les faisait venir d'une boîte nommée Woodsman's dans le Wisconsin. Myron les enfournait avec une cuiller de la taille d'une pelle à charbon. Sa chaudière fonctionnait au sucre.

— Il faut que je rentre demain matin, dit Terese.

— Je sais.

Il prit une autre pelletée, sentant son regard sur lui.

— On pourrait fuir encore une fois, dit-elle.

Il leva les yeux vers elle. Elle semblait plus petite, plus lointaine.

— Je peux nous avoir la même maison sur l'île. On saute dans un avion et...

— Je ne peux pas, la coupa-t-il.

— Ah...

Silence puis :

— À cause de ce Davis Taylor ? Il faut que tu le retrouves ?

— Oui.

— Je vois. Et après... ?

Myron fit un geste qui ne signifiait rien. Ils mangèrent un petit moment en silence.

— Je suis désolé, dit-il.

Elle hocha la tête.

— Fuir n'est pas toujours la solution, Terese.

— Myron ?

— Oui ?

— J'ai l'air d'être d'humeur à entendre des platitudes ?

— Désolé.

— Ouais, tu l'as déjà dit.

— J'essaie juste d'aider.

— Parfois, on ne peut pas aider, dit-elle. Parfois, tout ce qu'il reste, c'est fuir.

— Pas pour moi, dit-il.

— Non, acquiesça-t-elle. Pas pour toi.

Elle n'était ni en colère ni bouleversée, juste morne et résignée, et Myron en avait d'autant plus la trouille.

Une heure plus tard, Esperanza pénétra dans son bureau sans frapper.

— Bon, commença-t-elle en s'installant sur une chaise, voilà ce que nous avons sur Davis Taylor.

Il se laissa aller en arrière, les mains sur la nuque.

— Un, il n'a jamais rempli de déclaration de revenus.

— Jamais ?

— Ravie de voir que vous suivez.

— Êtes-vous en train de dire qu'il n'a jamais été imposable ?

— Vous me laissez finir ?

— Désolé.

— Deux, il n'a virtuellement aucune existence administrative. Pas de permis de conduire. Une seule carte de crédit, une Visa délivrée récemment par sa banque. Activité très faible. Un seul compte courant avec un avoir moyen inférieur à deux cents dollars.

— Curieux.

— Oui.

— Quand a-t-il ouvert ce compte ?

— Il y a trois mois.

— Et avant ça ?

— *Nada*. En tout cas, *nada* pour moi et pour l'instant.

Myron se frotta le menton.

— Personne ne vole si bas sous la couverture radar, dit-il. C'est sûrement un alias.

— C'est ce que je me suis dit.

— Et ?

— La réponse est oui et non.

Myron attendit l'explication. Esperanza rangea quelques mèches derrière une oreille.

— Il semble que ce soit un changement de nom.

— Mais il a bien un numéro de sécu, non ? s'étonna Myron.

— Oui.

— Et la plupart des dossiers sont archivés en fonction de ce numéro et non en fonction du nom, non ?

— Encore oui.

— Alors, je ne comprends pas, dit Myron. On ne peut pas changer son numéro de sécu. Un changement de nom peut vous rendre plus difficile à trouver, mais ça n'efface pas votre passé. Il reste encore des déclarations d'impôts, ce genre de choses.

Esperanza tourna ses deux paumes vers le plafond.

— C'est ce que je voulais dire par oui et non.

— Il n'y a rien d'enregistré sous le numéro de sécu, non plus ?

— Exactement, dit-elle.

Il essaya de digérer ça.

— Alors, quel est le vrai nom de Davis Taylor ?

— Je ne l'ai pas encore.

— On devrait pouvoir le trouver assez facilement.

— On devrait... S'il était enregistré quelque part. Mais ce n'est pas le cas. Le numéro de sécurité sociale ne renvoie à rien. C'est comme si cette personne n'avait rien fait de toute sa vie.

Myron ne s'abîma pas dans ses pensées.

— Une seule explication, dit-il.

— Qui serait ?

— Une fausse identité.

Esperanza secoua la tête.

— Le numéro de sécurité sociale existe.

— Je n'en doute pas. Mais vous oubliez le coup de la tombe.

— Le coup de la tombe ?

— Vous allez dans un cimetière et vous repérez la tombe d'un enfant, dit Myron. Quelqu'un qui aurait à peu près le même âge que vous s'il avait vécu. Ensuite vous écrivez pour réclamer son certificat de naissance et *voilà*, vous avez tout ce qu'il faut pour vous fabriquer une vraie fausse identité. C'est une magouille qui existe depuis que les cimetières existent.

Esperanza lui adressa le regard qu'elle lui réservait pour ses plus grands moments de débilité.

— Non, dit-elle.

— Non ?

— Vous croyez que la police ne regarde pas la télé, Myron ? C'est une combine qui ne marche plus. Et depuis un bon moment, sauf peut-être dans les séries policières. Mais juste histoire de m'en assurer, j'ai quand même vérifié.

— Comment ?

— Les registres de décès. Il existe un site web qui recense les numéros de sécu de tous les décédés.

— Et notre numéro ne s'y trouve pas.

— Ding, ding.

— Ce qui n'a absolument aucun sens, dit Myron, perplexe. Notre faux Davis Taylor s'est donné beaucoup de mal pour créer cette fausse identité... ou au moins pour voler sous les radars, d'accord ?

— D'accord.

— Apparemment, il ne veut ni archive, ni document, ni rien de cette sorte.

— Encore d'accord.

— Il a même changé de nom.

— Exact, jeune homme.

Myron tendit les bras, triomphant.

— Alors pourquoi se serait-il fait inscrire comme donneur de moelle osseuse ?

— Myron ?

— Ouais.

— J'ignore de quoi vous parlez, dit Esperanza.

Oui, bien sûr. Il l'avait appelée hier soir pour lui demander de faire des recherches sur Davis Taylor. Mais il ne lui avait pas dit pourquoi.

— Je crois que je vous dois une explication, dit-il.

Esperanza était capable de patience et elle le démontra en se contentant d'attendre la suite.

— Je sais que j'ai plus ou moins promis de ne pas recommencer, dit-il.

— Les enquêtes.

— Oui. Et j'étais sincère. Je voulais ne m'occuper que de l'agence.

Elle ne réagit pas. Myron regarda derrière elle. Le toujours très dégarni Mur des Clients lui fit penser à une greffe capillaire ratée.

— Vous vous souvenez de l'appel d'Emily ? dit-il.

— C'était hier, Myron. J'ai parfois des souvenirs qui remontent à une semaine entière.

Il lui raconta tout. Certains hommes – des hommes que Myron admirait malgré lui – gardaient en eux, enfouissaient leurs secrets, cachaient leur douleur, s'enveloppaient de ténèbres. Myron n'en faisait pas partie. Il n'était pas du genre à marcher seul dans de sombres ruelles – il aimait avoir Win en renfort. Il ne noyait pas ses chagrins dans une bouteille de whisky – il en discutait avec Esperanza. Pas très macho de sa part, mais personne n'est parfait.

Elle l'écouta en silence. Quand il annonça qu'il pourrait être le père de Jeremy, elle laissa échapper un petit gémissement, ferma les paupières et les garda serrées très longtemps. Quand elle les rouvrit enfin, elle demanda :

— Qu'allez-vous faire ?

— Je vais retrouver ce donneur.

— Ce n'est pas ce que je voulais dire.

Il avait compris.

— Je ne sais pas, dit-il.

Elle le dévisagea et secoua la tête, incrédule.

— Vous avez un fils.

— Peut-être.

— Et vous ne savez pas ce que vous allez faire ?

— C'est ça.

— Mais vous avez une idée ?

— Win a particulièrement bien défendu celle de ne rien dire ou faire.

Elle émit un bruit dégoûtant.

— Normal, c'est Win.

— Il a affirmé parler avec son cœur.

— Parce qu'il en a un ?

— Vous n'êtes pas d'accord ?

— Non. Je ne suis pas d'accord.

— Vous pensez que je devrais le dire à Jeremy ?

—Je pense que d'abord et avant tout, vous devriez vous débarrasser de votre complexe de Batman, dit-elle.

— Que suis-je censé comprendre ?

— Que vous essayez toujours de jouer les héros.

— Et c'est pas bien ?

— Enfiler une cape et une cagoule, c'est bien dans une bande dessinée, dit-elle. Dans la vraie vie, vaut mieux enfiler sa cervelle.

— Jeremy a déjà une famille. Il a une mère et un père...

— Un mensonge, le coupa-t-elle.

Ils restèrent assis là à se dévisager, aussi silencieux que le téléphone qui normalement – quand l'agence fonctionnait – était si turbulent. Myron se demandait comment lui expliquer, comment lui faire comprendre. Elle ne bougeait pas. Elle attendait.

— Nous avons tous les deux eu de la chance en matière de parents, dit-il.

— Les miens sont morts, Myron.

— Ce n'est pas ce que je veux dire.

Il respira un bon coup avant de plonger.

— Combien de jours se passent sans qu'ils vous manquent ?

— Pas un seul, dit-elle sans hésiter.

— Nous avons tous les deux été aimés sans condition et nous aimons nos parents de la même manière.

Les yeux d'Esperanza commençaient à se mouiller.

— Et alors ?

— Et alors – et c'est ce que disait Win – n'est-ce pas ce qui fait une mère et un père ? Nos vrais parents ne sont-ils pas ceux qui nous ont aimés et élevés et pas simplement deux individus pris dans un accident biologique ?

Esperanza se renfonça dans son siège.

— Win a dit ça ?

Myron sourit.

— Il a parfois de grands moments.

— Parfois, oui, dit-elle.

— Et pensez à votre père… celui qui vous a aimée et élevée. Que se passe-t-il pour lui s'il apprend qu'il n'est pas celui qu'il croit ?

Ses yeux étaient toujours mouillés.

— Mon amour pour lui est assez fort pour survivre à la vérité. Pas le vôtre ?

Il eut l'impression d'encaisser un direct au menton.

— Si, dit-il. Mais ça lui ferait quand même mal.

— Votre père aurait mal ?

— Bien sûr.

— Je vois, dit Esperanza. Donc, maintenant vous vous inquiétez pour ce pauvre Greg Downing ?

— Pas vraiment. Vous voulez entendre quelque chose d'horrible ?

— J'adorerais.

— À chaque fois que Greg parle de Jeremy en disant « mon fils », j'ai envie de lui hurler la vérité. Là, en pleine gueule. Juste pour voir sa réaction. Juste pour voir son monde s'écrouler.

— Au temps pour votre complexe de Batman, dit Esperanza.

Myron leva les mains.

— J'ai mes grands moments, moi aussi.

Elle se leva et gagna la porte.

— Où allez-vous ?

— Je ne veux plus parler de ça, dit-elle.

Il se renfonça dans son siège.

— Vous faites un blocage, reprit-elle. Vous vous en rendez compte ?

Il hocha lentement la tête.

— Quand vous serez débloqué – et ça viendra – on en reparlera. D'ici là, on perd notre temps, d'accord ?

— D'accord.

— Juste un truc : ne soyez pas débile.

— « Ne soyez pas débile », répéta-t-il. C'est enregistré.

Elle sourit. Brièvement.

12

Myron passa le reste de la journée à travailler pour l'agence. Casque Ultra Slim sur les oreilles, il tournait en rond dans son bureau, appelant des coaches d'université à la recherche de futurs talents qui n'auraient pas encore d'agent. Il reprit contact avec les clients qui ne l'avaient pas déserté, écoutant leurs problèmes, réels et imaginaires, jouant les thérapeutes téléphoniques, ce qui constituait une part non négligeable de son boulot. Il tenta de décrocher quelques nouveaux contrats publicitaires avec les compagnies qui figuraient dans son fichier.

Une piste sérieuse surgit sans qu'il y soit pour rien.

— Monsieur Bolitar ? Je suis Ronny Angle de Rack Enterprises. Avez-vous entendu parler de nous ?

— Vous possédez plusieurs boîtes topless, c'est ça ?

— Nous préférons les appeler night-clubs exotiques haut de gamme.

— Et je préfère qu'on m'appelle un étalon bien monté, dit Myron. Que puis-je faire pour vous, monsieur Angle ?

— Ronny, s'il vous plaît. Puis-je vous appeler Myron ?

— Myron, s'il vous plaît.

— Génial, Myron. Rack Enterprises se lance dans une nouvelle aventure.

— Hon-hon.

— Vous en avez probablement entendu parler. Une chaîne de bars appelée La La Latte.

— Pour de bon ?

— Je vous demande pardon ?

— Eh bien, je croyais bien avoir lu quelque chose à ce sujet, mais je pensais que c'était une blague.

— Ce n'est pas une blague, monsieur Bolitar.

— Vous allez vraiment ouvrir des cafés topless ?

— Nous préférons les appeler des cafés expérimentaux érotiques haut de gamme.

— Je vois. Mais vos, heu... *baristas*, seront seins nus, c'est ça ?

— C'est ça.

— Demander du lait va prendre un tout autre sens, vous ne trouvez pas ?

— C'est très drôle, Myron.

— Merci, Ronny.

— Pour l'inauguration, nous voulons faire sensation.

— Vous voulez dire *sein*sation.

— Ah, très drôle, Myron.

— Merci, Ronny.

— Venons-en au fait, d'accord ? Suzze T nous plaît beaucoup.

Suzze T, alias Suzze Tamirino, pointait aux alentours de la quarantième place du circuit de tennis pro. Une bonne ouvrière.

— Nous avons vu ses photos dans le numéro maillots de bain de *Sports Illustrated* et nous avons été... très impressionnés. Nous aimerions qu'elle fasse une apparition lors de notre grande soirée.

Myron se frotta l'arête du nez entre le pouce et l'index.

— Quand vous dites apparition...

— Une courte performance.

— Courte, comment ?

— Pas plus de cinq minutes.

— Je ne parlais pas en termes de temps. Mais en termes de vêtements.

— Nous exigeons une totale nudité frontale.

— Eh bien, merci d'avoir pensé à nous, Ronnie, mais je ne crois pas que Suzze sera intéressée.

— Nous offrons deux cent mille dollars.

Myron s'en pinça le nez. Facile d'envoyer ce type se faire voir mais, face à une telle somme, il avait une responsabilité à assumer.

— Et si elle portait un petit haut ?

— Non.

— Un bikini ?

— Non.

— Même un itsy-bitsy, teeny-weeny bikini ?

— Comme dans la chanson ?

— Exactement, dit Myron. Comme dans la chanson.

— Je vais énoncer ceci de la façon la plus claire possible, dit Ronny. Il doit y avoir visibilité des tétons.

— Visibilité des tétons ?

— Ce point n'est pas négociable.

— Façon de parler.

Myron promit de le rappeler plus tard dans la semaine. Ils se quittèrent poliment. Négocier la visibilité des tétons. Quel métier.

Esperanza entra sans frapper. Les yeux brillants.

— Lamar Richardson en ligne, dit-elle.

— Lamar en personne ?

Elle acquiesça de toutes ses boucles noires.

— Pas un parent, un manager personnel ou son astrologue préféré ?

— Lamar en chair et en voix, répéta Esperanza.

Ils hochèrent la tête avec un bel ensemble. C'était très bon signe.

Myron reprit son téléphone.

— Allô.

— Rencontrons-nous, dit Lamar.

— D'accord.

— Quand ?

— Quand vous voulez.

— Quand êtes-vous libre ?

— Quand vous voulez, dit Myron.

— Je suis à Detroit en ce moment.

— Je prends le prochain avion.

— Comme ça ? dit Lamar.

— Ouais.

— Vous devriez pas faire semblant d'être très pris ?

— On va sortir ensemble, Lamar ?

Lamar gloussa.

— Non, je ne crois pas.

— Alors, inutile de vous faire le coup du j'suis-pas-une-fille-facile. Esperanza et moi voulons que vous signiez avec MB Sports. On fera du bon travail ensemble. Vous serez une priorité pour nous. Une relation limpide, sans embrouilles et sans lapins.

Myron sourit à Esperanza. Il était bon, non ?

Lamar dit qu'il serait à Manhattan en fin de semaine et qu'il aimerait le rencontrer à ce moment-là. Ils fixèrent un rendez-vous. Myron raccrocha. Esperanza souriait. Lui aussi.

— On a une chance, dit-elle.

— Ouais.

— Vous avez une stratégie ?

— Je pensais l'impressionner grâce à ma vivacité d'esprit.

— Mouais, fit Esperanza. Dans ce cas, vaudrait mieux que je soigne le décolleté.

— Je comptais plus ou moins là-dessus.

— Il ne va pas résister. L'esprit et la beauté.

— Sauf que, dit Myron, de nous deux, qui est qui ?

Quand Myron revint au Dakota, Win allait sortir, sac de sport à la main, et Terese n'était plus là.

— Elle a laissé ça, dit Win en lui tendant un bout de papier.

Dû rentrer plus tôt. Je t'appelle.
Terese

Myron le relut, mais le mot ne changea pas. Il le plia et le rangea dans sa poche.

— Tu vas chez Maître Kwon ?

C'était leur prof d'arts martiaux.

Win acquiesça.

— Il a demandé de tes nouvelles.

— Qu'est-ce que tu lui as dit ?

— Que tu avais pété les plombs.

— Merci.

Win exécuta une minuscule révérence.

— Oserais-je une suggestion ?

— Ose.

— Ça fait longtemps que tu n'es pas allé au *dojang*.

— Je sais.

— Il y a beaucoup de stress dans ta vie, dit Win. Tu as besoin d'évacuer. De te concentrer un peu. D'équilibre. De structure.

— Tu ne vas pas m'obliger à piquer un caillou dans ta paume ?

— Pas aujourd'hui, non. Mais viens avec moi.

Myron haussa les épaules.

— J'prends mes affaires.

Ils étaient sur le pas de la porte quand Esperanza appela. Il lui dit qu'ils étaient sur le point de sortir.

— Où ça ? demanda-t-elle.

— Chez Maître Kwon.

— Je vous retrouve là-bas.

— Pourquoi ? Qu'est-ce qu'il y a ?

— J'ai eu d'autres infos sur Davis Taylor.

— Et ?

— Et ça prend une tournure très bizarre. Win est avec vous ?

— Oui.

— Demandez-lui ce qu'il sait sur la famille de Raymond Lex.

Silence.

— Raymond Lex est mort, Esperanza.

— C'est pour ça que j'ai dit *famille*, Myron.

— Et cette famille a quelque chose à voir avec Davis Taylor ?

— Ce sera plus facile de vous expliquer de vive voix. Je vous retrouve là-bas dans une heure.

Elle raccrocha.

Un des portiers avait déjà été chercher la Jag de Win. Elle les attendait en double file au beau milieu de Central Park West. Les riches. Myron se lova dans le cuir de luxe. Win écrasa l'accélérateur. Il était toujours très généreux avec l'accélérateur et nettement plus pingre avec le frein.

— Tu connais la famille de Raymond Lex ?

— Je les ai eus pour clients.

— Tu plaisantes ?

— Bien sûr, je suis une plaisanterie ambulante.

— Tu as été mêlé à cette querelle d'héritage ?

— En l'occurrence, parler de querelle revient à qualifier un Armageddon nucléaire de feu de camp.

— C'est si dur de se partager quelques milliards ?

— Plus que tu ne l'imagines. Pourquoi parlons-nous du clan Lex ?

— Esperanza nous retrouve au *dojang*. Elle a quelque chose sur Davis Taylor. Et il semble que la famille Lex soit concernée.

Win arqua un sourcil.

— Le complot s'épaissit.

— Parle-moi un peu de ces gens-là.

— L'essentiel a été dit dans les médias. Raymond Lex écrit un best-seller controversé intitulé *Confessions de minuit*. Ledit best-seller devient un film à succès et à oscars. Soudain, l'obscur prof de lycée devient millionnaire. Mais, à la différence de la plupart de ses camarades artistes, il comprend l'économie. Il investit et amasse, avec une extrême discrétion, des participations financières d'une valeur substantielle.

— Les journaux parlaient de milliards.

— Je ne les contredirais pas.

— Ce qui fait un sacré tas de fric.

— Ta façon de le formuler, dit Win. On dirait du Proust.

— Il n'a jamais écrit un autre livre ?

— Non.

— Bizarre.

— Pas vraiment, dit Win. Harper Lee et Margaret Mitchell n'ont écrit qu'un seul livre. Et, au moins, après son succès littéraire, Lex a su s'occuper. Difficile de bâtir une des plus importantes sociétés financières à capitaux privés tout en passant son temps à signer des dédicaces.

— Donc, maintenant qu'il est mort, sa famille – comment dire ? – s'armageddone ?

— C'est à peu près ça.

Maître Kwon avait installé son quartier général et son *dojang* principal au deuxième étage d'un immeuble de la 23e Rue, près de Broadway. Cinq pièces – cinq salles plutôt – avec parquets massifs, murs miroirs, hi-fi high-tech, appareils de fitness hyperfit – oh, et aussi quelques rouleaux orientaux en papier de riz. Pour donner à l'endroit une judicieuse couleur Vieille Asie.

Myron et Win enfilèrent leurs *dobok*, un kimono blanc, et nouèrent leurs ceintures noires. Myron s'était converti au taekwondo et au hapkido dès le jour où Win l'avait initié à l'université, mais il n'avait pas mis les pieds au *dojang* plus de cinq fois au cours des trois dernières années. Win, par contre, restait un pratiquant dévot et effroyablement dangereux. Ne tirez pas sur la cape de Superman, ne crachez pas contre le vent, ne dites pas non à Maman et n'emmerdez pas Win. La recette d'une vie paisible.

Maître Kwon avait dépassé les soixante-quatorze ans mais il en faisait vingt de moins. Win l'avait rencontré au cours d'un de ses voyages de jeunesse en Asie. D'après ce que Myron savait, Maître Kwon avait été grand prêtre ou quelque chose comme ça dans un petit monastère bouddhique tout droit sorti d'un décor de film de kung-fu. Quand Maître Kwon avait émigré aux États-Unis, il parlait très mal l'anglais. À présent, quelque vingt ans plus tard, il ne le parlait pratiquement plus. Dès que le grand maître avait débarqué sur les côtes américaines, il avait, dans sa grande perspicacité, ouvert une chaîne d'écoles de taekwondo – avec le soutien financier de Win, bien sûr. Après avoir découvert la série des *Karate Kid*, Maître Kwon s'était mis à jouer les vieux sages. Son anglais avait mystérieusement disparu. Il avait commencé à se fringuer comme le Dalaï-Lama et débutait chaque phrase par les mots « Confucius a dit », ignorant un minime détail, à savoir qu'il était coréen et Confucius chinois.

Win et Myron se rendirent dans le bureau de Maître Kwon, s'arrêtant sur le seuil et s'inclinant profondément.

— S'il vous plaît, vous entrer, dit Maître Kwon.

La table était en chêne huilé, le fauteuil en cuir pleine fleur et du genre orthopédique. Maître Kwon, quant à lui, était debout dans un coin, un putter entre les mains, vêtu d'un costume splendidement coupé. Son visage s'illumina lorsqu'il vit Myron et les deux hommes s'étreignirent.

Quand ils se séparèrent, Maître Kwon demanda :

— Vous, mieux ?

— Mieux, confirma Myron.

Le vieil homme sourit et passa un pouce sous le revers de sa propre veste.

— Armani, dit-il.

— Je me disais aussi, fit Myron.

— Vous aimer ?

— Très joli.

Satisfait, Maître Kwon dit :

— Aller.

Win et Myron s'inclinèrent de nouveau. Une fois dans le *dojang*, ils jouèrent leurs rôles respectifs : Win menait et Myron suivait. Ils commencèrent par de la méditation. Comme nous l'avons déjà vu, Win adorait méditer. Il s'assit dans la position du lotus, paumes vers le ciel, les mains posées sur les genoux, la langue repliée contre les dents du haut. Il respirait par le nez, poussant l'air tout en bas, laissant le ventre faire le travail. Myron essaya de l'imiter – il essayait depuis des années – mais il n'avait toujours pas trouvé le truc. Son esprit, même pendant des époques de sa vie moins chaotiques, se mettait à errer. Son mauvais genou l'élançait. Il s'agitait.

Ils réduisirent les échauffements à dix minutes seulement. Encore une fois, ces exercices ne demandaient aucun effort à Win qui exécutait écarts et attouchement des orteils sans difficulté, os et articulations aussi flexibles que les convictions d'un politicien. Myron n'était pas un contorsionniste-né. Quand il s'entraînait sérieusement, il pouvait frôler le sol ou exécuter, péniblement, un grand écart latéral. Mais ça, c'était il y a très longtemps.

— J'ai déjà mal, fit-il en grognant.

Win pencha la tête.

— Curieux.

— Quoi ?

— C'est précisément ce qu'a dit la fille avec qui j'étais hier soir.

— C'était pas une blague tout à l'heure, dit Myron. Tu es vraiment une plaisanterie ambulante.

Ils firent un peu de combat et Myron comprit aussitôt à quel point il était hors de forme. Le combat est l'activité la plus fatigante au monde. Vous ne me croyez pas ? Trouvez-vous un sac de frappe et cognez-le pendant trois minutes, l'équivalent d'un round. Juste un sac qui ne peut pas répondre. Essayez. Un round. Vous verrez.

Myron fut heureux de voir Esperanza arriver. L'assaut cessa et il se retrouva, haletant, les mains sur les genoux. Il salua Win, se jeta une serviette sur les épaules et engloutit un ou deux litres d'Evian. Bras croisés, Esperanza attendait. Un groupe d'élèves passa devant la porte. Ils l'aperçurent. Regardèrent un peu mieux.

Elle tendit à Myron une feuille de papier.

— Le certificat de naissance de Davis Taylor né Dennis Lex.

— Lex, dit Myron. Comme dans... ?

— Ouais.

Myron examina la photocopie. Selon le document, Dennis aurait trente-sept ans. Son père était un certain Raymond Lex, sa mère une certaine Maureen Lehman Lex. Né à East Hampton, New York.

Myron passa la feuille à Win.

— Ils ont eu d'autres enfants ?

— Apparemment, dit Esperanza.

Myron regarda Win. Celui-ci haussa les épaules.

— Il a dû mourir jeune, dit-il.

— Si c'est le cas, dit Esperanza, je n'en ai pas trouvé trace. Il n'y a pas de certificat de décès.

— Nul dans la famille n'a jamais mentionné un autre enfant ? demanda Myron à Win.

— Nul, dit Win. Qu'avez-vous d'autre ? demanda-t-il à Esperanza.

— Pas grand-chose. Dennis Lex a changé de nom pour devenir Davis Taylor, il y a huit mois. J'ai aussi déniché ceci.

Elle leur tendit la photocopie d'une annonce de journal. Un faire-part de naissance publié dans la *Hampton Gazette* trente-sept ans plus tôt.

Raymond et Maureen Lex de Wister Drive
dans East Hampton sont ravis de vous annoncer
la naissance de leur fils, Dennis, trois kilos deux cents,
le 18 juin. Dennis rejoint sa sœur Susan
et son frère Bronwyn.

Myron secoua la tête.

— Comment se fait-il que personne ne sache rien de ce garçon ?

— Ce n'est pas si surprenant, dit Win.

— Et pourquoi donc ?

— La famille Lex préserve farouchement son intimité. Elle vit à l'abri d'une sécurité renforcée. Vingt-quatre heures sur vingt-quatre, ce que l'argent a de mieux à offrir. Tous ceux qui collaborent avec elle doivent signer des accords de confidentialité.

— Même toi ?

— Je ne signe jamais d'accords de confidentialité, dit Win. Quelle que soit la somme d'argent en jeu.

— Donc, les Lex ne t'ont pas demandé d'en signer un ?

— Ils ont demandé. J'ai refusé. Nous nous sommes séparés.

— Tu as renoncé à les avoir pour clients ?

— Oui.

— Pourquoi ? Je veux dire, où aurait été le problème ? Il n'y a pas plus confidentiel que toi, de toute manière.

143

— Justement. Mes clients m'engagent non seulement en raison de mes brillants talents financiers mais aussi parce que je suis un modèle de discrétion.

— Ne mésestime pas ta fascinante modestie, dit Myron.

— Je refuse de m'engager par contrat à ne rien révéler. Cela devrait être tenu pour acquis. Ce serait comme signer un document disant que je ne mettrai pas le feu à leur maison.

— Belle analogie.

— Merci, mais je me contente d'illustrer jusqu'où cette famille est prête à aller pour préserver son intimité. Il a fallu que cette bataille d'héritage éclate pour que les médias aient enfin une idée de l'immensité de la fortune de Raymond Lex.

— Mais voyons, Win. Il s'agit du fils de Raymond Lex. On ne peut pas cacher un fils.

Win montra le haut de l'annonce.

— Note quand est né l'enfant… *avant* que ne sorte le livre de Raymond Lex, à l'époque où celui-ci n'était qu'un prof de province. Pas de quoi faire les gros titres.

— Tu crois vraiment ça ?

— As-tu une meilleure explication ?

— Donc, où est ce gosse maintenant ? Comment se fait-il que le fils d'une des plus riches familles d'Amérique n'ait aucune existence administrative ? Pas de cartes de crédit, pas de permis de conduire, pas de déclaration d'impôts, rien… pas la moindre trace. Et, question subsidiaire : pourquoi a-t-il changé de nom ?

— Subsidiaire mais facile, dit Win.

— Ah bon ?

— Il se cache.

— De qui ?

— De ses frère et sœur, peut-être, dit Win. Comme je l'ai déjà dit, la lutte pour l'héritage a été assez furieuse.

— Cela pourrait tenir debout – et j'insiste sur l'emploi du conditionnel – s'il y avait participé. Mais comment se fait-il qu'il n'existe pas la moindre trace de sa participation à ladite lutte ? De quoi se cache-t-il ? Et pourquoi, au nom du ciel, se serait-il inscrit sur le registre de donneurs de moelle osseuse ?

— Bonnes questions, dit Win.

— Très bonnes, renchérit Esperanza.

Myron relut l'annonce avant de regarder ses deux amis.

— Sympa d'avoir un consensus, dit-il.

13

La sonnerie du portable lui fit l'effet d'une décharge de fusil à pompe. Myron se réveilla en sursaut tandis que sa main partait en aveugle vers la table de nuit. Elle localisa enfin l'appareil.

— Allô ? coassa-t-il.

— Myron Bolitar ?

La voix était un murmure.

— Qui est à l'appareil ?

— Vous m'avez appelé.

Toujours murmurante. Chuintante. Comme des feuilles mortes qui glissent sur un trottoir.

Myron s'assit dans le lit, l'adrénaline chassant déjà le sommeil.

— Davis Taylor ?

— Semez les graines. Continuez à semer. Et ouvrez les volets. Laissez entrer la vérité. Laissez enfin les secrets se faner à la lumière du jour.

D'ac-cord.

— J'ai besoin de votre aide, monsieur Taylor.

— Semez les graines.

— Oui, bien sûr, nous allons semer.

Myron alluma la lampe. 02:17. Il vérifia sur le cadran du téléphone. Identité de l'appelant masquée. Merde.

— Mais il faut que nous nous voyions.

— Semez les graines. C'est la seule façon.

— Je comprends, monsieur Taylor. Pouvons-nous nous voir ?

— Quelqu'un doit semer les graines. Et quelqu'un doit ouvrir les chaînes.

— J'apporterai une clé. Dites-moi simplement où vous êtes.

— Pourquoi souhaitez-vous me voir ?

Que dire ?

— C'est une question de vie ou de mort.

— À chaque fois qu'une graine est semée, c'est une question de vie ou de mort.

— Vous avez effectué un test de don de moelle osseuse. Vous êtes compatible. Un jeune garçon mourra si vous ne l'aidez pas.

Silence.

— Monsieur Taylor ?

— La technologie ne peut pas l'aider. Je croyais que vous étiez l'un d'entre nous.

Toujours murmurant mais avec du regret.

— Je le suis. Ou du moins, je veux l'être…

— Je vais raccrocher maintenant.

— Non, attendez…

— Au revoir.

— Dennis Lex, dit Myron.

Silence. Sauf un bruit de respiration. Myron se demanda si cette respiration était la sienne ou celle de son interlocuteur.

— Je vous en prie, dit-il. Je ferai tout ce que vous voudrez. Mais nous devons nous rencontrer.

— Vous souviendrez-vous de semer les graines ?

Des petits morceaux de glace se coincèrent dans la colonne vertébrale de Myron.

— Oui, dit-il, je m'en souviendrai.

— Bien. Alors, vous savez ce que vous avez à faire.

Myron serra le téléphone.

— Non, dit-il. Que dois-je faire ?

— Le garçon, murmura la voix. Dites une dernière fois au revoir au garçon.

14

— Semer les graines ? dit Esperanza.

Ils se trouvaient dans le bureau de Myron. Le soleil du matin rayait le sol à travers les stores. Deux barres zébraient le visage d'Esperanza. Ce qui ne semblait pas la gêner.

— Oui, dit-il. Et quelque chose à propos de cette phrase n'arrête pas de me ronger.

— C'est une chanson de Tears for Fears.

— *Sowing the Seeds of Love*. Je sais.

— C'était aussi le nom de leur tournée, non ? On les a vus ensemble au Meadowlands en quoi... 1988 ?

— 89.

— Que leur est-il arrivé ?

— Ils se sont séparés, dit Myron.

— Pourquoi ils font tous ça ?

— Je dois dire que ça me sidère aussi.

— Supertramp, Steely Dan, les Doobie Brothers...

— Sans oublier Wham.

— Ils se séparent et une fois qu'ils bossent chacun dans leur coin, ils ne font plus rien d'audible.

Ils traînent un moment et puis on les retrouve dans des émissions du genre *Que sont-ils devenus ?*

— Nous nous éloignons du sujet.

Esperanza lui tendit une feuille de papier.

— Voici le numéro du bureau de Susan Lex, la sœur aînée de Dennis.

Myron lut le numéro comme si c'était un code qui pouvait lui apprendre quelque chose.

— J'ai eu une autre idée.

— Laquelle ?

— Si Dennis Lex existe, il a bien dû aller à l'école, non ?

— Peut-être.

— Donc, essayons de retrouver l'itinéraire scolaire des enfants Lex... public ou privé.

Les sourcils d'Esperanza se bouclèrent.

— Vous voulez dire, l'université ?

— On pourrait commencer par là, oui. Non pas que les enfants d'une même famille fréquentent toujours les mêmes facs, mais ça arrive. À moins qu'ils aient fait des écoles préparatoires, vous savez, ces trucs ultrachic. Mais ce serait peut-être plus simple de commencer par les lycées. Il y a plus de chances qu'ils aient tous fréquenté le même.

— Et si je ne trouve rien dans les lycées ?

— Vous pourriez peut-être remonter un peu plus loin en arrière.

Elle croisa les jambes, les bras. Elle aurait croisé les yeux, si elle avait pu.

— En arrière jusqu'où ?

— Jusqu'où vous pourrez.

— Et en quoi cet exercice en futilité nous sera-t-il utile ?

— Je veux savoir quand Dennis Lex a plongé sous les radars. Des gens l'ont-ils connu à la fac ? Au lycée ? À l'école primaire ?

Elle ne parut pas impressionnée.

— Envisageons que je parvienne à retrouver, disons, son école primaire – désolée, je vais me répéter –, en quoi cela nous sera-t-il utile ?

— Si seulement je le savais ! Je fonce en aveugle.

— Non, vous *me* demandez de foncer en aveugle.

— Alors, ne le faites pas, Esperanza, d'accord ? C'était juste une idée.

— Nan, fit-elle avec un geste de la main. Vous avez peut-être raison.

Myron posa les deux paumes sur le bureau, voûta le dos, regarda à gauche, à droite, en haut, en bas.

— Quoi ? dit-elle.

— Vous avez dit que j'avais peut-être raison. J'attends que le monde tel que nous le connaissons s'écroule.

— Pas mal, dit-elle en se levant. L'aveugle va voir ce qu'elle peut trouver.

Elle quitta la pièce. Myron composa le numéro de Susan Lex. La réceptionniste transféra l'appel et une femme s'identifiant comme la secrétaire de Mme Lex décrocha. Elle avait une voix mélodieuse, comme de la paille de fer qu'on frotte sur un tableau noir.

— Mme Lex ne rencontre personne qu'elle ne connaît pas.

151

— C'est une affaire d'une extrême gravité, dit Myron.

— Sans doute ne m'avez-vous pas entendue, dit Paille de Fer. Mme Lex ne rencontre personne qu'elle ne connaît pas.

— Dites-lui que c'est à propos de Dennis.

— Je vous demande pardon ?

— Dites-lui, c'est tout.

Sans un mot de plus, Paille de Fer le mit en attente. Myron écouta une version musak du *Time Passages* d'Al Stewart. L'original lui paraissait pourtant assez musak comme ça.

Paille de Fer revint après un clic grinçant.

— Mme Lex ne rencontre personne qu'elle ne connaît pas.

— J'ai eu le temps d'y réfléchir et ça ne tient pas debout.

— Je vous demande pardon ?

— Je veux dire, à un moment ou à un autre, elle doit bien rencontrer des personnes qu'elle ne connaît pas... sinon elle ne rencontrerait jamais qui que ce soit de nouveau. Vous-même, vous l'avez bien rencontrée une première fois ? Elle était bien prête à vous rencontrer avant de vous connaître, non ?

— Je vais raccrocher, monsieur Bolitar.

— Dites-lui que je sais pour Dennis.

— Je viens...

— Dites-lui que, si elle n'accepte pas de me rencontrer, j'irai voir la presse.

Silence.

— Ne quittez pas.

152

Déclic et la musak revint. Du temps passa. Et aussi, Dieu merci, *Time Passages*, remplacé par *Time* du Alan Parsons Project. Myron faillit sombrer dans le coma.

— Monsieur Bolitar ?

Paille de Fer.

— Lui-même.

— Mme Lex veut bien vous accorder cinq minutes de son temps. J'ai une possibilité le quinze du mois prochain.

— Pas bon, ça, dit Myron. Il faut que ce soit aujourd'hui.

— Mme Lex est une femme très occupée.

— Aujourd'hui, dit Myron.

— Ce ne sera tout simplement pas possible.

— À onze heures. Si on ne me laisse pas entrer, je vais aussitôt voir les médias.

— Vous êtes terriblement impoli, monsieur Bolitar.

— Les médias, répéta-t-il. Vous comprenez ?

— Oui.

— Vous serez là ?

— En quoi cela pourrait-il avoir la moindre importance ?

— Vous et moi, on en est arrivé à un tel niveau de tension sexuelle, que nous pourrions envisager par la suite de déguster ensemble un délicieux petit *latte*.

Il entendit le déclic et sourit. Le charme, pensa-t-il. Il est revenuuuu.

Esperanza le buzza.

— Tennis topless, ça intéresse quelqu'un ?

— Quoi ?

— J'ai Suzze T en ligne.

Il appuya sur un bouton.

— Salut, Suzze.

— Salut, Myron, tu m'as sonnée ?

— Je vais t'faire une offre que tu peux refuser.

— Tu vas me draguer ?

Le charme encaissa et se recroquevilla.

— Tu comptes être quelque part, cet après-midi ?

— Au même endroit que c'matin. Au Morning Mosh. Tu connais ?

— Non.

Elle lui donna l'adresse et Myron accepta de l'y retrouver quelques heures plus tard. Il raccrocha et se renfonça dans son fauteuil.

— « Semez les graines » …, dit-il à haute voix.

Il fixa le mur dégarni. Une heure à tuer avant de se rendre au Lex Building sur la 5ᵉ Avenue. Il pouvait rester assis là à méditer sur l'existence et peut-être se contempler le nombril. Non, il avait déjà trop fait ça. Braquant son siège vers l'ordinateur, il tapa *semer les graines* dans un moteur de recherche. Premier résultat : Bureau Américain des Végétaux Exotiques, plus connu sous son célèbre acronyme : BAVE. Un gang, sans doute. Des gros durs. Qui devaient saliver devant des plantes en pots.

À la troisième page, il tomba sur ce qu'il espérait trouver.

http ://www.nyherald.com/archives/9800322

•Myron cliqua et l'article apparut :

New York Herald
PEUR NOIRE
Par Stan Gibbs.

Whoa, ne quittez pas. Myron connaissait le nom. Stan Gibbs avait été un éditorialiste fameux, le genre de type qui pontifie (lire : se prend pour le pape) régulièrement dans les talk-shows, même s'il était plutôt moins chiant que la moyenne, ce qui revient à dire que la syphilis est moins chiante que la blennorragie. Mais ça, c'était avant que le scandale ne le touche, façon sida foudroyant. Myron lut :

Le coup de téléphone vint de nulle part.
— Quelle est votre plus grande terreur ? murmura la voix. Fermez les yeux et imaginez-la. Vous la voyez ? Ça y est ? Vous y êtes ? La peur la plus terrible que vous puissiez imaginer ?
Après un long silence, je dis :
— Oui.
— Bien. Maintenant imaginez quelque chose de pire, de bien pire…

Myron respira un bon coup. Il se souvenait de cette série d'articles. Stan Gibbs avait révélé une étrange histoire de kidnapping, un récit à vous tirer des larmes d'adrénaline à propos de trois enlèvements que la police aurait voulu, selon lui, passer sous silence. Il avait parlé aux familles, obtenu leurs déclarations, à la condition de préserver leur anonymat. Et, cerise sur le funèbre gâteau, le ravisseur avait pris contact avec lui :

155

Je demande au kidnappeur pourquoi il agit ainsi. Est-ce pour la rançon ?

— Je ne vais jamais chercher l'argent de la rançon, dit-il. En général, je laisse des explosifs sur place pour le faire brûler. Mais parfois l'argent aide à semer les graines. C'est ce que j'essaie de faire. Semer les graines.

Myron sentit son sang s'arrêter.

— Vous croyez tous être en sécurité, continue-t-il. Dans votre cocon technologique. Mais vous vous trompez. La technologie nous incite à attendre des réponses faciles et des fins heureuses. Avec moi, il n'y a pas de réponse et il n'y a pas de fin.

Cet homme qui me parle a kidnappé au moins quatre personnes : le père de deux jeunes enfants, 41 ans ; une étudiante, 20 ans ; et un jeune couple, tout juste marié, 28 et 27 ans. Tous ont été enlevés dans la région de New York.

— L'idée, dit-il, est de faire durer la terreur. Qu'elle ne cesse de grandir... pas en infligeant des tortures sanglantes, mais en nourrissant votre propre imagination. La technologie détruit notre capacité à imaginer. Mais quand quelqu'un qu'on aime disparaît, l'esprit se met à fabriquer des horreurs qu'aucune machine ne pourra jamais imiter... ou que, même moi j'aurais du mal à concevoir. Bien sûr, certains esprits ne vont pas si loin. Certains esprits s'arrêtent et dressent une barrière. Mon travail consiste à leur faire franchir cette barrière.

Je lui demande comment il fait.

— Je sème les graines, répète-t-il. Il faut semer les graines et laisser faire le temps.

Il explique que semer les graines signifie donner l'espoir puis l'enlever lentement, sur une longue période de temps. Son premier appel à la famille de la victime est naturellement dévastateur, mais il n'est que le premier acte d'une longue et effroyable épreuve.

Il commence l'appel, prétend-il, avec un très banal bonjour puis il demande au membre de la famille de ne pas quitter, s'il vous plaît. Après un silence, le membre de la famille entend celui ou celle qu'il aime pousser un abominable hurlement.

— Un seul, dit-il, et il est très court. Je le coupe en plein milieu. C'est la dernière fois qu'ils entendent ceux qu'ils aiment, continue-t-il. Imaginez comment ce cri va résonner encore et encore.

Mais pour la famille de la victime, ça ne s'arrête pas là. Il exige une rançon dont il se moque. Il appelle après minuit et demande à son interlocuteur d'imaginer sa pire terreur. Ou bien il affirme que, cette fois, il va vraiment relâcher la personne, mais c'est un piège, il ne veut que faire renaître l'espoir de ceux qui n'en ont plus, il ne cherche qu'à prolonger leur supplice.

— Le temps et l'espoir, dit-il, sèment les graines du désespoir.

Le père a disparu depuis trois ans. La jeune étudiante depuis vingt-sept mois. Le couple s'est marié il y a près de deux ans. Jusqu'à présent, on n'a pas retrouvé la moindre trace d'aucun d'entre eux. Et il se passe rarement une semaine sans que leurs familles reçoivent un appel de leur tortionnaire.

Quand je lui demande si ses victimes sont vivantes ou mortes, il se montre évasif.

— La mort est le terme, explique-t-il, après le terme, on ne peut plus semer.

Il veut parler de la société, de comment les ordinateurs et la technologie réfléchissent à notre place, comment ce qu'il accomplit nous permet de mesurer le pouvoir de l'intelligence humaine.

— C'est là que Dieu existe, dit-il. C'est là que toutes les choses de valeur existent. La vraie béatitude ne peut

157

se trouver qu'en nous. Le sens de la vie n'est pas dans votre nouveau home cinéma ou votre nouvelle voiture de sport. Les gens doivent comprendre que leur potentiel n'a aucune limite. Comment le leur faire comprendre ? Imaginez ce que ces familles traversent en ce moment même.

La voix douce, il m'invite à essayer.

— La technologie ne pourra jamais concevoir les horreurs que vous imaginez en ce moment. Semer les graines. Semer les graines nous montre le potentiel.

Le cœur de Myron battait à grands coups. Il se laissa aller en arrière avant de se secouer et de se remettre à lire. Le kidnappeur fou continuait à délirer, exposant fiévreusement ses théories démentes, le manifeste de l'Armée Symbionaise de Libération revu et corrigé par Unabomber. Le récit de Stan Gibbs se poursuivait dans le journal du lendemain. Myron cliqua sur le lien et reprit sa lecture. Cette fois, Gibbs ouvrait son papier par des déclarations déchirantes des familles. Puis l'interview du ravisseur reprenait.

Je lui demande comment il compte empêcher que ces enlèvements ne se retrouvent dans les médias.

— En semant les graines, répète-t-il encore une fois.

Je lui demande un exemple.

— Je dis à sa femme d'aller dans le garage de la maison, d'ouvrir la boîte à outils Stanley sur la troisième étagère. Je lui dis de prendre les tenailles noires avec les poignées en latex Puis je l'envoie dans la cave. Je lui dis de se mettre devant le rocking-chair qu'ils ont acheté l'été précédent à ce vide-grenier au Cape. Imaginez, je lui dis, votre mari attaché nu sur cette chaise. Imaginez ces tenailles dans mes mains. Et finalement, imaginez ce que je ferais si je voyais la moindre allusion à ceci dans les journaux.

Mais il ne s'arrête pas là.

— Je lui demande des nouvelles de ses enfants. Je mentionne leurs noms. Je mentionne leurs écoles, leurs professeurs et leurs céréales préférées du petit déjeuner.

Je lui demande comment il sait toutes ces choses.

Sa réponse est simple.

— Papa me dit tout.

— Seigneur, marmonna Myron.

Respire, se dit-il. Profondément. Inspire, expire. Voilà. C'est ça. Essaie de réfléchir. Du calme. Vas-y tranquillement. Bon, OK, d'abord : c'est horrible, d'accord, mais quel rapport avec Davis Taylor né Dennis Lex ? Aucun, probablement. Pas la moindre chance. Hum, mauvais choix de mot. Et d'ailleurs, il savait que cette histoire ne s'arrêtait pas là. Ou plutôt, qu'elle n'avait pas vraiment commencé.

Les articles de Gibbs avaient suscité des semaines de polémiques passionnées à travers tout le pays… jusqu'à ce que, Myron s'en souvenait, l'affaire se dégonfle d'une façon spectaculaire. Que s'était-il passé exactement ? Quelques clics plus tard, il trouva une autre série d'articles dont le sujet était désormais Stan Gibbs lui-même. Ils apparurent dans l'ordre chronologique.

LE FBI EXIGE LES SOURCES DE GIBBS

Le Bureau Fédéral d'Investigation, qui ces dernières semaines ne cessait de nier les allégations de Stan Gibbs,

159

a complètement changé de tactique. Il exige maintenant que Gibbs lui remette ses notes et informations.

Dan Conway, porte-parole de l'agence fédérale, a commencé par ces mots : « Nous ignorons tout de ces crimes », avant d'ajouter : « Mais si M. Gibbs est sincère, il détient des informations importantes sur un éventuel ravisseur et tueur en série, qu'il a peut-être même aidé et hébergé. Nous sommes en droit d'exiger ces informations. »

Stan Gibbs, un célèbre éditorialiste et journaliste de télévision, a refusé de révéler ses sources. « Je ne protège nullement le tueur, a-t-il dit. Les familles des victimes tout comme l'auteur de ces crimes ne m'ont parlé qu'à la stricte condition que je respecte leur anonymat. C'est un cri aussi vieux que notre pays : je ne révélerai pas mes sources. »

Le *New York Herald* et l'American Civil Liberties Union ont déjà dénoncé la manœuvre du FBI et comptent bien soutenir M. Gibbs. Le juge a ordonné que l'affaire soit débattue à huis clos.

Myron continua sa lecture. Les arguments des deux parties étaient assez attendus. Les avocats de Gibbs se drapaient naturellement dans le Premier amendement, tandis que naturellement les fédéraux répliquaient que le Premier amendement n'était pas un absolu indépassable, qu'on ne peut pas crier « Au feu ! » dans un cinéma bondé, et que la liberté d'expression n'incluait pas la protection de criminels présumés. Le débat avait, tout aussi naturellement, fait rage à travers tout le pays, occupant pas mal d'heures d'antenne sur CNBC, MSNBC, CNN et quelques autres chaînes câblées. Les standards téléphoniques avaient frisé la sauterie hystérique.

Le juge était sur le point de rendre son verdict quand une autre bombe, très inattendue celle-là, avait explosé.

GIBBS, LE BOBARD ?
Le journaliste accusé de plagiat.

Le coup de théâtre final avait créé un sacré choc : quelqu'un avait déterré un roman policier publié par une minuscule maison d'édition et tiré à une centaine d'exemplaires en 1978. Le roman, *Cri et murmure*, de F.K. Armstrong, ressemblait à s'y méprendre à l'histoire de Gibbs. Et plus que ça, même. Certains fragments de dialogue étaient carrément copiés *verbatim*. Les crimes du livre – des enlèvements non résolus – étaient trop semblables à ceux que Gibbs avait décrits pour croire à une coïncidence.

Les spectres des plagiaires Mike Barnicle, Patricia Smith et autres surgirent de leurs tombes. Des têtes avaient roulé. Il y avait eu des démissions et des séances publiques de contrition. Pour sa part, Stan Gibbs avait refusé de faire le moindre commentaire, ce qui n'avait pas franchement plaidé en sa faveur. Il avait fini par « prendre un congé sans solde », euphémisme des temps modernes pour « s'était fait virer ». L'ACLU avait publié un communiqué ambigu avant de disparaître de la scène et le *New York Herald* avait tranquillement regretté la publication de cette série d'articles dans ses colonnes, disant que l'affaire faisait l'objet d'une « enquête interne ».

Au bout d'un moment, Myron composa un numéro de téléphone.

— Bureau des News. Bruce Taylor à l'appareil.

— Ça te dit, un verre ensemble ?

— Je sais que c'est ringard de nos jours, Myron, mais je suis strictement hétéro.

— J'ai la capacité de te faire changer.

— Ça m'étonnerait, mon pote.

— Plusieurs femmes avec qui je suis sorti étaient strictement hétéros... Avant de me connaître.

— J'adore quand tu te dévalues, Myron. C'est tellement vrai.

— Bon, qu'en dis-tu ?

— Je suis à la bourre.

— Tu es toujours à la bourre.

— C'est toi qui paies ?

— Pour citer mes frères quand ils évoquent la nuit de Pessah : pourquoi cette nuit serait-elle différente de toutes les autres nuits ?

— Ça m'arrive de raquer.

— Je me suis toujours demandé si tu possédais ne serait-ce qu'un portefeuille.

— Parce que c'est pas moi qui demande des services, dit Bruce. Quatre heures. Au Rusty Umbrella.

15

Le portail en fer forgé du Lex Building sur la 5ᵉ Avenue était couvert d'une végétation si dense qu'on n'aurait pas vu la lumière si une supernova avait explosé de l'autre côté. Le célèbre édifice, un hôtel particulier de Manhattan, était pourvu d'un patio à l'européenne, d'une façade Art déco et d'un service de sécurité digne d'un match de Tyson. Seul détail qui tranchait avec les lignes anciennes magnifiques et les ornements vénitiens : les fenêtres converties, à des fins d'intimité, en vitres noires de limousine. Le mélange avait quelque chose de distrayant et de surnaturel.

Quatre gardes, blazers bleus, pantalons gris, se tenaient à l'entrée – de vrais gardes, nota Myron, avec des regards de flics et des tics du KGB, pas la version louez-un-uniforme qu'on trouve dans les supermarchés et les aéroports. Tous les quatre le zyeutaient comme s'il se baladait en porte-jarretelles au Vatican.

L'un d'eux s'avança.

— Pourrais-je voir une pièce d'identité, s'il vous plaît ?

Myron sortit une carte de crédit et un permis de conduire.

— Il n'y a pas de photo sur le permis de conduire, constata le garde, observateur.

— Elle n'est pas obligatoire dans le New Jersey.

— Il me faut une photo.

— J'en ai une sur ma carte de membre de mon club de gym.

Soupir patenté de flic patient.

— Cela ne conviendra pas, monsieur. Avez-vous votre passeport ?

— En plein Manhattan ?

— Oui, monsieur. Nous devons nous assurer de votre identité.

— Non, dit Myron. D'ailleurs, la photo est pas terrible. Elle ne rend absolument pas le bleu radieux de mes yeux.

Il battit des paupières pour illustrer son propos.

— Attendez ici, monsieur.

Il attendit. Bras croisés, sourcils en butée, les trois autres blazers le surveillaient comme s'il risquait de boire l'eau des toilettes. Myron entendit un ronronnement caractéristique et leva les yeux. Une caméra de sécurité le braquait à présent, faisant le point sur lui. Myron la salua, sourit à l'objectif et effectua une série de poses apprises en regardant des championnats de body-building féminin sur ESPN2. Il termina par une exposition assez réussie des dorsaux et des fessiers avant de remercier la foule en délire. Les blazers ne parurent pas impressionnés.

— Que du naturel, se vanta Myron. Pas un gramme d'anabolisant.

Et pas de réponse, non plus.

Le premier garde revint.

— Si vous voulez bien me suivre.

Pénétrer dans le patio c'était comme entrer dans l'armoire de C.S. Lewis, dans un autre monde, l'autre côté du feuillage, en quelque sorte. Ici, en plein milieu de Manhattan, les bruits de la rue disparaissaient soudain, n'existaient carrément plus. Le jardin était luxuriant, les allées de dalles formant un motif assez peu différent d'un tapis d'Orient. Une fontaine jaillissait en plein milieu sous la forme d'un cheval statufié rejetant la tête en arrière.

Une nouvelle équipe de blazers bleus l'accueillit devant une porte ouvragée. La facture du teinturier, se dit Myron, devait peser sur les comptes de la maison. Ils lui firent vider ses poches, confisquèrent son portable, le tâtèrent manuellement, sondèrent son corps de façon si exhaustive avec un détecteur de métal qu'il faillit demander un préservatif, le firent passer deux fois sous un porche, lui aussi détectant le métal, avant de le retâter avec toujours autant d'empressement.

— Si vous me touchez le zizi encore une fois, dit Myron, j'le dirai à ma maman.

Toujours pas de réponse. Les Lex devaient non seulement exiger une discrétion sans faille mais aussi un délicat sens de l'humour.

— Si vous voulez bien me suivre, monsieur, dit le blazer doué de parole.

165

Le calme de l'endroit – un building en plein Manhattan, bon Dieu – avait quelque chose de crispant, le bruit de leurs pas sur le marbre étant le seul perceptible. C'était comme de marcher dans un immense musée la nuit. À tout instant, Myron s'attendait à voir surgir un scribe en lévitation ou un fantôme portant un masque funéraire. Les gardes formaient une sorte de garde présidentielle non motorisée – le blazer parlant et un de ses acolytes à trois pas devant lui, les deux autres à trois pas derrière. Juste pour rigoler, Myron ralentit et accéléra l'allure, pour voir son escorte l'imiter. À un moment donné, il faillit même exécuter un moonwalk à la Michael Jackson, mais ces types le considéraient déjà comme un pédophile potentiel.

L'escalier en acajou, immense, sentait un peu le Fanta citron. D'énormes tapisseries « ornaient » les murs, le genre avec des épées, des chevaux et des festins hédonistes grouillant de cochons de lait. Deux autres blazers les attendaient à l'étage. À leur tour, ils inspectèrent Myron comme s'ils n'avaient encore jamais vu un être humain. Il pivota sur lui-même pour leur faciliter la tâche. Ils ne furent guère plus attendris.

— Vous auriez dû voir mes poses tout à l'heure, dit-il.

Les doubles portes s'ouvrirent et Myron pénétra dans une pièce à peine plus grande qu'un stade de basket. Deux gardes l'y suivirent pour prendre position derrière lui. Un grand type était assis dans une bergère. Du moins, il paraissait grand. Mais le fauteuil était peut-être petit. L'homme avait dans les quarante-cinq ans. Sa tête et son cou formaient un trapèze presque parfait, couronné par une chevelure taillée en brosse réglementaire. Il avait le nez plat, des mains comme des jambons, des doigts comme des boudins. Le visage plein d'angles droits taillés dans le granite. Ex-boxeur ou ex-marine ou probablement les deux.

Granite Man se livra à son tour à un examen de Myron, mais le sien resta purement visuel, dur bien sûr, mais aussi plus détendu que celui de ses copains en blazer, comme si ça l'amusait, comme si Myron était un chaton essayant de grimper à sa jambe de pantalon. Il ne se leva pas, préférant le fixer en faisant craquer ses jointures l'une après l'autre.

Myron regarda Granite Man et Granite Man fit craquer un autre boudin.

— Brrr, dit Myron.

Personne ne lui dit de s'asseoir. À vrai dire, personne ne disait quoi que ce soit. Il resta donc debout et attendit, trois paires d'yeux collées à lui.

— D'accord, dit-il. Je suis intimidé. On peut passer à la suite, *please* ?

Granite Man hocha la tête en direction des deux blazers. Ils sortirent. Presque simultanément, une autre porte s'ouvrit là-bas, tout au fond de la pièce, et deux femmes apparurent. Malgré la distance, Myron devina que la première devait être Susan Lex. Ses cheveux étaient relevés dans un chignon impeccablement laqué ou laquément impeccable, ses lèvres pincées comme si elle venait d'avaler une coccinelle vivante. L'autre femme – dix-huit, dix-neuf ans, pas plus – était sans doute sa fille, copie carbone dotée du même pincement labial. Sauf qu'elle, avec son quart de siècle en moins, avait dédaigné la laque.

Main tendue, Myron s'apprêta à traverser la salle, mais Susan Lex leva une paume rédhibitoire. Stop. Pas un pas de plus. Granite Man se pencha en avant. Les yeux plantés dans ceux de Myron, il secoua à peine la tête, ce qui n'est pas une tâche aisée quand on n'a pas de cou. Myron resta où il était et remit sa main à sa place.

— Je n'aime pas être menacée, lança Susan Lex de l'autre bout du terrain.

— Je vous prie de m'en excuser. Mais il fallait que je vous voie.

— Et cela vous donne le droit de me menacer et de me faire chanter ?

Difficile de répondre à ça.

— Je dois vous parler de votre frère Dennis.

— C'est ce que vous avez dit au téléphone.

— Où est-il ?

Susan Lex regarda Granite Man. Granite Man fronça les sourcils et fit de nouveau craquer ses phalanges.

— Juste comme cela, monsieur Bolitar ? demanda Susan Lex. Vous appelez mon bureau. Vous proférez des menaces. Vous me forcez à bouleverser mon emploi du temps. Et ensuite, vous venez ici formuler des exigences ?

— Je regrette de paraître si abrupt, dit Myron. Mais il s'agit d'une question de vie ou de mort.

À chaque fois qu'il prononçait ces mots : « une question de vie ou de mort », il s'attendait à entendre un roulement de tambour.

— Vous conviendrez que l'explication est un peu courte, dit Susan Lex.

— Votre frère est enregistré au centre national de don de moelle osseuse. Sa moelle est compatible avec celle d'un enfant très malade.

Après l'angoissant « dites une dernière fois au revoir au garçon » de cette nuit, il avait décidé d'éviter de mentionner s'il s'agissait d'une fille ou d'un garçon.

— Sans cette greffe, ajouta-t-il, l'enfant mourra.

Susan Lex haussa un sourcil. Les riches sont vraiment doués pour ça : hausser un seul sourcil sans altérer quoi que ce soit d'autre sur leur visage. Myron se demanda s'ils apprenaient ça lors de camps de vacances pour riches. Susan Lex regarda de nouveau Granite Man. Cette fois, Granite Man essayait de sourire.

— Vous vous trompez, dit-elle.

Myron attendit la suite. Il n'y en eut pas.

— Je me trompe comment ?

— Si vous dites la vérité, vous avez commis une erreur. Je n'en dirai pas davantage.

— Avec tout le respect que je vous dois, dit Myron, cela ne suffit pas.

— Il le faudra bien pourtant.

— Où est votre frère, madame Lex ?

— Veuillez partir, monsieur Bolitar.

— Je peux encore aller voir la presse.

Granite Man croisa les jambes, sans omettre d'émettre quelques craquements.

Myron se tourna vers lui.

— Oui, mais vous savez faire ça ?

Il se tapa la tête d'une main en se frottant le ventre de l'autre.

Granite Man ne parut pas apprécier.

— Écoutez, reprit Myron, je ne cherche pas à provoquer le moindre trouble. Vous êtes des gens discrets. Je comprends cela. Mais je dois trouver ce donneur.

— Ce n'est pas mon frère, dit Susan Lex.

— Alors, où est-il ?

— Il n'est pas votre donneur. Le reste ne vous concerne pas.

— Le nom, Davis Taylor, signifie-t-il quoi que ce soit pour vous ?

Susan Lex repinça les lèvres comme si une autre coccinelle avait réussi à s'infiltrer. Elle tourna les talons et sortit. Sa fille en fit autant. De nouveau, comme sur un signal, la porte derrière Myron s'ouvrit et les deux blazers balèzes entrèrent. Regards fixes. Granite Man se leva enfin, ce qui lui prit un certain temps. Il était grand, en effet. Très grand.

Les trois hommes s'approchèrent de Myron.

— Demandons l'avis du public, voulez-vous ? fit ce dernier.

Granite Man se planta devant lui, épaules de granite, regard de granite.

— Ne pas vous présenter, continua Myron. J'ai trouvé ça vraiment très fort. Très macho. Et le personnage silencieux avec l'air amusé. Très bien joué, vraiment. Très... professionnel. Mais – et c'est là où je perçois la faute de goût – les craquements de jointures, façon loubard des années cinquante, là permettez-moi de vous dire que c'était trop. Vous ne trouvez pas ? D'ailleurs, le public ne s'y trompe pas. Votre note : 8 seulement. Commentaire : restez subtil.

— Vous avez terminé ? dit Granite Man.

— Oui.

— Myron Bolitar. Né à Livingstone, New Jersey. Mère Ellen, père Al...

— Ils aiment bien qu'on les appelle El-Al, intervint Myron, comme la compagnie aérienne.

— Duke University, basketteur All-Americans. Drafté en huitième position par les Boston Celtics. Genou bousillé lors du premier match de pré-saison, ce qui a mis un terme à votre carrière. Actuellement, propriétaire de MB Sports, agence de représentation de sportifs. Liaison avec la romancière Jessica Culver depuis l'université. Rupture récente. Dois-je continuer ?

— Vous avez oublié mon chouette talent de danseur. Je peux vous faire une démonstration, si vous voulez.

Granite Man ricana.

— Vous voulez mon commentaire sur vous ?

— Vous gênez pas.

— Vous faites trop le malin. Je sais que c'est pour avoir l'air sûr de vous, mais vous en faites trop, vous aussi. Et dans la mesure où vous avez parlé de subtilité, votre histoire a propos de ce gosse mourant qui a besoin d'une greffe de moelle était touchante. Il ne manquait que le quatuor à cordes.

— Vous ne me croyez pas ?

— Non, je ne vous crois pas.

— Alors, pourquoi suis-je ici ?

Granite Man écarta les arbres à jambons qui lui servaient de bras.

— C'est ce que j'aimerais savoir.

Les trois hommes formaient un triangle équilatéral, Granite devant, les deux blazers derrière. Granite hocha à peine – davantage lui aurait été difficile – le menton. Un des blazers sortit un flingue qu'il braqua sur la tête de Myron.

Pas bon, ça.

Il existe des façons de désarmer un homme muni d'un pistolet, mais elles présentent toutes un problème inhérent : ça peut ne pas marcher. Si vous vous plantez dans vos calculs ou bien si votre rival est meilleur que vous ne le croyez – une éventualité pas si improbable avec un rival sachant visiblement se servir d'un pistolet –, vous pouvez vous faire descendre. Ce qui constitue un sérieux aléa. Dans cette situation particulière, il y avait deux autres rivaux, tous deux paraissant bien entraînés et étant probablement armés. Il existe un mot que les experts du combat utilisent pour qualifier un geste brusque dans une telle occurrence : *suicide*.

— Celui qui a effectué ces recherches à mon sujet a oublié quelque chose, dit Myron.

— Qui serait ?

— Ma relation avec Win.

Granite Man resta de marbre.

— Vous voulez parler de Windsor Horne Lockwood, troisième du nom ? Sa famille possède Lock-Horne Security and Investements sur Park Avenue. Vous partagiez la même chambre à Duke. Après avoir quitté le loft où vous viviez avec Jessica Culver dans Spring Street, vous vous êtes installé chez lui, au Dakota. Vous entretenez des liens personnels et professionnels, au point qu'on pourrait même parler de meilleurs amis. Vous parlez de cette relation-là ?

— J'en parle.

— Elle ne m'est pas inconnue. Comme ne me sont pas inconnus les...

Pause, recherche du mot adéquat.

— ... talents de M. Lockwood.

— Dans ce cas, vous savez que si Blue Blazer devient chatouilleux...

Mouvement de la tête de Myron vers l'homme au pistolet.

— ... vous mourrez.

Granite Man mobilisa tous ses muscles faciaux et cette fois parvint à esquisser un sourire. Non sans effort.

— Je ne suis pas, moi-même, dépourvu de... talents, monsieur Bolitar.

— Si vous croyez vraiment ça, dit Myron, c'est que les... talents de Win vous sont vraiment inconnus.

— Je ne débattrai pas de ce point. Je me contenterai de faire remarquer qu'il ne dispose pas des moyens qui sont les miens. Maintenant, allez-vous me dire pourquoi vous vous intéressez à Dennis Lex ?

— Je vous l'ai déjà dit.

— Vous allez vous en tenir à cette histoire d'enfant agonisant ?

— C'est la vérité.

— Comment avez-vous obtenu le nom de Dennis Lex ?

— Grâce au centre de don de moelle osseuse.

— L'administration vous l'aurait donc fourni ? Comme ça, sur simple demande ?

Au tour de Myron.

— Je ne suis pas non plus dépourvu de... talents.

Dans sa bouche, ça sonnait moins bien.

— Donc, vous dites que le centre de don de moelle vous a révélé que Dennis Lex était un donneur... c'est à peu près ça ?

— Je ne dis rien du tout. Si vous voulez que je vous livre des informations, il faut m'en livrer. Ça doit rouler dans les deux sens.

— Erreur, dit Granite Man. Ici, nous sommes dans un sens unique. Je suis un trente tonnes et vous êtes un œuf posé sur la chaussée.

Myron hocha la tête.

— Mignon. Mais si vous ne me donnez rien, je ne vous donnerai rien.

Le type au flingue s'approcha.

Myron sentit ses jambes mollir, mais il ne broncha pas. Il faisait peut-être trop le malin, mais il ne faut jamais leur montrer la peur. Jamais.

— Et ne faisons pas semblant de croire que vous allez me descendre à cause de ça. Nous savons tous les deux que vous ne le ferez pas. Vous n'êtes pas si stupide.

Granite Man sourit encore.

— Je pourrais vous cogner un peu.

— Vous ne voulez pas d'ennuis. Je ne veux pas d'ennuis. Je me moque de cette famille, de sa richesse et du reste. J'essaie juste de sauver la vie d'un gosse.

Granite Man fit semblant de jouer du violon. Puis il dit :

— Dennis Lex n'est pas votre sauveur.

— Et je suis juste censé vous croire ?

— Il n'est pas votre donneur. Cela, au moins, je peux vous le garantir personnellement.

— Est-il mort ?

Granite Man croisa les bras sur sa poitrine 16/9e.

— Si vous dites la vérité, soit les gens du centre de don vous ont menti, soit ils se sont trompés.

— Ou alors, c'est vous qui mentez, dit Myron. Ou qui faites une erreur.

— Les gardes vont vous raccompagner.

— Je peux toujours aller voir la presse.

Granite Man lui tournait déjà le dos.

— Nous savons tous les deux que vous ne le ferez pas, dit-il. Vous n'êtes pas si stupide, vous non plus.

16

Bruce Taylor portait la tenue de combat du journaliste de la presse écrite, c'est-à-dire qu'il avait ouvert son panier de linge sale et enfilé ce qui se trouvait au-dessus. Assis au comptoir, il bâfrait les bretzels mis gratuitement à la disposition des clients, les poussant dans sa bouche comme s'il essayait d'avaler sa paume.

— Ces trucs me dégoûtent, dit-il à Myron.

— Je vois ça.

— Je suis dans un bar, bordel. Faut bien que je bouffe quelque chose. Mais y a plus de cacahuètes nulle part. Trop gras, à c'qu'y paraît. Alors, bonjour les bretzels. Et même pas de vrais bretzels. On dirait des merdouilles grillées. Regarde.

Il en mit un sous le nez de Myron, comme si ses narines avaient aussi le don de vision.

— Franchement, devrait y avoir une loi contre ça.

— Les politiciens. Ils passent leur temps à causer du contrôle des armes.

— Bon, tu bois quoi ? Et ne commande pas ton Yoo-Hoo à la con ici. C'est gênant.

— Qu'est-ce que tu prends ?

— Ce que je prends toujours quand tu paies. Du douze ans d'âge.

— Je me contenterai d'un verre d'eau gazeuse avec une rondelle de citron. Sans glace.

— Tafiole, commenta Bruce avant de commander. Alors, c'est à quel sujet ?

— Tu connais Stan Gibbs ?

— Ouoa.

— Quoi, ouoa ?

— Ben, ouoa, quoi. T'as le don pour patauger dans des océans de diarrhée, Myron. Mais Stan Gibbs ? Qu'est-ce que tu peux bien avoir à foutre avec ce mec ?

— Probablement rien.

— Hon-hon.

— Oublie ton dico d'onomatopées et parle-moi de lui, d'accord ?

Bruce haussa les épaules, descendit une gorgée de scotch.

— Un sale con ambitieux qui a été trop loin. Tu voulais savoir autre chose ?

— Toute l'histoire.

— En commençant par ?

— Qu'est-ce qu'il a fait, exactement ?

— Ce con a plagié un roman. Ce qui n'est pas rare. Mais il est rare d'être aussi stupide.

— Trop stupide ? s'enquit Myron.

— Mais encore ?

— On est, toi et moi, d'accord pour dire que recopier un roman publié ne constitue pas simplement une entorse à l'éthique, c'est aussi très bête.

— Et ?

— Et je me demande si ce n'est pas *trop* bête.

— Tu le crois innocent, Myron ?

— Et toi ?

Bruce enfourna quelques bretzels.

— Merde, non. Stan Gibbs est coupable comme le péché. Et aussi stupide qu'il ait été, j'en connais beaucoup de plus stupides. Tu te souviens de Mike Barnicle ? Piquer des blagues dans un bouquin de George Carlin. George Carlin, t'imagines ?

— Ouais, ça semble assez stupide.

— Et il n'est pas le seul. Écoute, Myron, chaque profession a ses brebis galeuses, d'accord ? Ses mottes de poils qu'elle cherche à planquer sous le tapis. Les flics ont leur ligne blanche ou jaune ou bleue, je sais plus, quand l'un d'entre eux expédie un suspect sous terre. Les docteurs se couvrent mutuellement quand ils enlèvent la vésicule à la place de l'appendice. Les avocats... Bon, vaut mieux pas que je me lance sur leurs vilains petits travers.

— Et le plagiat est le vôtre ?

— Pas juste le plagiat, dit Bruce. Disons plutôt la fabrication en gros. Je connais des journalistes qui inventent des sources. Je connais des types qui inventent des dialogues. Je connais des types qui inventent des conversations entières. Ils publient des articles sur des mamans shootées au crack et sur des chefs de gang qui n'ont jamais existé. T'en as jamais lu ? Tu t'es jamais demandé pourquoi tant de camés s'expriment de façon si poignante alors qu'ils sont même pas foutus de regarder les *Teletubbies* sans tuteur ?

178

— Et tu dis que cela arrive souvent ?

— La vérité ?

— De préférence.

— C'est une épidémie, dit Bruce. Certains sont feignants. D'autres ambitieux. D'autres encore sont juste des menteurs pathologiques. Tu vois le genre. Ils mentent sur ce qu'ils ont bouffé au petit déjeuner, simplement parce qu'ils ne savent pas faire autrement.

Les boissons arrivèrent. Bruce montra le bol vide de bretzels. Le serveur le remplit.

— Donc, si c'est une épidémie, dit Myron, comment se fait-il qu'on en entend si peu parler ? Je croyais que la presse adorait les guerres, les épidémies, les catastrophes en tout genre.

— D'abord, c'est difficile d'identifier les agents pathogènes. Les types se cachent derrière l'anonymat des sources ou prétendent que les gens ont déménagé, ce genre de trucs. Ensuite, c'est comme je viens de te le dire. Ce sont nos vilains petits secrets. On les planque sous le tapis. On aime bien les saloperies, mais chez les autres. Pas chez nous.

— J'aurais cru que vous voudriez faire le ménage.

— Ben voyons. Comme les flics ont envie de faire le ménage. Comme les toubibs.

— Vous, c'est pas pareil, Bruce.

— Laisse-moi inventer un petit scénario, Myron, d'accord ?

Bruce engloutit son douze ans d'âge en trois secondes chrono et montra son verre vide au barman. Nouvelle séance de remplissage.

— Tu es rédac'chef au, disons, *New York Times*. On t'amène un article. Tu l'imprimes. Peu après, on porte à ton attention que l'article en question est une exagération ou un plagiat ou, pourquoi pas, un pur bidonnage, comme tu veux. Qu'est-ce que tu fais ?

— Je le dénonce, dit Myron.

— Mais tu es le rédac'chef. Tu es le con responsable de sa publication. Tu es aussi, probablement, le con qui a embauché le journaliste. Qui crois-tu que les grands pontes, les propriétaires, les sommités qui ont l'argent et le pouvoir, vont tenir pour responsable ? Et crois-tu que lesdites sommités vont être ravies d'apprendre que leur beau journal a publié un tissu de conneries ? Crois-tu que le *Times* veut perdre des lecteurs au profit du *Herald* ou du *Post* ? Quant à ces concurrents, eux non plus n'auront pas envie de s'étaler là-dessus. Le public ne fait déjà pas confiance à la presse en tant qu'institution. Si la vérité sort, qui morfle ? Réponse : tout le monde.

— Donc, vous vous contentez de virer discrètement le type, dit Myron.

— Peut-être. Mais, encore une fois, tu es le rédac'chef du *New York Times*. Tu vires, disons, un éditorialiste. Tu crois pas que les grands pontes voudront savoir pourquoi ?

— Alors, vous ne faites rien ?

— On fait comme l'Église faisait avec les prêtres pédophiles. On essaie de contrôler le mal sans nous planter un crucifix dans le cœur. On transfère le gars dans un autre service. On refile le problème à

180

quelqu'un d'autre. Peut-être même qu'on l'associe à un autre journaliste. Plus dur de pondre de la merde, de faire caca quand on te regarde.

Myron but un peu de son club soda et ne lui trouva aucun goût. Heureusement.

— D'accord, alors est-ce que je peux te poser la question évidente ? Comment Stan Gibbs s'est-il fait choper ?

— Il a été con, très con. Très, très, très con. C'était trop énorme. Une histoire pareille, ça se plagie pas. En plus, c'est comme s'il avait enfoncé la tête des p'tits gars du FBI dans un chiotte public et tiré la chasse devant tout le monde. Le genre de choses qu'on ne fait que si on a des preuves en titane, surtout avec les fédéraux. Selon moi, il s'est cru tranquille parce que le bouquin avait été publié dans un coin paumé de l'Oregon et tiré à une quantité négligeable. Ils n'ont pas dû en sortir plus de cinq cents exemplaires et ça remontait à plus de vingt ans. En plus, l'auteur était mort depuis un bail.

— Mais quelqu'un l'a déterré.

— Ouais.

— Curieux, non ?

— Dans la plupart des cas, j'aurais dit oui, mais pas avec un truc aussi gros. Et une fois que la vérité est sortie, boum, ça a été terminé pour Stan. Il n'y a pas un média qui n'en a pas parlé. Les fédéraux ont même tenu une conférence de presse. On a failli monter une campagne contre lui. Quelqu'un – probablement le FBI – voulait sa peau. Et il l'a eue.

181

— Peut-être que les fédéraux lui en voulaient tellement qu'ils l'ont piégé ?

— Comment ? contra Bruce. Le roman existe. Les passages que Stan a copiés existent. C'est imparable.

Myron s'escrima mentalement pour trouver une parade. Il dut s'avouer vaincu.

— Stan Gibbs s'est-il défendu ?

— Jamais. Il n'a jamais fait le moindre commentaire.

— Pourquoi pas ?

— Il est du métier. Il sait comment ça se passe. Écoute, ce genre d'histoires, c'est un peu comme des feux de forêt. La seule façon de les éteindre, c'est d'arrêter de les nourrir. Si terrible que soit la fournaise, s'il n'y a rien de neuf à raconter – la nouveauté, c'est ça qui nourrit les flammes – elle meurt à petit feu, c'est le cas de le dire. Les gens font toujours l'erreur de croire qu'ils peuvent noyer l'incendie sous leurs mots, que leurs merveilleuses explications vont se transformer en neige carbonique. C'est toujours une erreur de parler à la presse. Tout – même les dénégations les plus parfaitement formulées – alimente le feu.

— Mais à se taire, ne risquait-il pas de passer pour encore plus coupable ?

— Il *est* coupable, Myron. Stan n'aurait fait que s'attirer davantage d'ennuis s'il avait parlé. S'il avait traîné dans le coin et tenté de se défendre, on se serait mis à fouiner dans son passé. Dans ses anciens articles, par exemple. On les aurait tous passés au crible. Le moindre fait, la moindre citation, tout. Et si on a plagié une fois, c'est qu'on a déjà plagié. On ne commence pas ce genre de tripa-touillages quand on a l'âge de Stan.

— Donc, selon toi, il tentait de minimiser les dégâts ?

Bruce sourit, savoura une délicate gorgée de scotch.

— Cette bonne éducation que tu as reçue à Duke, dit-il. C'était pas du gâchis.

Il plongea la main dans les bretzels.

— Ça t'ennuie si je commande un sandwich ? demanda-t-il.

— Je t'en prie.

— Tu ne vas pas le regretter, dit Bruce avec, sou-dain, un large sourire. Parce que je n'ai pas encore mentionné la dernière petite chose qui l'a convaincu de pas moufter.

— Laquelle ?

— C'est gros, Myron.

Le sourire s'effaça.

— Très gros.

— D'accord, commande des frites aussi.

— Je ne veux pas que ceci se retrouve dans le domaine public, tu comprends ?

— Allez, Bruce. Qu'est-ce que c'est ?

Bruce se retourna à moitié vers le comptoir. Il s'empara d'une serviette en papier qu'il déchira en deux.

— Tu sais que les fédéraux ont poursuivi Stan devant un tribunal pour l'obliger à révéler ses sources ?

— Oui.

— Les délibérations auraient dû rester secrètes, mais quelqu'un a lâché le morceau. Tu vois, les feds voulaient que Stan fournisse des éléments corroborant plus ou moins son histoire. Quelque chose pour prouver qu'elle n'était pas complètement bidonnée. Il n'a rien lâché. Pendant un moment, il a prétendu que seules les familles pouvaient le faire, mais il refusait de les obliger à témoigner. Il a finalement admis qu'il existait une autre personne qui pouvait confirmer son histoire.

— Confirmer son histoire inventée ?

— Oui.

— Qui ?

— Sa maîtresse, dit Bruce.

— Stan était marié ?

— C'est sûrement le mot « maîtresse » qui m'a trahi, dit Bruce. Oui, il l'était. Techniquement, il l'est toujours d'ailleurs, mais ils sont séparés. Naturellement, Stan hésitait à donner son nom – il aimait sa femme, il avait deux gosses, un jardin et le reste – mais, finalement, il a livré le nom au juge à condition qu'il ne soit pas révélé.

— La maîtresse a-t-elle confirmé ?

— Oui. Cette maîtresse – une certaine Melina Garston – a prétendu avoir été avec lui lors d'une de ses rencontres avec le Semeur de Graines.

Le front de Myron se creusa.

— Pourquoi ce nom me dit-il quelque chose ?

— Parce que Melina Garston est morte maintenant. Attachée, torturée et je te passe les détails.

— Quand ?

— Il y a trois mois. Juste après que la vague de merde déferle sur Stan. Pire encore, la police pense que c'est Stan qui a fait le coup.

— Pour l'empêcher de révéler la vérité ?

— Encore cette éducation de Duke.

— Mais ça ne tient pas debout. Elle a été tuée après la découverte du plagiat, n'est-ce pas ?

— Juste après, ouais.

— Donc, il était trop tard. Tout le monde le croyait déjà coupable. Il avait perdu son boulot. Il était en disgrâce. Si sa maîtresse débarque en disant « oui, j'ai menti », ça ne change pas grand-chose. Qu'aurait-il gagné à la tuer ?

Bruce haussa les épaules.

— Peut-être que son revirement aurait levé tous les doutes.

— Lesquels ? Il n'y en avait plus.

Le serveur revint. Bruce commanda un sandwich.

— Tu peux découvrir où se cache Stan Gibbs ? demanda Myron.

Bruce fit de nouveau signe au serveur. Cette fois, pour son verre.

— Je le sais déjà.

— Comment ?

— C'était mon ami.

— C'était, ou c'est ?

— C'est, j'imagine.

— Tu l'aimes bien ?

— Ouais, dit Bruce, je l'aime bien.

— Pourtant, tu le crois coupable.

— De meurtre, probablement pas. De plagiat…

185

Il tapa les points de suspension sur le comptoir avant de poursuivre :

— Je fais partie des cyniques. C'est pas parce qu'un type est mon ami qu'il n'est pas capable des pires conneries.

— Tu me donnerais son adresse ?

— Tu me dirais pourquoi ?

Myron avala sa flotte sans goût.

— D'accord, c'est le moment de la discussion où tu dis que tu veux savoir ce que je sais. Et moi, je dis que je ne sais rien mais que quand je saurai quelque chose, tu seras le premier à l'apprendre. Alors, tu râles un peu, tu dis que j'ai une dette envers toi et que ça ne te suffit pas mais, au bout du compte, tu acceptes le marché. Donc, on n'a qu'à éviter tout ça et tu me donnes l'adresse.

— Est-ce que j'aurai quand même mon sandwich ?

— Promis.

— Bon, d'accord, alors. De toute manière, ça n'a aucune importance. Depuis sa démission, Stan refuse de voir qui que ce soit... y compris ses plus proches amis. Qu'est-ce qui te fait croire qu'il te parlera ?

— Parce que je suis un convive plein d'esprit et du dernier chic ?

— Ouais, j'avais oublié, fit Bruce avant de se tourner vers Myron, l'air grave. Maintenant, c'est le moment où je te dis que si tu trouves quoi que ce soit, et je dis bien : quoi que ce soit qui suggère que Stan a été piégé, tu me le dis parce que je suis son ami et parce que je crache jamais sur un scoop juteux.

— Pas plus que sur un sandwich.

Pas de sourire.

— Tu as capté ?

— J'ai capté.

— Tu n'as rien envie de me dire maintenant ?

— Bruce, j'ai moins que rien. Juste un fil si mince que je me demande comment il tient encore.

— Tu connais Cross River à Englewood ?

— Un lotissement des années quatre-vingt tout droit sorti de *Poltergeist* ?

— Vingt-quatre Acre Drive. Stan vient de s'installer là-bas. Il loue un appart.

17

Le Morning Mosh ne s'appelait pas vraiment comme ça, ou plutôt pas uniquement. C'était un ex-entrepôt du West Side orné d'un néon changeant selon l'heure. Le mot *Mosh* restait allumé tout le temps mais le matin il s'accompagnait d'un *Morning* clignotant, en milieu de journée (comme maintenant) d'un *Midday* et plus tard c'était *Midnight*. Une certitude, matin, midi ou soir, il restait très Mosh. Délabré, dégueulasse mais encore debout malgré les décibels en délire qui faisaient branler les murs, tandis que les gosses dansaient – terme que nous utilisons ici dans un sens très large – se cognant les uns aux autres comme deux ou trois cents boules de flip lâchées en même temps dans la machine.

Une pancarte près de l'entrée annonçait : ENTRÉE AUTORISÉE À PARTIR DE QUATRE PIERCINGS (LES OREILLES NE COMPTENT PAS).

Myron resta sur le trottoir et composa le numéro du Mosh sur son portable. Une voix répondit.

— Ouais, mon pote.

— Suzze T, s'il vous plaît.

— Pécho.

Pécho ?

Suzze prit l'appareil peu après.

— Allô ?

— C'est Myron. Je suis dehors.

— Entre. On va pas te mordre. Ouais, sauf ce type qui a bouffé les pattes d'un crapaud vivant hier soir. Putain, c'était supercool.

— Suzze, tu veux bien me retrouver dehors, s'il te plaît ?

— Si ça t'arrange.

Myron raccrocha, se sentant vieux. Suzze surgit peu après. Pantalon patte d'éph', taille si basse qu'il put admirer son épilation. Son haut rose était si haut qu'il révélait non seulement un ventre très plat mais aussi le renflement inférieur de ce qui intéressait tant le marketing de Rack Enterprises. Suzze n'arborait qu'un unique tatouage (une raquette de tennis avec une poignée en forme de serpent) et aucun piercing, même pas aux oreilles.

Myron montra la pancarte.

— Tu n'as pas la dose minimum de piercings requise.

— Si, Myron. Je l'ai.

Silence. Puis, Myron :

— Ah.

Ils se mirent à marcher. Manhattan, son charme et ses quartiers. C'était un coin où gamins et clodos traînaient ensemble. Des bars, des boîtes et des centres sociaux. La modernité urbaine. Myron passa devant une boutique avec une pancarte : T'A

TOO SI TATOO. Il relut ça avec perplexité. C'était pas juste l'orthographe qu'il ne comprenait pas.

— On a reçu une curieuse proposition, dit Myron. Tu connais les Rack Bars ?

— Les trucs topless haut de gamme ?

— Seins nus, c'est ça.

— Ouais, et alors ?

— Ils ouvrent une chaîne de cafés seins nus.

Suzze hocha la tête.

— Cool, dit-elle. Vu le succès des Starbucks, y ajouter un peu de spectacle vivant, c'est pas idiot.

— Mouais. Bon, ils veulent faire une grande soirée d'inauguration, créer l'événement, obtenir l'attention des médias. Tu vois le genre ? Donc, ils veulent que tu fasses une... apparition.

— Topless ?

— Comme je l'ai dit au téléphone, c'est une offre que je préférerais te voir refuser.

— Totalement topless ?

— Ils ont insisté sur la visibilité des tétons.

— Ils paient combien ?

— Deux cent mille dollars.

Elle s'immobilisa.

— Tu te fous de moi ?

— Je me fous pas de toi.

Elle sifflota.

— Ça, c'est de la thune.

— Oui, mais je pense néanmoins...

— C'était, comment dire, leur première offre ?

— Oui.

— Tu penses pouvoir les faire monter ?

— Non, ça, ça serait plutôt toi.

Elle le regarda. Myron haussa les épaules en signe d'excuse.

— Dis oui, dit-elle.

— Suzze…

— Deux cents plaques pour exhiber deux nibards ? Bon Dieu, hier soir, j'ai fait ça pour rien.

— Ce n'est pas la même chose.

— Tu m'as vue dans *Sports Illustrated* ? Si j'avais été à poil, c'était pareil.

— Ce n'est pas la même chose, non plus.

— C'est Rack, Myron, pas un bordel minable à Panama. C'est du topless haut de gamme.

— Dire « topless haut de gamme », c'est comme dire « une belle moumoute », déclara Myron.

— Hein ?

— Elle est peut-être belle mais ça reste une moumoute.

Elle pencha la tête. Un de ses seins suivit le mouvement.

— Myron, j'ai vingt-quatre ans.

— Je sais.

— Autrement dit cent sept pour une joueuse de tennis. Je suis trente et unième mondiale en ce moment. J'ai pas gagné deux cent mille dollars sur le circuit depuis deux ans. Ça fait beaucoup de zéros, Myron. Et merde, ça va drôlement changer mon image.

— C'est ce que je voulais dire.

— Non, tu comprends pas. Le tennis cherche des attractions. Des cas. On va me critiquer. Faire des tas de papiers sur moi. Tout à coup, j'vais devenir une curiosité. Admets-le, mes cachets d'engagement vont quadrupler.

Les cachets d'engagement, c'est ce qu'on donne aux stars pour apparaître dans un tournoi, qu'elles se fassent sortir au premier tour ou pas. La plupart des joueurs connus gagnaient plus avec ces cachets qu'avec les primes de victoire. C'est là le gisement essentiel de *dinero*, surtout pour une trente et unième mondiale.

— Probablement, dit Myron.

Elle le prit par le bras.

— J'adore jouer au tennis.

— Je sais, dit-il.

— En faisant ça, je vais prolonger ma carrière. C'est très important pour moi, d'accord ?

Seigneur, elle avait l'air si jeune.

— Tout ce que tu dis est sans doute vrai, fit Myron. Mais, au bout du compte, tu vas quand même te retrouver dans un bar topless. Et ça, quand c'est fait, c'est fait. On se souviendra toujours de toi comme de la joueuse de tennis qui a montré ses seins.

— Il y a pire.

— Oui. Mais je ne suis pas devenu agent pour investir dans le business du strip-tease. Je ferai comme tu veux. Tu es ma cliente. Je veux juste ce qu'il y a de mieux pour toi.

— Et tu penses que ça, c'est pas le mieux pour moi ?

— J'ai un peu de mal à conseiller à une jeune femme de montrer ses seins.

— Même si c'est pour la bonne cause ?

— Même si c'est pour la bonne cause.

Elle lui sourit.

— Tu veux que je te dise, Myron ? T'es mignon quand tu fais le pudique.

— Adorable, même.

— Dis-leur oui.

— Réfléchis-y quelques jours, d'accord ?

— C'est tout réfléchi, Myron. Fais juste ce que tu sais faire mieux que personne.

— C'est-à-dire ?

— Fais monter les prix. Et dis-leur oui.

18

Cross River Condos était un de ces lotissements qui ressemblent à un décor de cinéma : le genre d'endroits où on hésite à s'appuyer contre un mur de peur que toutes les façades ne s'écroulent. Celui-ci était vaste mais on s'y sentait à l'étroit, les immeubles se suivant et se ressemblant comme deux parpaings. Le traverser à pied, c'était faire une excursion au *Pays des Merveilles*, chaque « avenue » étant rigoureusement identique à la précédente. Ici, marcher droit vous donnait la certitude de tourner en rond. Vertigineux. Un p'tit verre dans le nez et vous aviez toutes les chances d'enfiler votre clé dans la serrure du voisin.

Myron se gara près du bassin du lotissement. Le lieu était sympa mais un peu trop proche de la Route 80, cette artère assez majeure qui va, en gros, du New Jersey jusqu'en Californie. Les bruits de la circulation défonçaient la quiétude banlieusarde. Myron localisa la porte du 24 Acre Drive et essaya ensuite de déterminer quelles fenêtres apparte-naient à la maison. S'il ne se trompait pas, les lumières étaient allumées. La télé aussi. Il frappa à la porte. Et vit un visage derrière la vitre adjacente. Le visage ne prononça pas un mot.

— Monsieur Gibbs ?

De l'autre côté du verre, le visage dit :

— Qui êtes-vous ?

— Je m'appelle Myron Bolitar.

Bref silence.

— Le joueur de basket ?

— Dans une autre vie, oui.

Le visage resta là encore un moment avant que son propriétaire ne se décide à venir ouvrir. L'odeur de trop nombreuses cigarettes vint aussitôt se nicher au fond des narines de Myron. Évidemment, Stan Gibbs avait une clope au bec et une barbe qui, vu son ancienneté, n'avait aucune chance de faire chic. Il portait un sweat-shirt jaune Bart Simpson, un jogging vert sombre, des chaussettes, des tennis et une casquette des Colorado Rockies – l'uniforme vénéré avec une égale dévotion par les joggeurs et les adeptes du canapé. Myron ne pensait pas être en présence d'un fervent de la course à pied.

— Comment m'avez-vous trouvé ? s'enquit Stan Gibbs.

— Ça n'a pas été difficile.

— Vous ne répondez pas à la question.

Myron continua à ne pas y répondre.

— Peu importe, reprit Stan Gibbs. Je n'ai aucun commentaire à faire.

— Je ne suis pas journaliste.

— Vous êtes quoi, alors ?

— Agent sportif.

Stan avala une taf sans retirer son mégot de sa bouche.

— Désolé de vous décevoir mais je n'ai plus joué au foot depuis le lycée.

— Puis-je entrer ?

— Non, je ne pense pas. Que voulez-vous ?

— Il faut que je retrouve le kidnappeur dont vous avez parlé dans vos articles.

Stan sourit, montrant des dents très blanches, étonnantes chez un fumeur. Sa peau grumeleuse n'avait pas de couleur, ses cheveux étaient rares et fatigués mais il avait des yeux brillants, super-brillants même, le genre qui donne l'impression qu'on a allumé un grand feu derrière.

— Vous lisez pas les journaux ? dit-il. J'ai tout inventé.

— Inventé ou copié dans un livre ?

— Comme il vous plaira.

— Mais peut-être que vous disiez la vérité. Et peut-être aussi que le sujet de vos articles m'a passé un coup de fil cette nuit.

Stan secoua la tête, la cendre de plus en plus longue tenant à sa clope comme par miracle.

— C'est un épisode de ma vie que je préfère oublier.

— Avez-vous plagié cette histoire ?

— Je viens de vous dire que je n'ai aucun commen...

— Je ne vais pas vous livrer au public. Si vous l'avez fait – si l'histoire est bidon – dites-le et je m'en vais. Je n'ai pas de temps à perdre sur de fausses pistes.

— Sans vouloir vous offenser, dit Stan, vous n'êtes pas très clair.

— Est-ce que le nom Davis Taylor évoque quelque chose pour vous ?

— Pas de commentaire.

— Et Dennis Lex ?

Strike. La cendre tomba. La cigarette se mit à glisser de ses lèvres mais Stan la rattrapa de la main droite. Il l'expédia dans l'allée où il la regarda se consumer.

— Vous feriez peut-être mieux d'entrer, dit-il enfin.

L'appartement était un duplex bâti sous cet élément indispensable de l'immobilier américain moderne : le plafond-verrière. Myron appelait ça l'effet projecteur. La lumière tombait à travers la vitre pour illuminer un salon tout droit sorti d'un supplément déco. Un ensemble hi-fi-TV-bibliothèque en bois blond occupait un mur, flanqué d'une table basse tout aussi blonde. Le canapé à rayures bleues et blanches – un Serta Sleeper, à n'en pas douter – avait lui aussi droit à son pouf assorti. La moquette, de la même teinte incolore que la peinture extérieure, un invisible beige, mettait en valeur la propreté de l'endroit, ainsi que son désordre. Journaux, magazines et livres étaient jetés ici ou là au hasard. La tanière du divorcé.

Qui fit signe à Myron de prendre place sur les rayures.

— Vous buvez quelque chose ?

— Oui, merci.

Une unique photo encadrée ornait la table basse. Un homme, les bras sur les épaules de deux gamins. Tous les trois souriaient avec trop d'insistance, comme s'ils venaient juste d'arriver deuxièmes et ne voulaient pas avoir l'air trop déçu. Ils se trouvaient dans une espèce de jardin. Derrière eux, se dressait une statue en marbre représentant une femme avec un arc et des flèches sur l'épaule. Myron s'empara du cadre et examina le cliché.

— C'est vous ?

Gibbs leva la tête tout en mettant quelques glaçons dans un verre.

— Je suis sur la droite, dit-il. Avec mon frère et mon père.

— Et la statue, c'est qui ?

— Diane Chasseresse. Vous connaissez ?

— Celle qui s'est transformée en Wonder Woman ?

Stan gloussa.

— Du Sprite, ça ira ?

— Impeccable, dit Myron en reposant la photo.

Stan Gibbs lui amena sa boisson.

— Que savez-vous à propos de Dennis Lex ?

— Juste qu'il existe, répondit Myron.

— Alors, pourquoi mentionner son nom ?

— Pourquoi vous a-t-il fait autant d'effet ?

Gibbs alluma une autre cigarette.

— C'est vous qui êtes venu me voir.

— C'est juste.

— Pourquoi ?

Pas de secret.

— Je recherche un certain Davis Taylor. Il est inscrit comme donneur de moelle osseuse et la sienne est compatible avec celle d'un enfant malade. Problème : il a disparu. J'ai bien trouvé une adresse dans le Connecticut mais il n'y était pas. En fouinant un peu, j'ai découvert que Davis Taylor était un nom d'emprunt. Son vrai nom est Dennis Lex.

— Je ne vois toujours pas le rapport avec moi.

— C'est là que ça devient assez tordu, dit Myron. J'ai laissé un message sur la boîte vocale de Davis Taylor né Dennis Lex. Quand il m'a rappelé, je n'ai pas compris grand-chose à ce qu'il racontait. Sauf qu'il n'arrêtait pas de me répéter de « semer les graines ».

La cigarette de Stan Gibbs trembla. Pas longtemps.

— Qu'a-t-il dit d'autre ?

— Pas grand-chose. Que je devais semer les graines, dire au revoir à l'enfant. Ce genre de trucs.

— C'est probablement rien, dit Gibbs. Un type qui a lu mes articles et décidé de s'amuser un peu à vos dépens.

— Probablement, acquiesça Myron. Sauf que ça n'explique pas votre réaction au nom de Dennis Lex.

Stan haussa les épaules mais sans conviction.

— C'est une famille célèbre.

— Si j'avais dit Ivana Trump, vous auriez réagi de la même manière ?

Gibbs se leva.

— J'ai besoin de temps pour y réfléchir.

— Réfléchissez à haute voix, dit Myron.

Stan secoua la tête.

— Avez-vous inventé cette histoire, Stan ?

— Une autre fois.

— Pas d'accord. Vous me devez quelque chose sur ce coup. Était-ce un plagiat ?

— Comment voulez-vous que je réponde à ça ?

— Stan ?

— Quoi ?

— Je me fous de votre situation. Je ne suis pas ici pour vous juger ou pour raconter des saloperies sur vous. J'en ai rien à cirer que vous ayez tout inventé ou pas. Tout ce qui m'importe, c'est trouver le donneur de moelle osseuse. Point. Fin de l'histoire. *Terminado*.

Les yeux de Stan commencèrent à se mouiller. Il tira une autre taf.

— Non, dit-il. Je n'ai pas plagié. Je n'avais jamais vu ce livre de ma vie.

C'était comme si la pièce avait retenu son souffle depuis l'arrivée de Myron et l'avait enfin laissé échapper.

— Comment expliquez-vous les similarités entre vos articles et le roman ?

Stan ouvrit la bouche, s'arrêta, fit non de la tête.

— Vous taire vous donne l'air coupable.

— Je n'ai pas à m'expliquer devant vous.

— Si, vous devez vous expliquer. J'essaie de sauver la vie d'un gosse. Vous n'êtes pas à ce point obsédé par vos propres problèmes, Stan, n'est-ce pas ?

Il retourna dans la cuisine. Myron le suivit.

— Parlez-moi, dit celui-ci. Je peux peut-être vous aider.

— Non. Vous ne pouvez pas.

— Comment expliquez-vous les similitudes, Stan ? Dites-moi juste ça, d'accord ? Vous devez y avoir réfléchi.

— Je n'ai pas besoin d'y réfléchir.

— Ce qui veut dire ?

Stan ouvrit le frigo pour en sortir une nouvelle canette de Sprite.

— Vous croyez que tous les malades mentaux sont originaux ?

— Je ne vous suis pas.

— Vous recevez un appel d'un type qui vous parle de semer les graines.

— Exact.

— Il y a deux explications possibles, dit Stan. Ou bien c'est le tueur de mes articles, ou alors ?

Il regarda Myron.

— Il n'a fait que répéter ce qu'il avait lu dans les articles, dit Myron.

Stan claqua des doigts et tendit l'index vers lui.

— Vous êtes en train de me dire, reprit Myron, que le ravisseur que vous avez interviewé avait lu ce roman et que ça l'avait, comment dire, influencé ? Qu'il a copié le bouquin ?

Stan but une gorgée directement à la canette.

— C'est une théorie, dit-il.

Et une foutrement bonne, pensa Myron.

— Alors, pourquoi ne pas l'avoir dit à la presse ? Pourquoi ne pas vous être défendu ?

201

— Ça ne vous regarde pas.

— Certaines personnes disent que vous aviez peur qu'on se penche d'un peu trop près sur votre travail. Qu'on risquait d'y trouver d'autres histoires bidonnées.

— Et certaines personnes sont connes, dit Stan.

— Pourquoi ne pas vous être battu, alors ?

— J'ai été journaliste toute ma vie, dit Stan. Vous savez ce que ça veut dire pour un journaliste d'être catalogué plagiaire ? C'est comme un éducateur qui se fait traiter de pédophile. Je suis fini. Rien de ce que je pourrais dire n'y changera jamais rien. J'ai tout perdu dans ce scandale. Ma femme, mes gosses, mon boulot, ma réputation...

— Votre maîtresse ?

Il ferma soudain les yeux, très fort, comme un enfant qui essaie de faire partir le monstre.

— La police croit que vous avez tué Melina, insista Myron.

— Je sais.

— Dites-moi ce qui se passe, Stan.

Il ouvrit les paupières et secoua encore une fois la tête.

— Je dois passer quelques coups de fil, vérifier quelques pistes.

— Vous pouvez pas me laisser tomber comme ça.

— Il le faut.

— Laissez-moi vous aider.

— Je n'ai pas besoin de votre aide.

— Moi, j'ai besoin de la vôtre.

— Peut-être, mais pas tout de suite, dit Stan. Il va falloir me faire confiance.

—J'ai un peu de mal avec la confiance, dit Myron.

Stan sourit.

— Moi aussi, dit-il. Moi aussi.

19

Myron démarra. Aussitôt suivi, remarqua-t-il, par une Oldsmobile Ciera noire. Deux hommes à bord. Hum.

Le portable sonna.

— As-tu appris quelque chose ?

Emily.

— Pas vraiment.

— Où es-tu ?

— Englewood.

— Tu as prévu quelque chose pour le dîner ?

Il hésita.

— Non.

— Je cuisine bien, tu sais. On s'est connu à la fac, donc j'ai pas trop eu l'occasion de te faire la démonstration de mes talents culinaires.

— Je me souviens que tu avais fait la cuisine pour moi un jour.

— Vraiment ?

— Dans mon wok.

Emily pouffa.

— C'est vrai, tu avais un wok électrique dans ta chambre, c'est ça ?

— Ouais.

— Je l'avais presque oublié. Pourquoi t'avais un truc pareil, au fait ?

— Pour impressionner les meufs.

— Vraiment ?

— Ouais. Je voyais ça comme ça : j'invite une fille dans ma chambre, j'émince quelques légumes, j'ajoute un peu de sauce au soja...

— Sur les légumes ? demanda-t-elle.

— Pour commencer.

— Et comment se fait-il que t'aies jamais tenté ce plan diabolique sur moi ?

— J'ai pas eu besoin.

— Tu me traites de fille facile, Myron ?

— Comment, exactement, peut-on répondre à cette question et préserver l'intégrité de ses testicules ?

— Viens chez moi, dit Emily. Je nous prépare à dîner. Pas de sauce au soja.

Une autre hésitation.

— S'il te plaît, ne m'oblige pas à te le redemander, dit-elle. Il avait très envie de dire non.

— D'accord.

— Tu prends la 4 jusqu'à...

— Je connais la route, Emily.

Il raccrocha et vérifia dans son rétroviseur. La Ciera noire était toujours là. Prévenir plutôt que guérir. Il tapa la touche préprogrammée de son portable. Win décrocha à la première sonnerie.

— Articule.

— Je suis filé.

— Numéro de plaque ?

Myron le lui lut.

— Où pouvons-nous nous coordonner ?

— Centre commercial du Garden State Plaza.

— Je viens, je vole, gente demoiselle.

Myron resta sur la 4 jusqu'à la sortie indiquant le Garden State Plaza. Un réseau assez complexe de bretelles et de passerelles imbriquées le mena sur le parking du centre commercial. L'Olds noire le suivait avec une constance admirable dont il décida de profiter – il fallait donner à Win le temps d'arriver – en tournant un moment entre les files de bagnoles sagement rangées. Il trouva enfin une place et se dirigea à pied vers l'« entrée Nord-Est ».

Le Garden State Plaza offrait cette ambiance sonore si particulière aux centres commerciaux – une fois franchies les portes coulissantes, vous aviez droit à la pop en sourdine et à l'acoustique résonnante, cette impression de se balader dans un mégaphone. Les voix du public déambulant et consommant devenant à la fois plus fortes et totalement incompréhensibles.

On commençait la visite par plusieurs de ces déprimants magasins de chaussures qui présentent trois paires de grolles plantées sur des imitations de ramures de cerf. Devant une boutique nommée Aveda qui ne vendait que des cosmétiques et des lotions hors de prix, il se fit coincer par une vendeuse anorexique comprimée dans un long fourreau noir qui lui expliqua qu'ils faisaient une promotion sur les crèmes hydratantes. Il retint un hurlement de bonheur et passa son chemin. Qui le mena à une officine Victoria's Secret vers laquelle il lâcha ce regard furtif qui échappe souvent aux mâles errant aux abords d'une vitrine de dessous féminins. La plupart des hétérosexuels masculins dotés d'une certaine éducation possèdent ce talent qui consiste à accorder le plus désinvolte des examens aux top models dénudés, à feindre un total désintérêt devant les affriolantes images de Stephanie et Frederique en Miracle Bras. Étant ce qu'il était, Myron en fit autant... avant de se dire, oh et puis merde, hein ? Il s'arrêta donc, se plantant sur ses deux jambes pour zyeuter ouvertement les charmes placardés. L'honnêteté. Les femmes pouvaient respecter ça chez un homme, non ?

Il consulta sa montre. Trop tôt. Gagner encore un peu de temps. Le plan, convenu de longue date, était assez simple. Dès que Win arrive au Garden State Plazza, il appelle Myron. Qui retourne à sa voiture. Win repère l'Olds noire et suit les suiveurs. Futé, non ?

Myron arriva à Sharper Image, un des rares endroits au monde où on peut glisser les mots *shiatsu* et *ionique* dans la même phrase sans provoquer l'hilarité générale. Il essaya une chaise massante (réglage : pétrissage) et considéra l'acquisition d'une statue grandeur nature d'un *trooper* de *Star Wars* soldée à seulement 3 499 $ (prix d'origine : 5 000 $). Redéfinir le concept nouveau riche. Un petit tuyau : si vous avez acheté un *trooper Star Wars* grandeur nature chez Sharper Image, sortez votre carte Platinum, allez au distributeur le plus proche et payez-vous une vie.

Sonnerie du portable.

— Ce sont des fédéraux, annonça Win.

— Flûte.

— L'expression est colorée et l'image juste.

— Inutile de les suivre, alors.

— Inutile, en effet.

Myron repéra deux hommes en costume et lunettes de soleil derrière lui. Ils étudiaient d'un peu trop près les shampooings aux fruits dans la vitrine de Garden Botanica. Deux mecs en costard et lunettes noires. Vous en croisez souvent, vous ?

— Je crois qu'ils m'ont suivi jusqu'ici.

— S'ils te chopent avec de la lingerie sur toi, dit Win, dis que c'est pour ta femme.

— C'est ce que tu fais, toi ?

— Et laisse ton téléphone branché.

Myron obéit. Un de leurs vieux trucs. Ainsi, Win entendait tout ce qui se passait. D'accord, et maintenant ? Il continua sa balade. Un peu plus loin, deux autres types en costume léchaient une vitrine. Ils faisaient ça très proprement, la langue dans la bouche et à distance respectable de la vitre. Ils se retournèrent avec un bel ensemble. Deux paires de lunettes noires braquèrent Myron. Ah, la discrétion. Il jeta un coup d'œil derrière lui. Les deux premiers fédéraux étaient là, eux aussi, tout près.

Quatre types, donc quatre costards et quatre paires de lunettes. Tout ça pour lui tout seul.

— Dites, les mecs, vous avez vu les promotions sur les crèmes hydratantes chez Aveda ?

— Monsieur Bolitar ?

— Oui.

L'un d'eux, un petit avec une vilaine coupe de cheveux, sortit un badge.

— Agent spécial Fleischer, Bureau Fédéral d'Investigation. Nous aimerions vous parler.

— De quoi ?

— Vous voulez bien nous suivre ?

Ils arboraient l'expression impassible standard. Inutile d'envisager de leur soutirer la moindre information. Ces types étaient juste chargés de la livraison, ils ne savaient probablement rien. Myron se résolut à les suivre sur le parking. Deux agents grimpèrent à bord d'une Ciera blanche tandis que les deux autres l'escortaient jusqu'à la Ciera noire. L'un d'entre eux ouvrit la portière arrière et, d'un coup de menton, l'invita à monter. L'intérieur était très propre. Myron passa la main sur les jolis sièges tout lisses.

— Cuir pleine fleur ? demanda-t-il.

L'agent spécial Fleischer se retourna.

— Non, monsieur. Ça, c'est dans la Ford Granada.

Touché.

Après cela, ce fut le silence. Rien, pas un mot. Même la radio resta sans voix. Myron envisagea de rappeler Emily pour annuler leur dîner sans sauce au soja, mais il ne tenait pas à le faire devant, ou plutôt derrière, les fédéraux. Il garda donc sa langue dans sa bouche et la bouche fermée. Chose qui lui arrivait rarement. Il en fut d'autant plus fier.

Une demi-heure plus tard, il se retrouva assis, les mains sur une table vaguement poisseuse, dans le sous-sol d'une modeste tour d'habitation de Newark.

La pièce possédait une fenêtre à barreaux et des murs dont le ciment avait la couleur et la texture de la bouillie d'avoine séchée. Les fédéraux s'excusèrent et sortirent. Myron soupira, persuadé qu'on allait le laisser mariner. Il se trompait. La porte se rouvrit aussitôt.

La femme entra la première. Elle portait un blazer orange potiron, un jean, des baskets et des boucles d'oreilles en forme de boulets de canon. Le mot qui venait aussitôt à l'esprit était *baraquée*. Pas vraiment grosse. Juste baraquée. Tout en elle était solide – y compris la chevelure jaune maïs hérissée comme un champ de barbelés. Le type qui voguait dans son sillage était d'une maigreur affligeante avec une tête pointue couronnée par une petite touffe gélifiée de cheveux noirs. On aurait dit un crayon à l'envers.

— Bon après-midi, monsieur Bolitar, dit Crayon.

Il était chargé d'entamer le dialogue.

— Bon après-midi.

— Je suis l'agent spécial Rick Peck, dit-il. Voici l'agent spécial Kimberly Green.

La Green en blazer orange arpentait déjà la pièce façon lionne en cage. Myron lui adressa un signe de tête, auquel elle répondit, mais à regret, comme si son prof venait de lui demander de présenter des excuses pour un truc qu'elle n'avait pas fait.

— Monsieur Bolitar, nous aimerions vous poser quelques questions, déclara Peck le Crayon.

— À quel sujet ?

Peck gardait les yeux baissés sur ses notes, comme s'il les lisait.

210

— Aujourd'hui, vous avez rendu visite à un certain Stan Gibbs au 24 Acre Drive. Est-ce exact ?

— Comment savez-vous que je n'ai pas rendu visite à un incertain Stan Gibbs ?

Peck et Green échangèrent un regard.

— S'il vous plaît, monsieur Bolitar, dit Peck, nous apprécierions votre coopération. Avez-vous rendu visite à M. Gibbs ?

— Vous savez que oui, dit Myron.

— Parfait, merci.

Peck écrivit lentement quelque chose.

— Nous aimerions beaucoup connaître la nature de cette visite.

— Pourquoi ?

— Vous êtes la première personne que M. Gibbs accepte de recevoir depuis qu'il s'est installé dans son logement actuel.

— Non, je veux dire, pourquoi voulez-vous connaître la nature de ma visite ?

Green croisa les bras. Peck et elle se consultèrent de nouveau.

— M. Gibbs, dit Peck, fait l'objet d'une enquête.

Myron attendit la suite. Il n'y en eut pas.

— Eh bien, voilà qui éclaircit nettement la situation.

— C'est tout ce que je puis dire pour le moment.

— Pareil pour moi.

— Pardon ?

— Si c'est tout ce que vous pouvez dire, je ne peux pas en dire davantage.

Kimberly Green plaqua ses mains sur la table, montra les dents – des dents baraquées ? – et se pencha comme pour le mordre. Les cheveux jaune maïs sentaient le maïs en boîte. Elle tenta de le foudroyer du regard – elle avait dû lire un mémo sur les techniques d'intimidation – avant de prendre la parole pour la première fois.

— Voilà comment ça va se passer, ducon. On te pose des questions. Tu écoutes et ensuite tu réponds. C'est compris ?

— Je crois, oui. Mais rassurez-moi, vous faites le Méchant Flic, c'est ça ?

Peck prit le relais.

— Monsieur Bolitar, personne ici ne veut créer de problème. Mais nous aimerions beaucoup que vous coopériez dans cette affaire.

— Suis-je en état d'arrestation ? demanda Myron.

— Non.

— Dans ce cas, salut.

Il commença à se lever. Kimberly Green lui flanqua une bourrade dans la poitrine et il retomba sur sa chaise.

— Assis, ducon. Il est peut-être dans le coup, dit-elle à Peck.

— Tu crois ?

— Sinon, pourquoi refuser de répondre à nos questions ?

Peck acquiesça.

— Ça se tient. Un complice.

— On n'a qu'à l'arrêter, dit Green. Le mettre à l'ombre pour la nuit, peut-être lâcher son nom à la presse.

Myron leva les yeux vers elle.

— Arg..., dit-il. Là, j'ai vraiment la trouille. Re-arg...

Elle plissa les paupières.

— Vous dites ?

— Laissez-moi deviner, dit Myron. Complicité. C'est mon préféré. Il arrive vraiment qu'on condamne quelqu'un pour ça ?

— Vous croyez qu'on est en train de plaisanter ?

— Je crois, oui. Tiens, comment se fait-il que vous soyez tous agents « spéciaux » ? Qu'est-ce que vous avez tous de si « spécial » ? C'est pas un peu exagéré ? Et puis, question promotion, ça doit pas être simple ? Vous devenez quoi, après ? Agents superspéciaux ?

Green le saisit par les revers de sa veste.

— Vous vous croyez drôle ?

Myron baissa les yeux vers ses mains crispées.

— Et vous ?

— Tu me cherches, ducon ?

— Kim, dit Peck.

Elle l'ignora, fixant toujours Myron.

— C'est du sérieux, dit-elle.

Elle cherchait à jouer la grosse colère, mais ça sonnait plutôt comme une supplique effrayée. Quelques instants plus tard, deux autres agents firent leur apparition. Avec les quatre livreurs, on arrivait déjà à un total de huit fonctionnaires. L'affaire était d'importance. Sauf que Myron n'avait aucune idée de quelle affaire il s'agissait. Le meurtre de Melina Garston peut-être. Mais il en doutait. Les homicides sont du domaine des flics locaux. Pas des fédéraux.

213

Les deux nouveaux sortirent le grand jeu. Il eut droit à tout le répertoire : menaces, flatteries, connivence, insultes, affabulations, mépris, dureté, douceur et le reste. Ils lui refusèrent l'usage des toilettes, ils trouvèrent des prétextes pour le retenir plus longtemps, ils utilisèrent tous les trucs. Mais personne ne cédait, d'un côté comme de l'autre. La sueur commença à couler, surtout chez les agents spéciaux ; les auréoles maculèrent les chemises et l'odeur emplit l'atmosphère, se métastasant en quelque chose dont Myron aurait juré que c'était celle d'une peur très réelle.

Kimberly Green sortait et revenait, ne cessant de le contempler d'un air dégoûté. Myron aurait bien voulu coopérer mais il ignorait de quoi il était question ; il ignorait sur quoi ils enquêtaient et si leur parler ferait du bien à Jeremy. Une chose était certaine : dès qu'il l'ouvrirait, ses confidences seraient du domaine public, il ne pourrait plus les reprendre. Il ne disposerait plus du moindre moyen de pression éventuel. Voilà pourquoi, pour le moment et même s'il aurait préféré les aider, il ne le faisait pas. Il devait d'abord en savoir un peu plus. Il avait quelques contacts. Il apprendrait assez vite de quoi il retournait. Alors, il pourrait prendre une décision en connaissance de cause.

Parfois, négocier consiste aussi à savoir la fermer.

Quand, finalement, il se leva pour partir, Kimberly Green lui barra la route.

— Je vais faire de votre vie un enfer, dit-elle.

— C'est votre façon de me demander un rencard ?

Elle recula comme s'il l'avait giflée. Quand elle eut récupéré, elle secoua lentement la tête.

— Vous ne savez vraiment rien, hein ?

Ferme-la, se répéta-t-il en la contournant pour sortir.

20

Il appela enfin Emily.

— J'ai cru que tu m'avais posé un lapin, dit-elle.

Myron regarda dans le rétro et repéra ce qui ressemblait à une autre bagnole de fédéraux. Aucune importance.

— Désolé, dit-il. Il y a eu un imprévu.

— Lié au donneur ?

— Je ne crois pas.

— Tu es toujours dans le Jersey ?

— Oui.

— Alors, viens. Je réchauffe le dîner.

Il voulait dire non.

— D'accord.

Franklin Lakes était une de ces banlieues où étalage était synonyme d'étalement. On étalait le plus possible sur la plus grande superficie possible. Généralement neuves, les demeures étaient de vastes constructions en briques posées au bout d'éternels culs-de-sac. Les portails devant les allées s'ouvraient grâce à une télécommande ou un interphone, comme si cela suffirait à protéger les propriétaires de ce qui se tapissait à l'extérieur des pelouses et des haies taillées par des apprentis coiffeurs. À l'intérieur aussi, on faisait dans la superficie et le superficiel, avec des salles à manger assez grandes pour abriter des hélicoptères, des cuisines bardées de congélos et de fours conçus par la NASA. Myron sonna à la porte qui ne tarda pas à s'ouvrir et, pour la première fois de sa vie, se trouva nez à nez avec son fils.

Jeremy lui sourit.

— Salut.

Le choc fut total et ravageur. Le système nerveux de Myron n'y résista pas, entrant en fusion et en surtension en même temps. Des décharges ricochèrent sous sa peau, ses poumons cessèrent de fonctionner. Son cœur, aussi. Sa bouche s'ouvrit faiblement tandis que des spasmes contractaient violemment sa gorge. Des larmes montèrent, poussèrent ses yeux.

— Vous êtes Myron Bolitar, c'est ça ? dit Jeremy.

Un océan grondait dans chaque oreille de Myron. Il parvint à hocher la tête.

— Vous avez joué contre mon père, dit Jeremy, toujours avec ce sourire qui griffait les coins du cœur de Myron. À la fac ?

Myron retrouva sa voix.

— Oui.

Le gosse acquiesça.

— Cool.

— Ouais.

Un coup de klaxon retentit. Jeremy se pencha sur le côté pour regarder derrière Myron.

— C'est pour moi. À un d'ces quatre.

217

Il fila en courant. Hébété, Myron se retourna pour regarder le garçon sprinter dans l'allée vers une voiture qui l'attendait. Son imagination peut-être, mais la foulée lui parut *trop* familière. Il se revit dans les vidéos de ses anciens matchs. Nouvelle série de décharges. *Oh, bon Dieu...*

Il sentit une main sur son épaule, mais il l'ignora, continuant à observer le gamin. La porte de la voiture s'ouvrit et Jeremy fut englouti dans les ténèbres. La vitre côté conducteur se baissa et une jolie femme cria :

— Désolée d'être en retard, Em.

Derrière lui, Emily répondit :

— Pas de problème.

— Je les emmène à l'école demain matin.

— Génial.

Un salut et la vitre de la jolie femme remonta. La voiture démarra. Myron la suivit des yeux jusqu'à ce qu'elle disparaisse au bout de la route. Il sentait le regard d'Emily sur lui. Il se retourna lentement.

— Pourquoi t'as fait ça ?

— Je pensais qu'il serait déjà parti, dit-elle.

— J'ai vraiment l'air aussi con ?

Elle recula dans la maison.

— Je veux te montrer quelque chose.

Les jambes en coton, encore au bord du KO, Myron réussit à grimper l'escalier derrière elle. Au premier, le couloir avec des lithographies modernes aux murs était à peine éclairé. Elle s'immobilisa, ouvrit une porte et alluma la lumière. Une pagaille adolescente régnait dans la chambre, comme si on avait empilé toutes les affaires au milieu de la pièce avant de balancer une grenade sur le tas. Les posters aux murs – Michael Jordan, Keith Van Horn, Greg Downing, Austin Powers rayé par la mention YEAH, BABY ! en rose fluo – étaient accrochés de travers, coins racornis et punaises parfois manquantes. Un panier de basket était vissé à la porte de la salle de bains. Il y avait un ordinateur sur le bureau et une casquette de base-ball sur la lampe. Le tableau en liège offrait un mélange de photos de famille et de dessins tous signés par la sœur de Jeremy et eux aussi épinglés par des punaises géantes. Il y avait des ballons de foot, des balles de base-ball autographiées et trois ballons de basket dont un crevé, des piles de jeux sur CD-ROM, une Game Boy sur le lit défait ainsi qu'une quantité surprenante de livres dont plusieurs ouverts et posés à l'envers par terre. Des vêtements jonchaient le sol comme des blessés sur un champ de bataille ; chemises et sous-vêtements débordaient et pendaient des tiroirs à moitié ouverts, comme s'ils avaient été abattus lors d'une tentative d'évasion. Sur tout ça flottait l'odeur délicate, et curieusement réconfortante, de chaussettes de gosses.

— Il est bordélique, dit-elle.

Sans ajouter l'évident « comme toi ».

Myron resta muet.

— Il planque de la lotion contre l'acné dans son tiroir, dit Emily. Il croit que je ne le sais pas. Il est à cet âge où un béguin l'empêche de dormir, mais il n'a encore jamais embrassé une fille.

Elle se dirigea vers le tableau de liège pour y prendre une des photos de Jeremy.

— Il est beau, tu ne trouves pas ?

— Arrête, Emily.

— Je veux que tu comprennes.

— Comprenne quoi ?

— Il n'a jamais embrassé. Il va mourir et il n'a encore jamais embrassé une fille.

Myron leva les mains. Elles lui parurent très lourdes.

— Qu'est-ce que tu veux que je te dise ?

— Essaie de comprendre, d'accord ?

— Je comprends. Pas besoin de mélodrame.

— Non, Myron, tu ne comprends pas. Tu repenses à cette nuit et tu vois une sorte de gaffe monumentale. On a commis un péché qu'on a tous payé très cher. Si seulement il était possible de revenir en arrière, effacer cette tragique erreur... Ça fait tellement *Hamlet* ou *Macbeth*, pas vrai ? Ta carrière ruinée, l'avenir de Greg, notre mariage... tout ça gâché par un unique moment de luxure.

— Ce n'était pas de la luxure.

— Ne recommençons pas cette discussion. Je me fous de ce que c'était. Luxure, stupidité, peur, destin. Appelle ça comme tu veux... mais moi je n'ai aucune envie de revenir en arrière. Cette « erreur » a été la meilleure chose qui me soit jamais arrivée. Jeremy, notre fils, a surgi de ce gâchis. Tu entends ce que je dis ? Je détruirais un million de carrières et de mariages pour lui.

Elle le regardait. Elle le défiait. Il ne dit rien.

— Je ne suis pas croyante et je ne crois ni au destin ni à la fatalité, continua-t-elle. Mais peut-être, oui peut-être, qu'il faut qu'il y ait un équilibre.

Peut-être que la seule façon de créer quelque chose d'aussi merveilleux, c'était d'entourer cette création d'autant de destruction.

Myron commença à sortir de la chambre.

— Arrête, répéta-t-il. C'est pas une bonne idée.

— Si, dit-elle. C'est une bonne idée.

— Tu veux que je retrouve ce donneur. Et c'est ce que j'essaie de faire. Mais ce genre de distraction n'est pas une bonne idée. Il faut que je reste détaché.

— Non, Myron, tu as besoin de te sentir attaché. Tu as besoin d'émotion. Il faut que tu comprennes les enjeux – ton fils, ce beau garçon qui t'a ouvert la porte – va mourir avant même d'avoir embrassé une fille.

Elle vint vers lui et Myron se dit qu'elle n'avait jamais eu un regard si clair.

— J'ai vu tous tes matchs à Duke, dit-elle. Je suis tombée amoureuse de toi en te voyant sur le terrain... mais pas parce que tu étais la star de l'équipe ou parce que tu étais bien foutu. Quand tu jouais, tu te lâchais, tu étais ouvert, tu étais à nu. Et plus la pression montait, mieux tu jouais. Si le match était gagné d'avance, ça ne t'intéressait plus. Tu avais besoin que ça soit serré. D'avoir deux défenseurs sur le dos et plus que quelques secondes à jouer. Tu avais besoin d'un peu de folie.

— Sauf que là ce n'est plus un jeu, Emily.

— Justement. C'est beaucoup plus grave. Les enjeux sont beaucoup plus élevés. Je veux que la pression monte. Je veux que tu sois désespéré,

Myron. C'est là que tu donnes le meilleur de toi-même.

Il regarda la photo de Jeremy et il comprit qu'il éprouvait quelque chose qu'il n'avait encore jamais éprouvé. Il cligna des paupières, surprit son expression dans le miroir d'un placard et, pendant un instant, il vit son propre père le contempler.

Alors, Emily le serra contre elle. Elle enfouit son visage dans son épaule et se mit à pleurer. Myron la serra très fort. Ils restèrent ainsi plusieurs minutes avant de redescendre. Pendant le dîner, elle lui parla de Jeremy et il but chacune de ses histoires. Ils passèrent sur le canapé du salon avec les albums photos. Les jambes coincées sous les cuisses, le coude sur le dossier, le visage dans la paume de sa main, Emily continuait à lui raconter. Il était près de deux heures du matin quand elle le raccompagna à la porte. Ils se tenaient la main.

— Je sais que tu as parlé au Dr Singh, dit-elle sur le seuil.

— Oui.

Elle prit une très longue inspiration.

— Il faut juste que je te dise ça, c'est tout, d'accord ?

— D'accord.

— Je me surveille. J'ai acheté un de ces tests. Et… la date optimum pour la conception, c'est jeudi.

Il ouvrit la bouche mais elle lui posa la main dessus.

— Je connais tous les arguments contre, mais ça pourrait être la seule chance de Jeremy. Ne dis rien. Penses-y, c'est tout.

La porte se referma et Myron ne bougea pas. Il resta planté là, à la regarder, essayant de revoir le sourire de Jeremy au moment où il l'avait ouverte, mais déjà l'image s'effaçait.

21

Le lendemain matin, Myron appela Terese. Toujours aucune réponse. Il regarda le téléphone de travers.

— Suis-je en train de me faire plaquer ? demanda-t-il.

— J'en doute, répondit Win.

Il lisait le journal en pyjama de soie assorti à sa robe de chambre et à ses pantoufles. Avec une pipe, il aurait ressemblé à quelque chose que Noel Coward aurait créé un soir de déprime.

— Et pourquoi en doutes-tu ?

— Notre Mme Collins semble plutôt directe. Si elle t'avait jeté dans la fosse à purin, tu sentirais l'odeur.

— Et puis il y a le fait que les femmes me trouvent irrésistible, dit Myron.

Sans un mot, Win tourna une page.

— Alors, qu'est-ce qu'elle a ? insista Myron.

Win se tapota le menton avec les deux dernières phalanges de son index.

— Quel est le terme que vous autres, les gens qui affectionnez les relations suivies, utilisez ? Ah, oui… Espace. Peut-être a-t-elle besoin d'un peu d'espace.

— En général, « j'ai besoin d'espace » est une phrase codée qui signifie « j'te plaque ».

— Si tu le dis.

Win croisa les jambes avant de demander :

— Tu veux que je cherche ?

— Chercher quoi ?

— Ce que Mme Collins a en tête.

— Non.

— Parfait, fit Win. Dans ce cas, passons à autre chose, si tu veux bien ? Parle-moi de ta rencontre avec nos amis du FBI.

Myron lui fit un résumé de l'interrogatoire.

— Donc, nous ne savons pas ce qu'ils voulaient, dit Win.

— Exact.

— Une idée ?

— Pas la moindre. Sauf qu'ils avaient peur.

— Curieux.

Myron acquiesça.

Win sirota une gorgée de thé, petit doigt en l'air. Ah, les horreurs dont ce petit doigt avait été le témoin, sans compter toutes celles auxquelles il avait participé. Ils étaient installés dans la grande salle à manger. Table victorienne en acajou avec pieds sculptés en pattes de lion, service en argent, pot à lait en argent, boîtes de Cap'n Crunch et nouvelles céréales Oreo[1]. Oui, certains auraient pu s'y croire.

---

1. Hormis le fait que ce sont de petits gâteaux au chocolat très noirs fourrés à la vanille, les Oreos désignent aux États-Unis des Noirs qui imitent les Blancs. *(N.d.T.)*

— Théoriser à ce stade serait une perte de temps. Je vais passer quelques appels, rassembler quelques informations.

— Merci.

— Je ne suis toujours pas certain de percevoir un lien entre Stan Gibbs et notre donneur de sang.

— En effet, il semble très ténu, approuva Myron.

— Pour ne pas dire inexistant. Un journaliste invente une histoire à propos d'un ravisseur en série et voilà que ce personnage fictif serait notre donneur ?

— Stan Gibbs prétend que l'histoire est vraie.

— Il le prétend ?

— Oui.

L'index de Win se figea.

— Dans ce cas, pourquoi ne se défend-il pas ?

— Aucune idée.

— Sans doute parce qu'il est effectivement coupable. L'homme est, avant tout, égoïste. Il cherche à se préserver. C'est instinctif. Il ne se martyrise pas. Une seule chose le passionne plus que toute autre : sauver sa peau.

— En supposant que je sois d'accord avec ta vision enchanteresse de la nature humaine, ne serais-tu pas, quant à toi, d'accord pour dire que tout homme irait jusqu'à mentir si cela pouvait le sauver ?

— Bien sûr.

— Donc, armé de cet argument plutôt solide – à savoir que le kidnappeur fou aurait copié le roman – pourquoi Stan n'en a-t-il pas fait usage pour sa défense, même s'il était effectivement coupable de plagiat ?

Win hocha la tête.

— J'aime ta façon de penser.

— Mon cynisme, tu veux dire ?

L'interphone buzza. Win pressa le bouton et le portier annonça Esperanza. Une minute plus tard, elle entrait dans la pièce, prenait une chaise et un bol d'Oreo.

— Pourquoi ils disent toujours « le complément d'un parfait petit déjeuner » ? demanda-t-elle. À chaque fois, sur chaque boîte de céréales.

Personne ne lui répondit.

Petite cuiller à la main, elle regarda Win et balança négligemment son instrument argenté en direction de Myron.

— Je déteste quand il a raison, dit-elle à Win.

— C'est de mauvais augure, approuva ce dernier.

— J'avais raison ? dit Myron.

Elle se tourna vers lui.

— J'ai fait ce que vous m'avez demandé sur Dennis Lex. J'ai recherché toutes les institutions scolaires fréquentées par ses frères, sœurs et parents. Rien. Université, lycée, collège... même l'école primaire. Aucune trace de Dennis Lex.

— Mais ?

— La maternelle.

— Vous plaisantez ?

— Non.

— Vous avez retrouvé son école maternelle ?

— Je ne suis pas qu'une superbe paire de fesses, dit Esperanza.

— Pas pour moi, ma chère, dit Win.

— Win, vous êtes un chou.

Il inclina la tête.

— Mme Peggy Joyce, dit Esperanza. Elle enseigne encore et dirige la Shady Wells Montessori School for Children à East Hampton.

— Et elle se souvient de Dennis Lex ? dit Myron. Trente ans après ?

— Apparemment.

Esperanza avala une autre cuiller de céréales et tendit une feuille de papier à Myron.

— Voilà l'adresse. Elle vous attend. Et soyez prudent au volant, d'accord ?

22

Le téléphone sonna.

— Le vieux est un vrai sac à merde.

Greg Downing.

— Quoi ?

— C'est un menteur.

— Tu veux parler de Nathan Mostoni ?

— Putain de Dieu, j'en surveille combien, des vieux, d'après toi ?

Myron changea d'oreille.

— Qu'est-ce qui te fait croire qu'il ment, Greg ?

— Des tas de choses.

— Mais encore ?

— Et si on commençait par le fait qu'il n'a jamais entendu parler du centre de moelle osseuse. Ça te paraît logique ?

Myron pensa à Karen Singh, à son dévouement et aux enjeux.

— Non, dit-il, mais on en a déjà parlé. Il n'a peut-être plus toute sa tête.

— Je ne crois pas.

— Pourquoi pas ?

— Nathan Mostoni sort très souvent de chez lui et il se débrouille très bien tout seul. Parfois, il a l'air un peu timbré, mais d'autres fois pas du tout. Il fait ses courses tout seul. Il parle à des gens. Il s'habille comme quelqu'un de normal.

— Ça ne veut pas dire grand-chose.

— Non ? Alors, et ça : il est sorti, il y a une heure. J'en ai profité pour m'approcher de la maison. Je me suis planqué tout contre la fenêtre de la cuisine et j'ai composé ce numéro, celui que tu as eu pour le donneur.

— Et ?

— Et j'ai entendu un téléphone sonner dans la maison.

Silence de Myron.

— Qu'est-ce qu'on devrait faire selon toi ? demanda Greg.

— Je ne sais pas. Tu as vu quelqu'un d'autre dans la maison ?

— Personne. Mostoni sort mais il ne reçoit personne. Et je vais te dire autre chose. Il a l'air plus jeune maintenant. Je ne sais pas comment dire, c'est très bizarre... Tu fais des progrès de ton côté ?

— Je ne sais pas, répéta Myron.

— C'est pas une réponse, Myron.

— C'est la seule que j'ai.

— Et pour Mostoni ?

— Je vais demander à Esperanza de faire quelques recherches sur lui. Pendant ce temps, continue à le surveiller.

— Le temps passe, Myron.

— Je sais. Je te rappelle.

Il raccrocha et alluma la radio. Chaka Khan chantait *Ain't Nobody Loves Me Better*. De l'huile à coccyx. Il prit le Long Island Expressway qui était étonnamment fluide aujourd'hui. En général, cette route ressemblait à un parking qui glissait en bloc de quelques mètres toutes les dix minutes.

On entend toujours dire que Hampton, ce coin chic et balnéaire de Long Island où les Manhattaniens larguent les affres manhattaniennes en s'entassant au milieu d'autres Manhattaniens, c'est beaucoup mieux hors saison. On dit toujours ça à propos des lieux de villégiature. Les gens, pour la plupart eux-mêmes estivants, se plaignent amèrement des mois d'été, de la haute saison, se languissant de cette merveille que serait théoriquement un nirvana désert. Mais – et on en arrive au truc que Myron n'avait jamais compris – personne ne va jamais à Hampton hors saison. Personne. La ville est morte au point que les mauvaises herbes hantent le macadam. Les commerçants soupirent et ne font aucune promotion. Les restaurants sont, c'est vrai, moins bondés, mais ils sont aussi fermés. Et puis, soyons honnêtes sur ce coup-là, on vient ici surtout à cause de la météo, des plages et pour regarder les autres. Qui a envie de s'étaler sur une plage de Long Island en hiver ?

L'école était située dans un quartier où les maisons étaient plus anciennes et plus modestes – un coin où résidaient les vrais autochtones et qui ne devait pas subir le déferlement touristique saisonnier. Myron se gara devant une église et suivit les pancartes indiquant que l'administration de l'école se trouvait au sous-sol. Une jeune femme, une sorte de surveillante générale, accueillit Myron au pied de l'escalier. Il lui donna son nom et lui expliqua qu'il avait rendez-vous avec Mme Joyce. La jeune femme acquiesça et lui enjoignit de la suivre.

Le couloir était silencieux. Curieux pour une institution préscolaire. *Institution préscolaire*. Encore un nouveau terme. À l'époque de Myron, ça s'appelait la maternelle, point final. Il se demanda quand le nom avait changé et quel groupe de pression avait décidé que les mots *école maternelle* étaient discriminatoires. L'Amicale des Pères Célibataires ? Des Mères Nourricières ? Ou, peut-être, des Bébés Biberonnants ?

Le silence, toujours. Peut-être l'heure de la sieste. Myron était sur le point d'interroger la jeune femme quand celle-ci ouvrit une porte. Il regarda. La salle était remplie d'enfants, une vingtaine environ, qui travaillaient tous chacun dans leur coin et dans un mutisme absolu. La vieille maîtresse – il se demanda si ce terme n'avait pas été remplacé lui aussi – sourit à Myron. Elle chuchota quelque chose au petit garçon qu'elle aidait – il tripotait des blocs avec des lettres – et se redressa.

— Bonjour, dit-elle à Myron, à mi-voix.

— Salut, murmura-t-il à son tour.

Elle se tourna vers la jeune surveillante.

— Mademoiselle Simmons, vous voulez bien aider Mme McLaughlin, s'il vous plaît ?

— Bien sûr.

Peggy Joyce portait un pull jaune dont le col s'ouvrait sur un chemisier boutonné jusqu'au cou et tout plein de dentelles. Des demi-lunes pendaient au bout d'une chaîne sur sa poitrine.

— Allons dans mon bureau.

Ils traversèrent la salle silencieuse comme... une salle sans enfant.

— Vous leur donnez du Valium, à ces gosses ? s'enquit Myron.

Elle sourit.

— Juste un peu de Montessori.

— Un peu de quoi ?

— Vous n'avez pas d'enfant, n'est-ce pas ?

La question provoqua un choc mais il répondit par la négative.

— C'est une méthode d'éducation créée par le Dr Maria Montessori, la première femme médecin italienne.

— On dirait que ça marche.

— On dirait, oui.

— Est-ce que les enfants se comportent ainsi à la maison ?

— Grands dieux, non. À vrai dire, ce qui se passe dans cette école ne se transpose pas dans le monde réel. Mais c'est rarement le cas.

Ils pénétrèrent dans le bureau : une table, trois chaises et un placard à dossiers.

— Depuis quand enseignez-vous ici ? demanda Myron.

— Je suis dans ma quarante-troisième année.

— Waouh.

Elle se contenta de sourire.

— J'imagine que vous avez vu beaucoup de changements ?

233

— Chez les enfants ? Aucun ou presque. Les enfants ne changent pas, monsieur Bolitar. Un gosse de cinq ans est toujours un gosse de cinq ans.

— Toujours innocent.

Elle pencha la tête.

— « Innocent » n'est pas le mot que j'emploierais. Les enfants ne sont que ça : des enfants. Ce sont sans doute les créatures les plus naturellement méchantes sur la bonne Terre du Seigneur.

— Curieuse conception de la part d'une maîtresse de maternelle.

— Honnête, c'est tout.

— Alors quel mot utiliseriez-vous ?

Elle réfléchit un moment.

— Si vous insistez, je dirais « pas finis ». Ou peut-être « pas développés ». Comme une photo qui ne s'est pas encore révélée.

Myron hocha la tête, même s'il n'avait pas la moindre idée de ce dont elle parlait. Il y avait quelque chose d'un peu... effrayant chez Peggy Joyce.

— Vous vous souvenez de ce livre *Tout ce que j'ai vraiment besoin de savoir, je l'ai appris en cour de récréation* ? lui demanda-t-elle.

— Oui.

— C'est la vérité, mais pas tout à fait comme vous l'imaginez. L'école retire les enfants de leur doux cocon parental. L'école leur apprend à martyriser et à être martyrisés. L'école leur apprend comment être cruel vis-à-vis des autres. L'école leur apprend que Papa et Maman leur ont menti en leur disant qu'ils étaient spéciaux et uniques.

Myron ne dit rien.

— Vous n'êtes pas d'accord ?

— Je n'enseigne pas en maternelle.

— Vous évitez la question, monsieur Bolitar.

Il haussa les épaules.

— Ils apprennent à se socialiser. C'est une leçon difficile. C'est un peu comme les prises électriques. Il faut mettre plusieurs fois les doigts dedans avant de comprendre.

— En d'autres termes, ils apprennent les limites ?

— Oui.

— Intéressant. Et peut-être exact. Mais vous vous souvenez de l'exemple du développement photographique que je vous ai donné ?

— Oui.

— L'école ne fait que développer la photo. Elle ne la prend pas.

— D'accord, dit Myron qui ne désirait pas la suivre sur ce terrain-là.

— Ce que je veux dire, c'est que tout est déjà quasiment décidé quand les enfants partent d'ici et se retrouvent dans des cours de récréation. Je peux vous dire qui réussira et qui échouera, qui sera heureux et qui se retrouvera en prison et dans quatre-vingt-dix pour cent des cas, j'ai raison. Peut-être qu'Hollywood et les jeux vidéo ont une influence, je ne sais pas. Mais je sais, en revanche, quel gosse aura tendance à abuser des films ou des jeux violents.

— Vous savez ça alors qu'ils n'ont que cinq ans ?

— En gros, oui.

— Et vous pensez que ça y est ? Qu'ils n'ont plus la capacité de changer ?

— La capacité ? Oh, probablement. Mais ils sont déjà sur une route, et même s'ils peuvent encore en changer, la majorité ne le font pas. Rester sur cette route est plus facile.

— Alors, laissez-moi vous poser l'éternelle question : nature ou culture ?

Elle sourit.

— Oui, on me la pose tout le temps.

— Et ?

— Je réponds culture. Vous savez pourquoi ?

Il ne savait pas.

— Croire en la culture c'est comme croire en Dieu. Vous vous trompez peut-être, mais au moins vous assurez vos arrières.

Elle croisa les mains et se pencha en avant.

— Et maintenant, que puis-je faire pour vous, monsieur Bolitar ?

— Vous souvenez-vous d'un élève nommé Dennis Lex ?

— Je me souviens de tous mes élèves. Cela vous surprend ?

Myron ne confessa pas sa surprise : il ne voulait pas qu'elle prenne une autre tangente.

— Avez-vous eu les autres enfants Lex dans votre classe ?

— Je les ai tous eus. Leur père a changé beaucoup de choses dans leur vie quand son livre est devenu un best-seller. Mais il les a laissés ici.

— Que pouvez-vous me dire sur Dennis Lex ?

Elle se renfonça dans son siège et le regarda comme si elle le voyait pour la première fois.

— Je ne veux pas me montrer grossière, monsieur Bolitar, mais il est temps de me dire de quoi il retourne. Nous sommes en train de parler, je suis en train de vous parler – au risque de violer certaines règles élémentaires de confidentialité – car il est clair que vous êtes ici pour une raison très précise.

— Laquelle, selon vous, madame Joyce ?

— Ne jouez pas au plus fin avec moi, monsieur Bolitar, dit-elle, les yeux glacés.

Elle avait raison.

— J'essaie de retrouver Dennis Lex.

Peggy Joyce resta muette.

— Je sais que ça peut paraître bizarre, enchaînat-il, mais après son passage en maternelle, il semble avoir disparu de la surface de la Terre.

Elle regardait fixement droit devant elle. Quoi ? Myron n'en savait rien. Il n'y avait pas de photos aux murs, pas de diplômes, pas de grands dessins faits par de petites mains. Juste un mur nu.

— Pas après, dit-elle. Pendant.

On frappa à la porte. Peggy Joyce dit :

— Entrez.

La jeune surveillante, mademoiselle Simmons, obéit. Elle était accompagnée d'un petit garçon qui gardait la tête baissée. Il avait pleuré.

— James a besoin d'un peu de temps, dit mademoiselle Simmons.

Peggy Joyce acquiesça.

— Allongez-le sur le matelas.

James dévisagea Myron et repartit avec mademoiselle Simmons.

— Qu'est-il arrivé à Dennis Lex ? demanda Myron.

— Cela fait trente ans que j'attends qu'on me pose cette question, dit Peggy Joyce.

— Quelle est la réponse ?

— Dites-moi d'abord pourquoi vous le recherchez.

— J'essaie de retrouver un donneur de moelle osseuse. Il pourrait s'agir de Dennis Lex.

Il lui donna aussi peu de détails que possible. Quand il eut terminé, elle leva une main osseuse devant son visage.

— Je ne pense pas pouvoir vous aider, dit-elle. Cela remonte à si loin.

— S'il vous plaît, madame Joyce. Un enfant mourra si je ne le retrouve pas. Vous êtes ma seule piste.

— Vous avez parlé à sa famille ?

— Uniquement à sa sœur, Susan.

— Que vous a-t-elle dit ?

— Rien.

— Je ne suis pas sûre de pouvoir vous en dire davantage.

— Vous pourriez commencer par me dire comment était Dennis.

Elle soupira et posa avec soin ses mains sur ses cuisses.

— Il était comme les autres enfants Lex : très brillant, réfléchi, contemplatif, peut-être un peu trop pour un garçon si jeune. La plupart des élèves, j'essaie de les faire grandir un peu. Ça n'a jamais été le cas avec les enfants Lex.

Myron hocha la tête, cherchant à l'encourager.

— Dennis était le plus jeune. Ce que vous savez déjà sans doute. Il était ici en même temps que son frère Bronwyn. Susan était plus âgée.

Elle s'arrêta, l'air perdu.

— Que lui est-il arrivé ?

— Un jour, Bronwyn et lui ne sont pas venus à l'école. J'ai reçu un appel de leur père disant qu'il les emmenait pour des vacances imprévues.

— Où ?

— Il ne l'a pas dit. Il n'était pas du genre à donner beaucoup de détails.

— Je vois. Et ensuite ?

— C'est à peu près tout, monsieur Bolitar. Deux semaines plus tard, Bronwyn est revenu en classe. Je n'ai jamais revu Dennis.

— Vous avez appelé son père ?

— Bien sûr.

— Qu'a-t-il dit ?

— Que Dennis ne reviendrait pas.

— Lui avez-vous demandé pour quelle raison ?

— Bien sûr. Mais... avez-vous déjà rencontré Raymond Lex ?

— Non.

— On n'interroge pas un homme tel que lui. Il a fait allusion à une précepteuse. Devant mon insistance, il a clairement laissé entendre que cela ne me regardait pas. Par la suite, au cours des années, j'ai essayé de prendre des nouvelles de la famille, même après leur déménagement. Mais, comme vous, je n'ai plus jamais entendu parler de Dennis.

— Que s'est-il passé, selon vous ?

Elle le regarda.

239

— J'ai pensé qu'il était mort.

Cette phrase, pourtant pas si surprenante, eut l'effet d'un aspirateur, vidant l'air de la pièce.

— Pourquoi ? demanda Myron.

— J'ai supposé qu'il avait été malade et que c'était la raison pour laquelle on l'avait retiré de l'école.

— Pourquoi M. Lex aurait-il caché une chose pareille ?

— Je l'ignore. Quand son roman a connu un tel succès, il est devenu très discret. Au point d'en être paranoïaque. Êtes-vous certain que ce donneur que vous cherchez est Dennis Lex ?

— Certain, non.

Ils se dévisagèrent et soudain un sourcil de Peggy Joyce tressaillit.

— Oh, attendez, j'ai quelque chose qui pourrait vous intéresser.

Elle alla ouvrir un tiroir du placard dans lequel elle fouilla avant d'en tirer quelque chose qu'elle contempla un moment. Son coude renfonça le tiroir.

— Elle a été prise deux mois avant que Dennis nous quitte.

Elle lui tendit une vieille photo de classe, dont les couleurs verdissaient avec l'âge. Quinze gosses flanqués par deux maîtresses, dont une bien plus jeune Peggy Joyce. Les années n'avaient pas été implacables avec elle, juste nombreuses. Une petite pancarte noire avec des lettres blanches annonçait : SHADY WELLS MONTESSORI SCHOOL et l'année.

— Lequel est Dennis ?

Elle montra un petit garçon au premier rang. Il avait une coupe à la Prince Vaillant et un grand sourire qui n'atteignait pas ses yeux.

— Je peux la prendre ?

— Si vous pensez qu'elle peut vous être utile.

— Elle pourrait l'être.

Elle lui fit signe de la garder.

— Je ferais mieux de retourner auprès de mes élèves.

— Merci.

— Vous vous souvenez de votre école maternelle, monsieur Bolitar ?

— Parkview Nursery School à Livingstone, New Jersey.

— Et vos maîtresses ? Vous souvenez-vous d'elles ?

Il lui fallut un moment de réflexion.

— Non.

Elle hocha la tête comme s'il avait répondu correctement.

— Bonne chance, dit-elle.

241

23

AgeComp. Ou, si vous préférez, logiciel de vieillissement.

Myron avait découvert cet outil quasi magique lors d'une enquête sur une femme disparue nommée Lucy Mayor. La clé était dans l'imagerie numérique. Tout ce qu'il avait à faire – ou plutôt, tout ce qu'Esperanza avait à faire – c'était scanner la photo de classe pour la numériser. Puis, grâce à un programme comme Photoshop par exemple, isoler et agrandir le visage du jeune Dennis Lex. AgeComp, un logiciel qui ne cesse d'être développé et amélioré, s'occupe du reste. Utilisant des algorithmes mathématiques complexes, le programme étire et recompose les traits afin de produire une image du sujet tel qu'il devrait être aujourd'hui.

Bien sûr, beaucoup est laissé au hasard. Les éventuelles cicatrices ou fractures faciales, la pilosité, les interventions de chirurgie esthétique, le style de coiffure ou bien, dans le cas des plus âgés, la calvitie. Néanmoins, la photo de classe pouvait leur être d'une aide précieuse.

Alors qu'il revenait dans Manhattan, son téléphone sonna.

— J'ai parlé aux fédéraux, annonça Win.

— Et ?

— Ton impression est correcte.

— Quelle impression ?

— Ils sont effectivement effrayés.

— Tu as parlé à PT ?

— Oui. Il m'a aussitôt mis en contact avec le chef idoine. Ils veulent une discussion en tête à tête.

— Quand ?

— Assez *pronto*, mon ami. À vrai dire, nous sommes en train de t'attendre dans ton bureau.

— Les fédéraux se trouvent dans mon bureau en ce moment ?

— Affirmatif.

— Je suis là dans cinq minutes.

Dix, en fait. Quand la porte de l'ascenseur s'ouvrit, Esperanza était assise au bureau de Big Cyndi.

— Combien ? demanda-t-il.

— Trois, répondit-elle. Une blonde, un abruti et un joli costume.

— Win est avec eux ?

— Ouais.

Il lui tendit le cliché en lui montrant le visage de Dennis Lex.

— Combien de temps pour avoir l'image vieillie ?

— Seigneur, quand cette photo a-t-elle été prise ?

— Il y a trente ans.

Esperanza fit la grimace.

— Vous vous y connaissez en vieillissement numérique ?

— Vaguement.

— En général, on l'utilise pour retrouver des gosses disparus, dit-elle. Et on s'en sert pour les vieillir de cinq ans, dix tout au plus.

— Mais on peut obtenir quelque chose, non ?

— Quelque chose de très grossier, ouais, peut-être.

Elle ouvrit le scanner et y plaça la photo.

— S'ils sont au labo, on devrait avoir un résultat en fin de journée. Je la recadre et je leur envoie par mail.

— Vous le ferez tout à l'heure, dit-il en montrant la porte de son bureau. Faut pas faire attendre le FBI. L'argent de nos impôts et tout ça.

— Vous voulez que je vienne ?

— Vous êtes associée dans tout ce qui se passe ici, Esperanza. Bien sûr que je veux que vous veniez.

— Je vois, dit-elle.

Puis :

— C'est à ce moment-là que je tente de cacher mes larmes parce que vous vous montrez si bon avec moi ?

Dans les dents.

Win était assis à la place de Myron derrière le bureau, probablement pour éviter qu'un des feds n'y pose ses fesses. Parfois, Win pouvait farouchement défendre son territoire – tout comme il lui arrivait parfois de se comporter comme un chien méchant. Kimberly Green et Rick Peck se levèrent avec difficulté, sans doute parce que les valises

244

qu'ils portaient sous les yeux étaient trop lourdes. Ces deux-là manquaient de sommeil. Le troisième agent resta assis, sans bouger, sans même se tourner vers les nouveaux arrivés. Myron vit son visage et faillit sursauter.

Waow.

Win, qui observait Myron, laissa un petit sourire amusé ourler ses fines lèvres. Eric Ford, directeur adjoint du FBI, était l'heureux propriétaire du joli costume. En trois mots, sa présence ne pouvait signifier qu'une seule chose : c'était du gros, du grand, du grave.

Kimberly Green tendit l'index vers Esperanza.

— Qu'est-ce qu'elle fait là ?

— C'est mon associée, dit Myron. Et ce n'est pas poli de montrer du doigt.

— Votre associée ? Vous croyez qu'on est là pour faire du business ?

— Elle reste, dit Myron.

— Non, dit Kimberly Green qui portait toujours les mêmes boulets de canon aux oreilles, le même jean et le même col roulé noir.

Mais la veste était maintenant vert chlorophylle.

— Nous ne sommes pas particulièrement ravis de devoir vous parler ainsi qu'à Pommettes Suaves ici présent...

L'index vers Win.

— ... mais, au moins, vous avez fait partie du service. Elle, on la connaît pas. Elle dégage.

Le sourire de Win s'élargit et fit ondoyer ses sourcils. Pommettes Suaves. Ça lui plaisait bien.

— Elle dégage, répéta Green.

245

Esperanza haussa les épaules.

— Pas de problème, dit-elle.

Myron allait protester mais Win secoua la tête. Il avait raison : autant préserver sa salive pour les combats importants.

Esperanza quitta la pièce. Win se leva pour laisser sa place à Myron et se posta debout à ses côtés, bras croisés, parfaitement à l'aise. Green et Peck s'agitèrent. Myron se tourna vers Eric Ford.

— Je ne crois pas que nous ayons été présentés.

— Mais vous savez qui je suis, dit Ford.

Il avait la voix grave et soyeuse d'un DJ radiophonique.

— Oui.

— Et je sais qui vous êtes. Les présentations sont donc inutiles.

D'ac-cord. Myron échangea un regard avec Win. Qui avait l'air de s'en foutre royalement.

Ford, quant à lui, fit un signe de tête à Green. Elle s'éclaircit la gorge.

— Pour mémoire, dit-elle, notez que nous n'estimons pas ceci souhaitable.

— Qu'est-ce qui n'est pas souhaitable ?

— Vous parler de notre enquête. Vous débriefer. En tant que bon citoyen, vous devriez être désireux de collaborer avec nous. Votre devoir l'exige.

Myron regarda Win et dit :

— Oh, Seigneur.

— Certains aspects d'une enquête doivent rester confidentiels, continua-t-elle. M. Lockwood et vous devriez le comprendre mieux que quiconque. Vous devriez être impatients d'apporter votre concours à une enquête fédérale. Vous devriez respecter notre travail.

— D'accord, c'est entendu, on respecte. Et si vous passiez en avance rapide ? Vous nous connaissez. Vous savez que la discrétion fait partie de nos qualités. Sinon, cette délicieuse petite sauterie n'aurait pas lieu.

Elle croisa les mains sur son giron. Peck, tête baissée, prenait des notes, Dieu seul savait sur quoi. Le décor du bureau peut-être.

— Ce que nous allons dire ici ne pourra quitter cette pièce. Il s'agit d'informations classifiées de la…

— Avance rapide, la coupa Myron. Rapide.

Green risqua un œil vers Ford. Il hocha de nouveau la tête. Elle respira un grand coup.

— Nous avons mis Stan Gibbs sous surveillance.

Elle s'arrêta, se redressa. Myron attendit quelques secondes, puis :

— Voilà qui m'en bouche un coin.

— Cette information est classifiée, dit-elle.

— Promis, je ne la noterai pas dans mon journal intime.

— Il n'est pas censé l'apprendre.

— N'est-ce pas ce que les mots « surveillance » et « classifiée » impliquent généralement ?

— Mais Gibbs est au courant. Il nous sème souvent. Nous ne pouvons pas le serrer de trop près.

— Pourquoi pas ?

— Parce qu'il nous repérerait.

— Mais il vous a déjà repérés ?

— Oui.

Myron se retourna vers Win.

— Y avait pas un sketch d'Abbott et Costello comme ça ?

— Des Marx Brothers, dit Win.

— Si nous exercions notre surveillance de façon trop visible, dit Green, les médias ne tarderaient pas à s'en rendre compte.

— Et vous voulez éviter ça ?

— Oui.

— Depuis quand est-il sous surveillance ?

— Eh bien, ce n'est pas si simple...

— Depuis quand ?

De nouveau, Green regarda Ford. Et, de nouveau, Ford hocha la tête. Elle serra de gros poings tout ronds.

— Depuis la parution du premier article sur les enlèvements.

Myron sentit soudain le poids de ses fesses sur la chaise. Il n'aurait pas dû être si surpris, mais merde, il l'était foutrement. L'article en question lui revint brutalement à l'esprit, les disparitions soudaines, les coups de téléphone atroces, l'angoisse constante, interminable, les vies soudain démolies par un mal inexplicable.

— Bon Dieu, dit-il. Stan Gibbs disait bien la vérité.

— Nous n'avons jamais dit ça, fit Kimberly Green.

— Je vois. Donc, vous le suiviez parce que vous n'aimiez pas sa syntaxe ?

Silence.

— Les articles disaient vrai, dit Myron. Et vous le saviez depuis le début.

— Ce que nous savions ou pas ne vous regarde pas.

Il secoua la tête.

— Incroyable. Voyons si j'ai bien compris. Vous avez un malade en liberté, un fou qui enlève les gens au hasard et tourmente leurs familles. Vous voulez planquer cette histoire au public pour éviter de déclencher une panique générale. Mais voilà que ce malade s'adresse directement à Stan Gibbs et, tout à coup, le truc vous explose à la gueule et au grand jour...

Sa voix s'éteignit tandis qu'il prenait conscience que ce raisonnement se heurtait à une contradiction majeure. Il fronça les sourcils et poursuivit :

— J'ignore comment le vieux roman ou l'histoire de plagiat viennent s'insérer là-dedans. Mais, quoi qu'il en soit, vous avez décidé de vous en servir. Vous avez laissé Gibbs perdre son honneur et se faire virer, sans doute parce que vous lui en vouliez d'avoir semé le bordel dans votre enquête. Mais surtout...

Nouvelle pause tandis qu'il croyait percevoir une nouvelle lumière.

— ... mais surtout, pour pouvoir le surveiller. Au cas où le malade reprendrait contact avec lui, ce qui, selon vous, n'allait pas manquer de se produire, dans la mesure où les articles avaient été discrédités.

— Faux, dit Kimberly Green.

— Mais pas tant que ça.

249

— Non.

— Les enlèvements dont Gibbs a parlé ont vraiment eu lieu, n'est-ce pas ?

Elle hésita, chercha l'autorisation oculaire de Ford.

— Nous n'avons pas pu vérifier toutes ses affirmations.

— Seigneur, je ne suis pas en train de prendre votre déposition, dit Myron. Ses articles disaient-ils la vérité, oui ou non ?

— Nous vous en avons assez révélé, fit-elle. À votre tour.

— Vous ne m'avez révélé que dalle.

— Et vous, encore moins.

Négocier. Vivre, c'est négocier. Encore et toujours. Myron avait appris l'importance du troc, du marchandage et de l'honnêteté. On oublie souvent ça, l'honnêteté, et on finit toujours par le regretter. Le meilleur négociateur n'est pas celui qui récupère le gâteau et la cerise. Le meilleur négociateur, c'est celui qui obtient la part qu'il désire tout en laissant à l'autre de quoi se lécher les babines. Donc, normalement, arrivé à ce stade, Myron aurait lâché quelque chose. Un prêté pour un rendu. Classique. Mais pas cette fois. Dès qu'il leur aurait appris la raison de sa visite à Stan Gibbs, il n'aurait plus la moindre queue de cerise à troquer.

Vivre, c'est négocier. Et le meilleur négociateur, comme les meilleures espèces, doit aussi savoir s'adapter.

— Répondez d'abord à ma question, dit-il. Oui ou non, l'histoire de Stan Gibbs était-elle vraie ?

— On peut pas répondre par oui ou par non. Elle est en partie vraie. Et en partie fausse.

— Par exemple ?

— Le jeune couple était de l'Iowa, pas du Minnesota. Le père disparu avait trois enfants, pas deux.

Elle s'arrêta, croisa les bras.

— Mais les enlèvements ont bien eu lieu ?

— Ces deux-là ont eu lieu. Pour l'étudiante, nous n'avons aucune certitude.

— Probablement parce que le ravisseur a terrorisé les parents. Ils n'ont pas dû signaler sa disparition.

— C'est ce que nous pensons, dit Kimberly Green. Mais sans en avoir la moindre preuve. Et les divergences ne s'arrêtent pas là. Par exemple, les familles jurent qu'elles n'ont jamais parlé à Gibbs. Plusieurs coups de téléphone ou événements qu'il relate ne correspondent pas aux faits tels que nous les avons établis.

Myron discerna encore une autre lumière.

— J'en déduis que vous avez interrogé Stan Gibbs sur ses sources ?

— Oui.

— Et qu'il a refusé de vous révéler quoi que ce soit.

— C'est exact.

— Donc, vous l'avez démoli ?

— Non.

— La partie que je ne comprends pas, c'est le plagiat, dit Myron. C'est vous qui avez monté ce coup-là ? Je ne vois pas trop comment. À moins que vous ayez inventé un livre et... Non, ça serait un peu trop compliqué. Vous voulez bien m'expliquer ?

Kimberly Green se pencha en avant.

— Dites-nous pourquoi vous vous êtes rendu chez lui.

— Pas tant que...

— Pendant plusieurs mois, nous avons été dans l'incapacité de localiser Stan Gibbs, le coupa-t-elle. Nous pensions qu'il avait peut-être quitté le pays. Mais il a refait surface et, depuis qu'il a emménagé dans cet appartement, il est toujours seul. Comme je l'ai déjà dit, il nous sème parfois. Mais il ne reçoit jamais aucune visite. Plusieurs personnes ont réussi à le retrouver. De vieux amis, par exemple. Ils frappent à sa porte ou bien ils téléphonent. Et vous savez ce qui se passe à chaque fois, Myron ?

Myron n'aimait pas le ton de sa voix.

— Il les envoie balader. Tous, sans exception. Stan Gibbs ne reçoit jamais personne. Sauf vous.

Myron leva les yeux vers Win. Celui-ci hocha très lentement la tête. Myron regarda ensuite Eric Ford avant de revenir à Kimberly Green.

— Vous croyez que je suis le ravisseur ?

Elle se renfonça dans son siège avec un air mi-indifférent, mi-repu.

— À vous de nous le dire.

Win se dirigea vers la porte. Myron se leva pour le suivre.

— Qu'est-ce que vous foutez, vous deux ? demanda Green.

Win saisit la poignée de la porte. Myron contourna son bureau.

— Je suis suspect. Je ne parlerai qu'en présence d'un avocat. Si vous voulez bien m'excuser.

— Hé, on discute, c'est tout, dit Kimberly Green. Je n'ai jamais dit que je pensais que vous étiez le ravisseur.

— C'est pourtant ce que j'ai cru, dit Myron. Win ?

— Il ravit les cœurs, dit Win à la dame. Pas les personnes.

— Vous avez quelque chose à cacher ? fit Green.

— Juste son intérêt pour la cyberpornographie, dit Win. Oups !

Kimberly Green se leva à son tour pour se planter devant Myron, lui bloquant le passage.

— Nous croyons savoir qui est l'étudiante disparue, dit-elle, le regard dur. Vous voulez que je vous dise ce qui nous a mis sur la voie ?

Myron resta muet.

— Le père de cette fille. Il a reçu un appel du ravisseur. J'ignore ce qui s'est dit mais il n'a plus prononcé un seul mot depuis. Il est catatonique. Ce que lui a raconté ce malade l'a expédié tout droit dans une cellule capitonnée.

Myron sentit la pièce se rétrécir, les murs se refermer.

— Nous n'avons toujours pas retrouvé le moindre cadavre, mais nous sommes pratiquement certains qu'il les tue, poursuivit-elle. Il les kidnappe, leur inflige Dieu sait quoi et fait souffrir leur famille pendant des mois, des années même. Et vous savez qu'il ne s'arrêtera pas.

Myron soutint son regard.

— Où voulez-vous en venir ?

— Ça n'a rien de drôle.

— Non, dit-il. Ça n'est pas drôle. Alors, arrêtez vos petits jeux idiots.

Pas de réponse.

— Je veux l'entendre de votre bouche, dit Myron. Pensez-vous que je suis mêlé à ça, oui ou non ?

Cette fois, Eric Ford se chargea de répondre.

— Non.

Kimberly Green se laissa de nouveau glisser sur la chaise, sans jamais quitter Myron des yeux. Eric Ford fit un grand geste de la main.

— Je vous en prie, asseyez-vous.

Myron et Win reprirent leurs positions initiales.

— Le roman existe, dit Ford. Ainsi que les passages que Stan Gibbs a plagiés. Le livre a été envoyé, de façon anonyme, à nos services... plus précisément, à l'attention de l'agent spécial Green ici présent. Nous admettons que cela nous a un peu désorientés au début. D'un côté, Gibbs est au courant des enlèvements. De l'autre, il ne sait pas tout et recopie des fragments entiers d'un vieux bouquin.

— Il y a une explication, dit Myron. Il se peut que le ravisseur ait lu le livre. Qu'il se soit identifié au personnage, pour devenir une sorte de copieur.

— Nous avons envisagé cette possibilité, dit Eric Ford, mais nous ne pensons pas que ce soit le cas.

— Pourquoi pas ?

— C'est compliqué à expliquer.

— Il faut connaître la trigonométrie ?

254

— Vous trouvez toujours qu'il y a matière à plaisanter ?

— Vous trouvez toujours que c'est malin de jouer au plus malin ?

Ford ferma les yeux. Green semblait au bord de l'explosion. Peck continuait à prendre des notes. Ford rouvrit les paupières.

— Nous ne pensons pas que Gibbs a inventé ces crimes, dit-il. Nous pensons qu'il les a commis.

Pan.

Myron encaissa. Il se tourna vers Win. Rien.

— Vous avez quelques connaissances en matière d'esprit criminel, n'est-ce pas ? reprit Ford.

Myron crut hocher la tête.

— Nous sommes en présence ici d'un schéma connu au développement inconnu. Les incendiaires aiment regarder les pompiers éteindre les flammes. Souvent, ce sont même eux qui donnent l'alerte. Ils jouent les bons Samaritains. Les meurtriers adorent assister aux funérailles de leurs victimes. Voilà pourquoi nous filmons toutes les obsèques. Vous le savez. Et je sais que vous le savez.

Myron acquiesça de nouveau.

— Oui, parfois, les tueurs s'intègrent à l'histoire.

Eric Ford effectuait des tas de gestes maintenant, ses mains nouées montant et descendant comme s'il donnait une conférence de presse dans une salle trop grande.

— Ils se présentent comme témoins. Ils deviennent d'innocents passants qui ont eu l'infortune de découvrir le cadavre dans les fourrés. Vous connaissez ce phénomène de la mouche qui s'approche du feu, n'est-ce pas ?

— Oui.

— Qu'est-ce qui serait plus excitant que d'être le seul journaliste au monde à avoir l'exclusivité d'une histoire pareille ? Vous imaginez l'extase ? Et grâce à ça, vous seriez forcément très proche des cercles de l'enquête. Proche à vous en filer le vertige. Quel coup de génie ! Une imposture pareille... pour un malade mental, ce serait le pied intégral. Et si, en plus, c'est vous qui commettez ces crimes dans le but de fasciner le public, c'est la double dose. Le criminel en série fascine, et d'un. Le brillant journaliste qui a déniché ce scoop digne du Pulitzer fascine, et de deux. Et pour finir, vous fascinez aussi parce que vous êtes le vaillant défenseur du Premier amendement.

Myron ne respirait plus depuis un bon moment.

— C'est une sacrée théorie, dit-il.

— Vous en voulez encore ?

— Oui.

— Pourquoi refuse-t-il de répondre à nos questions ?

— Vous l'avez dit vous-même. Le Premier amendement.

— Il n'est ni avocat ni psychiatre.

— Mais il est journaliste.

— Quel genre de monstre continuerait à protéger ses sources dans ces circonstances ?

— J'en connais des tas.

— Nous avons vu les familles des victimes. Elles jurent qu'elles ne lui ont jamais parlé.

— Il se peut qu'elles mentent. Le ravisseur les force peut-être à dire ça.

— D'accord, alors pourquoi Gibbs n'a-t-il rien fait pour se défendre des accusations de plagiat ? Il aurait pu les réfuter. Il aurait même pu fournir des détails prouvant qu'il disait la vérité. Au lieu de ça, il a gardé le silence. Pourquoi ?

— Selon vous, c'est parce qu'il est le ravisseur ? Après s'être trop approchée des flammes, la mouche est retournée lécher ses brûlures dans l'obscurité ?

— Vous avez une meilleure explication ?

Silence de Myron.

— À tout cela, il faut ajouter maintenant le meurtre de sa maîtresse, Melina Garston.

— C'est-à-dire ?

— Réfléchissez, Myron. On le serre d'un peu près. Peut-être s'y attendait-il et peut-être pas. Quoi qu'il en soit, la cour ne lui a pas donné raison sur tout. Vous ne connaissez pas le résultat des délibérations du tribunal, n'est-ce pas ?

— Pas vraiment, non.

— Le juge a exigé que Gibbs fournisse une preuve quelconque de ses contacts avec le tueur. Il a finalement dit que Melina Garston confirmerait sa version des faits.

— Et c'est ce qu'elle a fait, non ?

— Oui. Elle a prétendu l'avoir vu en compagnie du Semeur de Graines.

— Je ne comprends toujours pas. Si elle a confirmé sa version, pourquoi l'aurait-il tuée ?

— La veille de son assassinat, Melina Garston a appelé son père. Elle lui a dit qu'elle avait menti au juge.

Myron encaissa. Encore.

— Il est revenu maintenant, Myron, dit Eric Ford. Stan Gibbs a enfin refait surface. Pendant son absence, le Semeur de Graines avait lui aussi disparu. Mais ce genre de malades ne s'arrête jamais d'eux-mêmes. Il va encore frapper et très bientôt. Donc, avant que cela n'arrive, vous feriez mieux de nous parler. Pourquoi vous êtes-vous rendu chez lui ?

Myron réfléchit mais pas très longtemps.

— Je cherchais quelqu'un.

— Qui ?

— Un donneur de moelle osseuse dont on a perdu la trace. Il pourrait sauver la vie d'un enfant.

Ford le dévisagea avec calme.

— Je présume que l'enfant en question est Jeremy Downing.

Et dire qu'il espérait rester dans le vague. Mais Myron n'était pas surpris. Ils avaient sans doute épluché ses appels téléphoniques. Ou peut-être l'avaient-ils suivi quand il avait rendu visite à Emily.

— Oui. Et, avant de continuer, je veux votre parole que vous me tiendrez informé.

— Cette enquête ne vous concerne pas, dit Kimberly Green.

— Je me moque de votre kidnappeur. Je cherche seulement le donneur. Vous m'aidez à le trouver, je vous dis ce que je sais.

— Nous sommes d'accord, dit Eric Ford, réduisant d'un geste Kimberly Green au silence. Quel est le rapport entre Stan Gibbs et votre donneur ?

Myron leur livra un résumé des faits. Il commença par Davis Taylor avant de passer à

258

Dennis Lex puis au coup de fil nocturne. Ils faisaient leurs têtes de marbre, Green et Peck gribouillant dans leurs carnets, mais le marbre se fendit nettement quand il mentionna la famille Lex.

Ils posèrent quelques questions subsidiaires, lui demandant par exemple comment il avait été mêlé à cette affaire de greffe. Il dit qu'Emily était une vieille amie, sans aborder la question de la paternité. Myron sentait que Green commençait à s'agiter. Il lui avait fourni ce qu'elle attendait. Elle était impatiente de filer d'ici pour se mettre en chasse.

Quelques minutes plus tard, les fédéraux claquèrent leurs carnets et se levèrent.

— On s'occupe de tout maintenant, dit Ford, fixant Myron droit dans les yeux. Et nous retrouverons votre donneur. Ne vous mêlez plus de ça.

Myron hocha la tête en se demandant s'il allait en être capable. Après leur départ, Win prit un siège face à lui.

— Pourquoi ai-je l'impression de m'être fait ramasser dans un bar hier soir et que le type vient de se barrer en disant : « j't'appelle » ? demanda Myron.

— Parce que c'est précisément ce que tu es, dit Win. Une traînée.

— Tu penses qu'ils cachent quelque chose ?

— Sans le moindre doute.

— Quelque chose de gros ?

— De gargantuesque.

— Et on n'y peut rien ?

— Rien du tout, mon minuscule ami. Rien du tout.

24

La mère de Myron l'accueillit à la porte.

— Je vais chercher à manger, dit-elle.

— Toi ?

Mains sur les hanches, elle leva vers son fils le regard qui le faisait toujours se sentir tout petit.

— C'est un problème ?

— Non, c'est juste...

Valait mieux laisser tomber.

— ... rien.

Maman l'embrassa et récupéra ses clés de voiture dans son porte-monnaie.

— Je reviens d'ici à une demi-heure. Ton père est derrière. Il est seul.

Cette fois, le regard était implorant.

— D'accord.

— Il n'y a personne avec lui.

— Hon-hon.

— Si tu vois ce que je veux dire.

— Je vois.

— Vous serez seuls ensemble.

— Je vois, M'man. Je vois.

— C'est l'occasion...

— M'man.

Elle leva les mains.

— D'accord, d'accord, j'y vais.

Il contourna la maison, passa devant les poubelles – il y en avait beaucoup depuis qu'ils s'étaient mis au tri sélectif – et trouva Papa sur le pont, autrement dit la véranda en séquoia avec bancs encastrés, mobilier en résine et barbecue Weber 500, le tout installé lors de la désormais fameuse Extension de la Cuisine de 1994. Tournevis à la main, Papa était penché sur une rampe. Pendant un moment, Myron se vit de retour lors de l'un de ces « projets week-end » avec Papa, dont certains duraient jusqu'à une heure entière. Ils se retrouvaient dehors avec une boîte à outils, Papa penché comme il l'était maintenant, marmonnant des obscénités. La seule tâche de Myron consistait à lui tendre les outils demandés comme une infirmière au bloc, tâche d'un ennui colossal mais qui lui fournissait l'occasion de développer son catalogue de soupirs.

— Salut, dit Myron.

Papa leva la tête, baissa son outil et sourit.

— Y a tout qui branle ici, dit-il. Mais évitons de parler de ta mère.

Myron rit. Ils s'installèrent sur les chaises en résine plantées autour d'une table empalée par un parasol. Devant eux, s'étalait le Bolivar Stadium, un petit bout de pelouse verdâtre qui avait accueilli d'innombrables parties, souvent en solo, de foot (américain mais pas seulement), de base-ball, de wiffle ball (le base-ball pour stades nains), de rugby (de préférence, les mêlées), de badminton et de lancer de cailloux, passe-temps ô combien formateur du futur sadique. Myron repéra, c'était le mot qui convenait, l'ex-potager de Maman dont le rendement annuel maximal avait été de trois molles tomates et trois flasques courgettes (ou le contraire) et qui disparaissait désormais sous une luxuriance de mauvaises herbes digne d'une jungle cambodgienne. À leur droite, se dressaient les restes rouillés du mât de tetherball ; pour les incultes, il s'agit d'un jeu dont le but consiste à frapper une balle attachée à un poteau de façon à enrouler la corde qui la relie audit poteau. Heureux ceux qui ignorent les stupidités de ce monde.

Myron s'éclaircit la gorge, posa les mains sur la table.

— Comme te sens-tu ?

Papa hocha la tête avec vigueur.

— Bien. Et toi ?

— Bien.

Le silence flotta comme un gros nuage de coton. Ouaté. Confortable. Le genre de silence qui s'installe parfois avec un père. Vous vous mettez à dériver dans le passé, vous êtes jeune et vous baignez dans cet agréable sentiment de sécurité qui englobe tout ce que seul un père peut procurer à un enfant. Vous le revoyez debout dans l'encadrement de la porte de la chambre plongée dans le noir alors que vous vous apprêtez à sombrer dans le sommeil du naïf, de l'innocent, du « pas fini ». En grandissant, vous vous rendez compte que cette sécurité n'était qu'une illusion, une des nombreuses déformations de l'enfance, comme la taille du jardin.

Ou peut-être, qu'avec un peu de chance, vous ne vous rendez compte de rien.

Papa paraissait plus vieux aujourd'hui, la peau de son visage aussi distendue que les biceps autrefois si durs et noueux sous le T-shirt. Myron cherchait ses mots. Papa ferma les yeux, compta jusqu'à trois, les rouvrit et dit :

— Ne dis rien.

— Quoi ?

— Ta mère est à peu près aussi subtile qu'un communiqué de presse de la Maison Blanche. Quand est-elle allée chercher à manger pour la dernière fois ?

— Je me demandais si ça lui était jamais arrivé.

— Une fois, dit Papa. J'avais quarante de fièvre. Et même là, elle a trouvé le moyen de se plaindre.

— Tu sais ce qu'elle va nous ramener ?

— Je sais surtout qu'elle m'impose désormais un régime spécial. À cause des douleurs à la poitrine.

Douleurs à la poitrine, euphémisme pour *crise cardiaque*.

— Ouais, je m'en doutais.

— Elle a même essayé de faire la cuisine. Elle te l'a dit ?

— Elle m'a préparé un gâteau à moi aussi, hier.

Le corps de Papa se raidit.

— Mon Dieu, dit-il. À son propre fils ?

— C'était assez effrayant.

— Cette femme possède de nombreux et superbes talents, mais ils pourraient parachuter les machins qu'elle élabore dans cette cuisine sur les peuples affamés d'Afrique, personne n'en voudrait.

— Alors, où elle est allée ?

— Ta mère pense le plus grand bien d'une espèce de boui-boui qui fait de la diététique moyen-orientale. Ils viennent d'ouvrir dans West Orange. Crois-le, mon fils, ce lieu de perdition s'appelle *Ayatollah Granola*.

Myron lui adressa un regard idiot.

— Dieu m'en est témoin, ça s'appelle comme ça. La bouffe est aussi sèche que cette dinde de Thanksgiving que ta mère a préparée quand tu avais huit ans. Tu t'en rappelles ?

— La nuit, elle hante encore mes pires cauchemars.

Papa regarda de nouveau ailleurs.

— Ta mère nous a laissés seuls pour qu'on parle, c'est ça ?

— Oui.

Il fit la grimace.

— Ça m'énerve quand elle est comme ça. Elle veut bien faire, ta mère. On le sait, tous les deux. Mais ne parlons pas, d'accord ?

— Comme tu veux.

— Elle croit que je n'aime pas vieillir. Édition spéciale : Personne n'aime vieillir. Mon ami, Herschel Diamond... tu te souviens d'Heshy ?

— Oui.

— Ce type énorme, tu vois ? Il a failli passer professionnel au foot quand nous étions jeunes. Donc, Heshy m'appelle et me dit que maintenant que j'ai pris ma retraite, je pourrais aller faire du tai chi avec lui. Tu entends ? Du tai chi. C'est quoi, ça ? Si j'ai envie de bouger au ralenti, j'ai qu'à prendre ma voiture, aller au centre communautaire et je trouverai plein de vieilles *yentas* qui seraient ravies que je me trémousse avec elles. Je veux dire, à quoi ça servirait ? Je lui ai dit non. Alors, Heshy, ce grand athlète, Myron, qui pouvait expédier un ballon à cinq cents mètres, ce merveilleux taureau de combat, il me dit qu'on pourrait marcher ensemble. Marcher. Au centre commercial. De la marche sportive, il appelle ça. Au centre commercial, par-dessus le marché. Heshy a toujours détesté le centre commercial... et maintenant il veut qu'on aille y trottiner comme un couple de crétins en survêtements assortis et petites haltères de *feygelah* pour se muscler les bras, sans oublier les chaussures de marche hors de prix. Des chaussures de marche, il appelle ça. C'est une nouvelle invention, ça ou quoi ? Je n'ai jamais eu une paire de chaussures qui m'empêchaient de marcher. J'ai raison ou pas ?

Il attendait une réponse.

— Tu as raison, dit Myron.

Papa se leva. Il attrapa un tournevis et fit semblant de tournevisser.

— Alors maintenant, parce que je ne veux pas jouer au vénérable Chinois ni marcher à travers un centre commercial en baskets de luxe, ta mère pense que je ne m'adapte pas. Tu entends ce que je dis ?

— Oui.

Papa restait penché, bidouillant sa rampe. Au loin, Myron entendait des enfants jouer. Une sonnette de vélo. Un rire. Une tondeuse à gazon. La voix de Papa, quand il reprit la parole, était étonnamment douce.

— Tu sais ce que ta mère veut vraiment qu'on fasse ? demanda-t-il.

— Quoi ?

Les yeux aux lourdes paupières de Papa se posèrent enfin sur lui.

— Elle veut que toi et moi, on inverse les rôles. Je ne veux pas qu'on inverse les rôles, Myron. Je suis le père. J'aime être le père. Laisse-moi le rester, d'accord ?

Myron eut du mal à parler.

— Bien sûr, Papa.

Son père baissa la tête de nouveau, les boucles grises bouclant de plus belle avec l'humidité, la respiration lourde à force de se battre avec son tournevis et Myron sentit de nouveau quelque chose lui ouvrir la poitrine et lui saisir le cœur. Il regarda cet homme qu'il aimait depuis si longtemps, cet homme qui était allé chaque jour pendant plus de trente ans sans jamais se plaindre dans cet entrepôt surchauffé de Newark, et Myron se rendit compte qu'il ne le connaissait pas. Il ignorait les rêves de son père, ce qu'il voulait devenir quand il était gosse, ce qu'il pensait de sa propre vie.

Papa continuait à tourner sa vis. Myron l'observait. *Promets-moi que tu ne mourras pas, d'accord ? Promets-moi ça, c'est tout.*

Il avait failli le dire à haute voix.

Papa se redressa pour examiner son travail. Satisfait, il se rassit. Ils se mirent à parler des Knicks, du dernier film de Kevin Costner, du dernier livre de Nelson DeMille. Ils rangèrent la boîte à outils. Ils burent du thé glacé, allongés côte à côte dans des chaises longues identiques. Une heure passa. Un silence confortable s'était installé avec eux. Myron jouait avec la condensation sur son verre. Il entendait la respiration de son père, à peine sifflante maintenant. Le crépuscule tombait, mettant le ciel en sang, les arbres en feu.

— J'ai une hypothèse à te soumettre, dit Myron.

— Ah ?

— Qu'est-ce que tu ferais si tu apprenais que tu n'es pas mon vrai père ?

Les sourcils de Papa sautèrent sur son front.

— Tu essaies de me dire quelque chose ?

— C'est juste une hypothèse. Imagine que tu découvres maintenant que je ne suis pas ton fils biologique. Comment réagirais-tu ?

— Ça dépend.

— De ?

— De comment tu réagirais.

— Ça ne ferait aucune différence pour moi, dit Myron.

Papa sourit.

— Quoi ? fit Myron.

— C'est facile pour tous les deux de se dire que ça ne changerait rien. Mais ce genre de nouvelle, c'est une vraie bombe. On ne peut pas prédire le comportement des gens quand une bombe explose. Quand j'étais en Corée...

Papa s'interrompit, Myron se redressa.

— ...eh bien, on ne peut pas prévoir la réaction des gens.

Sa voix s'éteignit. Il toussa dans son poing et enchaîna.

— Des types qu'on prenait pour des héros perdent complètement les pédales… et vice versa. C'est pour ça qu'on ne peut pas poser des questions pareilles en disant que c'est juste une hypothèse.

Myron contemplait son père. Celui-ci continuait à fixer la pelouse, buvant une autre gorgée.

— Tu ne parles jamais de la Corée, dit Myron.

— J'en parle, dit Papa.

— Pas avec moi.

— Non, pas avec toi.

— Pourquoi pas ?

— C'est pour cette raison que je me suis battu. Pour ne pas avoir à en parler avec toi.

Ça ne voulait rien dire et Myron comprenait.

— Il y a une raison pour que tu évoques cette hypothèse précise ? s'enquit Papa.

— Non.

Papa hocha la tête. Il savait que c'était un mensonge mais il n'insisterait pas. Ils se renfoncèrent dans leur siège pour contempler le paysage familier.

— Le tai chi, c'est pas si mal, dit Myron. C'est un art martial. Comme le taekwondo. J'ai même pensé m'y mettre, moi aussi.

Papa but encore. Myron risqua un regard du coin de l'œil. Quelque chose sur le visage de son père commençait à frémir. Est-ce que Papa devenait effectivement plus petit, plus fragile… ou bien était-ce comme le jardin et le sentiment de sécurité, encore une fois la perception mouvante d'un enfant devenu adulte ?

— P'pa… ?

— Rentrons, dit son père en se levant. Un coucher de soleil pareil, ça allume la nostalgie. Tu vas pas tarder à proposer de faire un catch.

Myron ravala un rire et le suivit à l'intérieur. Maman revint peu de temps après, les bras chargés de deux sacs de plats tout préparés. Ses Tables de la loi, en quelque sorte.

— Tout le monde a faim ? cria-t-elle.

— J'ai si faim, répondit Papa, que je mangerais un végétarien.

— Très drôle, Al.

— J'irais même jusqu'à manger un plat que tu as préparé...

— Ha ha, dit Maman.

— ... mais je préférerais un végétarien.

— Arrête, Al, je vais attraper une congestion à rire comme ça.

Maman lâcha ses sacs sur le comptoir de la cuisine.

— Tu vois, Myron, reprit-elle. C'est une bonne chose que ta mère soit idiote.

— Idiote ? demanda Myron.

— Si je jugeais un homme sur son intelligence ou sur son sens de l'humour, tu ne serais pas né.

— Tout juste, dit Papa avec un gros sourire. Mais un seul regard sur ton chéri en costume de bain et pan... t'es toute à moi.

— Oh, s'il te plaît, dit Maman.

— Oui, dit Myron. S'il te plaît.

Ils le regardèrent tous les deux. Maman s'éclaircit la gorge.

— Alors, tous les deux, vous avez... parlé ?

— On a parlé, dit Papa. C'était très enrichissant. Instructif, même. J'ai compris mes erreurs. Ce qui n'allait pas chez moi.

— Je suis sérieuse.

— Moi aussi. Je vois tout différemment maintenant. Elle l'enlaça par la taille et se blottit contre lui.

— Alors, tu vas appeler Heshy ?

— Je vais appeler Heshy, dit-il.

— C'est promis.

— Oui, Ellen, c'est promis.

— Tu iras au centre faire du jaï alaï avec lui ?

— Du tai chi, corrigea Papa.

— Quoi ?

— Du tai chi. Le jaï alaï, c'est un jeu qu'on pratique en Floride, de la pelote basque.

— Et pourquoi ça s'appelle jaï alaï, si c'est de la pelote basque ?

— Peut-être que jaï alaï, ça veut dire pelote basque en basque.

— Et tai chi, ça veut dire quoi en basque ?

— C'est du chinois.

— Hein ?

— Tai chi, c'est du chinois, confirma Papa.

— On dirait du basque. Du tai chi, alors ?

— Je crois, oui.

— Mais tu n'es pas sûr ?

— Non, je ne suis pas sûr, dit Papa. Peut-être que tu as raison. Peut-être que c'est du jaï alaï.

Le débat sur le nom continua encore un moment. Myron ne cherchait pas à les corriger. Ne jamais interférer dans cette étrange danse qu'on appelle discussion conjugale. Ils mangèrent la bouffe diététique. Qui était vraiment atroce. Ils rirent beaucoup. Ses parents se dirent « tu ne sais pas de quoi tu parles » environ cinquante fois ; ce qui était peut-être une allégorie pour « je t'aime ».

Myron finit par se lever. Maman l'embrassa et se télé-porta dans une autre dimension. Papa le raccompagna à sa voiture. La nuit était silencieuse à l'exception d'un ballon de basket qui rebondissait sur le sol dans Darby Road ou peut-être dans Coddington Terrace. Joli bruit. Quand il étreignit son père, Myron remarqua de nouveau qu'il semblait plus petit, moins substantiel. Pour la première fois, il eut l'impression d'être le plus grand, le plus costaud, et il se souvint subitement de ce que Papa avait dit à propos de l'inversion des rôles. Alors, il s'accrocha à lui dans l'obscurité. Du temps passa. Papa lui tapota le dos. Myron garda les yeux fermés et le serra contre lui encore un peu plus fort. Papa lui caressa les cheveux et fit : « Cchhh… » Juste pendant un instant. Jusqu'à ce que les rôles s'inversent de nouveau, les renvoyant tous les deux là où ils devaient être.

25

Granite Man attendait devant le Dakota.

Myron le repéra alors qu'il se trouvait encore dans sa voiture. Il appela Win.

— J'ai de la compagnie.

— Je vois, dit Win. Un gentleman assez imposant. Deux acolytes sont garés de l'autre côté de la rue dans un véhicule de société appartenant à la famille Lex.

— Je laisse mon portable branché.

— La dernière fois, ils te l'ont confisqué, lui rappela Win.

— Oui.

— Ils vont sans doute recommencer.

— On improvisera...

— Tes funérailles, dit Win avant de raccrocher.

Myron trouva une place sur le parking et se dirigea vers Granite Man.

— Mme Lex veut vous voir.

— Pourquoi ? demanda Myron.

Granite Man ignora la question.

— Peut-être m'a-t-elle vu faire mes exercices sur vos bandes vidéo, reprit Myron. Et a-t-elle envie de mieux me connaître.

Cela ne fit pas rire Granite Man.

— Vous n'avez jamais pensé à monter sur scène ? dit-il.

— On m'a fait quelques propositions.

— J'en doute pas. Montez dans la voiture.

— D'accord, mais j'ai un couvre-feu. Et je ne mets jamais la langue au premier rendez-vous. Je ne voudrais pas que vous vous fassiez de fausses idées.

Granite Man secoua la tête.

— Comme j'aimerais vous écraser la gueule.

Ils montèrent dans la voiture. Deux blazers bleus étaient assis devant. Le trajet aurait été silencieux sans les Magiques Jointures Craquantes de Granite Man. Le building Lex émergea à regret de l'obscurité. Myron eut de nouveau droit aux procédures de sécurité. Comme l'avait prédit Win, ils lui confisquèrent son téléphone. Cette fois, Granite Man et les deux blazers tournèrent à gauche et non à droite. Ils l'escortèrent jusqu'à un ascenseur. Qui montait directement dans ce qui ressemblait à des quartiers d'habitations.

Le bureau de Susan Lex avait eu droit au traitement palais de la Renaissance, mais pour cet appartement – à défaut d'un mot plus adéquat – on avait choisi une option radicalement différente. Moderne et minimaliste, pour ainsi dire. Le parquet était gris pigeon, les murs d'un blanc pétant que rien, pas le moindre cadre, pas le moindre objet, n'empêchait de péter. Les étagères noires et blanches en fibre de verre étaient généralement vides ou sinon supportaient des figurines confuses. Le canapé rouge s'offrait sous la forme d'une bouche pulpeuse. Il y avait un bar en lucite plus ou moins transparent et copieusement garni. Deux tabourets métalliques pivotant aux pieds rouges semblaient aussi accueillants que des thermomètres rectaux. Un feu dansait paresseusement dans la cheminée, de fausses bûches projetant une lueur surnaturelle sur le manteau noir. L'ambiance était aussi chaleureuse que dans un congélateur industriel vide.

Myron se balada à travers la pièce, feignant de s'y intéresser. Il s'arrêta devant une statuette de cristal au socle en marbre. Un truc cubiste ou autre, auquel Myron trouva aussitôt un titre : Mouvements Intestinaux. Il toucha la chose. C'était du solide, du dur. Le modèle devait être constipé. Il abandonna l'œuvre d'art pour admirer la vue derrière la fenêtre en verre sans tain. Ils étaient trop bas pour admirer quoi que ce soit au-delà du mur végétal recouvrant le portail d'entrée. Hum.

Les deux blazers bleus exécutèrent leur rituel de relève de la garde de part et d'autre de la porte. Très Buckingham Palace. Granite Man suivait Myron, les mains croisées derrière le dos. Une autre porte s'ouvrit à l'autre bout de la pièce. Myron ne fut pas surpris de voir apparaître Susan Lex qui garda de nouveau ses distances. Cette fois, un homme l'accompagnait. Myron ne se donna pas la peine de venir à leur rencontre.

— Et vous êtes ? demanda-t-il.

Susan Lex répondit.

— Voici mon frère, Bronwyn.

— Ce n'est pas le frère qui m'intéresse, dit Myron.

— Je sais. Asseyez-vous, s'il vous plaît.

Granite Man fit un geste vers le canapé bouche. Myron s'installa sur la lèvre inférieure, s'attendant à être avalé. Granite Man prit place tout près de lui. Cosy.

— Bronwyn et moi aimerions que vous répondiez à certaines questions, monsieur Bolitar, dit Susan Lex.

— Vous ne pourriez pas venir un peu plus près ?

Elle sourit.

— Je ne crois pas.

— J'ai pris une douche.

Elle ignora la remarque.

— Je crois comprendre que vous vous livrez parfois à des travaux d'investigation, dit-elle.

Silence de Myron.

— Est-ce exact ?

— Ça dépend de ce que vous entendez par travaux d'investigation.

— Je prendrai cela pour un oui, dit Susan Lex. Est-ce en raison d'une enquête que vous recherchez mon frère ?

— Je vous ai déjà dit pourquoi je le recherche.

— Cette fable selon laquelle il serait donneur de moelle osseuse ?

— Ce n'est pas une fable.

275

— S'il vous plaît, monsieur Bolitar, dit Susan Lex avec cet air des gens riches. Nous savons tous les deux que c'est un mensonge.

Myron commença à se lever. Granite Man posa une main sur sa cuisse. Au contact, le jambon se transformait en parpaing. Granite Man secoua la tête. Myron resta là où il était.

— Ce n'est pas un mensonge, dit-il.

— Nous perdons notre temps, dit Susan Lex.

Elle fit un truc à peine perceptible avec ses yeux en direction de Granite Man.

— Montrez-lui les photos, Grover.

Myron se tourna vers lui.

— Grover est le nom de mon personnage préféré dans *Sesame Street*. Je tiens à ce que vous le sachiez.

— Nous vous avons suivi, *Myron*.

Granite Man lui tendit une pile de clichés. Des épreuves vingt-quatre-trente-six le montrant chez Gibbs. Sur la première, il frappait à la porte. Sur la seconde, Gibbs montrait sa tête. Sur la troisième, ils pénétraient ensemble dans l'appartement.

— Eh bien ?

— Vous avez raté mon meilleur profil.

— Nous savons que vous travaillez pour Stan Gibbs, dit Susan Lex.

— À faire quoi, selon vous ?

— Comme je viens de le dire, une enquête. À présent que nous connaissons vos motivations réelles, dites-moi ce que cela me coûtera pour que vous arrêtiez.

— Je ne sais pas de quoi vous parlez.

— Je m'exprime pourtant de façon très simple. Combien cela va-t-il me coûter pour que vous cessiez votre enquête ? demanda Susan Lex. Ou bien allez-vous nous forcer à vous détruire, vous aussi.

Vous aussi ?

Déclic cérébral.

Myron s'adressa au frère muet.

— Laissez-moi vous demander quelque chose, Bronwyn. Dennis et vous étiez ensemble en maternelle jusqu'à ce que vous vous absentiez tous les deux. Deux semaines plus tard, vous seul êtes revenu. Comment cela se fait-il ? Qu'est-il arrivé à votre frère ?

La bouche de Bronwyn s'ouvrit et se ferma, façon marionnette. Il chercha de l'aide auprès de sa sœur.

— Après cet épisode, il a disparu de la surface de la Terre, continua Myron. Pendant trente ans, c'est comme s'il avait vécu sur une autre planète. Et, tout à coup, le revoilà. Il a changé de nom, ouvert un petit compte bancaire, donné son sang à un centre de moelle osseuse. Alors, Bron, qu'est-ce que ça veut dire ? Vous avez une idée ?

— C'est tout bonnement impossible ! dit Bronwyn.

Sa sœur le réduisit au silence d'un regard. Mais Myron sentit quelque chose dans l'air. Il analysa ce qu'il reniflait et une idée nouvelle le frappa : les Lex ne connaissaient peut-être pas la réponse. Peut-être étaient-ils, eux aussi, à la recherche de Dennis.

Et pendant que cette idée le frappait, Granite Man en fit autant. Son poing entra en contact avec le tissu du canapé, mais seulement après lui avoir traversé le ventre, Myron s'écroula à terre, le souffle coupé, hoquetant. La tête dans les genoux, il n'avait plus qu'une obsession : de l'air. Il avait besoin d'air.

La voix de Susan Lex explosa dans ses oreilles.

— Stan Gibbs connaît la vérité. Son père est un abominable menteur. Ses accusations sont totalement sans fondement. Mais je défendrai ma famille, monsieur Bolitar. Vous direz à M. Gibbs que ses souffrances n'ont pas encore commencé. Ce qu'il lui est arrivé jusqu'à présent n'est rien en comparaison de ce que je vais lui faire – ainsi qu'à vous – s'il ne s'arrête pas. Vous comprenez ?

De l'air. Pas assez. Myron réussit à ne pas vomir. Il prit son temps, leva les yeux, trouva les siens.

— Pas le moins du monde, dit-il.

Susan Lex regarda Grover.

— Alors, faites-lui comprendre.

Là-dessus, elle quitta la pièce. Son frère, après une infime hésitation, la suivit.

Myron retrouvait son souffle, spasme après spasme.

— Joli coup en traître, Grover.

Celui-ci haussa les épaules.

— J'ai pas forcé.

— La prochaine fois, je serai prêt.

— Ça changera rien.

— On verra, dit Myron qui réussit à se mettre à genoux. Bon, de quoi est-ce qu'elle parlait ?

— Mme Lex a pourtant été très claire, dit Grover. Mais comme vous semblez un peu mou du cerveau, je vais répéter sa position. Elle n'apprécie pas que l'on interfère dans ses affaires. Stan Gibbs, par exemple, a interféré. Vous avez vu ce qu'il lui est arrivé. Vous interférez. Vous êtes donc sur le point de voir ce qui va vous arriver.

Myron se releva. Les blazers restaient à la porte. Granite Man s'était remis à faire craquer ses jointures.

— Écoutez attentivement, je vous prie, reprit-il. Je vais vous briser une jambe. Ensuite, je vous laisserai vous traîner dehors pour aller dire à Gibbs que s'il fourre encore son nez là où il ne faut pas, je vous extermine tous les deux. Des questions ?

— Une seule, dit Myron. Vous ne trouvez pas que le coup de la jambe brisée, ça fait un peu cliché ?

Grover sourit.

— Pas comme je vais vous la briser.

Myron regarda autour de lui.

— Aucune issue, mon ami.

— Qui cherche une issue ? rétorqua Myron.

Soudain, il s'empara de la statuette aux intestins si durs. Les blazers bleus dégainèrent leurs armes. Granite Man se baissa. Mais Myron ne comptait pas s'en prendre à eux. Il tendit les bras, pivota sur lui-même à la façon d'un lanceur de disque et expédia le socle en marbre vers la vitre sans tain. Le verre explosa.

Et la fusillade démarra.

— À terre ! cria Myron.

Les blazers obéirent. Myron plongea. Les balles arrivaient méthodiquement, l'une après l'autre. Façon sniper. Le néon éclata. Puis ce fut le tour de la lampe.

Win, cet amour.

— Si vous voulez vivre, cria Myron, restez couchés.

Les coups de feu cessèrent. Un des blazers leva le front. Une balle siffla sur sa tête, lui dessinant presque une nouvelle raie dans les cheveux. Il s'enfonça le nez dans le parquet.

— Je vais me lever maintenant, dit Myron. Et je vais partir. Mon conseil ? Déguisez-vous en moquette. Eh, Grover ?

— Quoi ?

— Appelez en bas. Dites-leur de ne pas m'arrêter. Je ne puis en être certain mais je crains fort que mon ami ne fasse usage d'un lance-grenade si je suis retardé.

Granite Man passa l'appel sur sa radio. Personne ne bougeait. Myron se leva. Il faillit sortir en sifflotant.

26

Il était minuit quand Myron frappa à la porte de Stan Gibbs.

— Allons faire un tour, lui dit-il.

Stan jeta sa cigarette, vissa sa semelle sur le mégot.

— En bagnole, alors, dit-il. Les fédéraux ont des micros longue portée.

Ils s'installèrent dans la Ford Taurus, alias la benne à gonzesses, de Myron. Stan Gibbs brancha la radio et tomba sur un truc imbuvable. Une pub pour Heineken. Qui a vraiment envie de savoir qu'elle est importée par Van Munchin and Company ?

— Vous portez un micro, Myron ?

— Non.

— Mais vous avez causé au FBI, dit Stan. Après votre départ.

— Comment le savez-vous ?

Haussement d'épaules.

— Ils me surveillent. Logique de penser qu'ils ont dû vous interroger.

— Parlez-moi de Dennis Lex, dit Myron.

— Je vous l'ai déjà dit. Connais pas.

— Un grand type nommé Grover est venu me cueillir ce soir devant chez moi. Susan Lex et lui m'ont demandé avec une certaine solennité de ne plus faire mumuse avec vous. Bronwyn était là, lui aussi.

Stan Gibbs ferma les yeux et se les frotta.

— Ils savaient que vous étiez venu ici.

— Ils avaient même des photos.

— Et ils en ont conclu que vous travailliez pour moi.

— Bingo.

Stan secoua la tête.

— Tirez-vous, Myron. Abandonnez. Ne vous frottez pas à ces gens.

— C'est le conseil que vous auriez aimé qu'on vous donne ?

Il n'y avait rien derrière le sourire de Stan Gibbs. L'épuisement émanait de lui comme les vapeurs d'un trottoir surchauffé.

— Vous n'avez pas idée de qui sont ces gens.

— Racontez-moi.

— Non.

— Je peux vous aider, dit Myron.

— Contre les Lex ? Ils sont trop puissants.

— Et c'est à cause de cette puissance que vous vouliez publier un article sur eux ?

Stan ne dit rien.

— Ils n'ont pas apprécié. En fait, ils ont fortement désapprouvé.

Toujours rien.

— Vous vous êtes mis à gratter là où ça fait mal et vous avez appris qu'il y avait un autre frère nommé Dennis.

— Oui.

— Et ça, ça les a vraiment énervés.

Stan commença à se ronger la peau autour d'un ongle.

— Allez, Stan. Ne m'obligez pas à vous tirer les vers du nez.

— Vous avez déjà beaucoup tiré.

— Alors, racontez-moi.

— Je voulais faire un article sur eux. Un dossier, en fait. J'avais même un éditeur prêt à me signer un contrat pour un bouquin. Mais les Lex en ont eu vent. Ils m'ont averti. Pas touche. Un grand type est venu chez moi. J'ai pas compris son nom. On aurait dit Sergent Rock.

— Ça devait être Grover.

— Il m'a donné le choix : arrêter ou me faire détruire.

— Ce qui n'a fait qu'accroître votre curiosité.

— Faut croire.

— Et vous avez découvert l'existence de Dennis Lex.

— Oui, mais juste son existence. Et qu'il avait disparu quand il était encore tout jeune enfant.

Stan se tourna vers lui. Myron ralentit la voiture et sentit quelque chose ramper sur son scalp.

— Disparu comme les victimes du Semeur de Graines, acheva-t-il.

— Non, dit Stan.

— Pourquoi non ?

283

— C'est différent.

— En quoi ?

— Ça va vous paraître idiot, dit Stan, mais je n'ai pas senti chez les Lex le même genre de terreur que chez les autres familles.

— Chez les riches, on appelle ça sauver les apparences.

— C'est autre chose, dit Stan. Je n'arrive pas à mettre précisément le doigt dessus. Mais je suis sûr que Susan et Bronwyn Lex savent ce qui est arrivé à leur frère.

— Et ils tiennent à garder le secret ?

— Oui.

— Pour quelle raison ? Vous avez une idée ?

— Non.

Myron vérifia dans le rétro. Les fédéraux les suivaient à distance raisonnable.

— Vous croyez que Susan Lex est responsable de la réapparition de ce roman ?

— L'idée m'a traversé l'esprit.

— Et, au passage, vous ne l'avez pas arrêtée pour l'examiner de plus près ?

— C'est ce que je faisais quand le scandale a éclaté. Peu après, j'ai reçu un coup de fil du grand type. Il m'a dit que c'était que le début. Qu'il avait juste claqué des doigts et que la prochaine fois il m'écraserait entre ses paumes.

— Ce garçon peut être très poétique, dit Myron.

— Oui.

— Mais il y a encore un truc qui me gêne.

— Quoi ?

— On ne vous effraie pas si facilement. Quand ils vous ont prévenu la première fois, vous les avez ignorés. Après ce qu'ils vous avaient fait, j'aurais pensé que vous auriez cogné vous aussi.

— Vous oubliez quelque chose, dit Stan.

— Quoi ?

— Melina Garston.

Silence.

— Réfléchissez, dit Stan. Ma maîtresse, la seule personne qui peut confirmer ma rencontre avec le Semeur de Graines, se fait tuer.

— Son père prétend qu'elle a démenti cette rencontre.

— Ben voyons. Lors d'une étrange confession faite juste la veille de sa mort.

— Vous pensez que les Lex sont derrière ça aussi ?

— Pourquoi pas ? Regardez ce qui s'est passé. Qui est le principal suspect du meurtre de Melina ? Moi, n'est-ce pas ? C'est bien ce que les feds vous ont dit ? Ils pensent que je l'ai tuée. Nous savons que les Lex ont assez d'influence pour faire réapparaître ce roman que j'ai soi-disant plagié. Ils sont peut-être capables de bien plus que ça.

— Comme, par exemple, vous faire porter le chapeau pour le meurtre ?

— Le chapeau et le reste.

— Donc, selon vous, ils auraient tué Melina Garston ?

— Peut-être. Ou alors c'est le Semeur de Graines. Je ne sais pas.

285

— Mais vous êtes persuadé que le meurtre de Melina constituait un avertissement.

— J'en suis certain, dit Stan Gibbs. Ce que je ne sais pas, c'est qui l'a envoyé.

À la radio, Stevie chantait le paradis passé. Oh yeah.

— Vous oubliez quelque chose, Stan.

Stan garda les yeux fixés droit devant.

— Quoi donc ?

— Le lien personnel, dit Myron.

— Que voulez-vous dire ?

— Susan Lex a mentionné votre père. Elle a dit que c'était un menteur.

Stan haussa les épaules.

— Elle a peut-être raison.

— Qu'a-t-il à voir avec tout ça ?

— Ramenez-moi.

— Ne recommencez pas à me faire des cachotteries.

— Que voulez-vous vraiment, Myron ?

— Je vous demande pardon ?

— Quel est votre intérêt dans cette affaire ?

— Je vous l'ai déjà dit.

— Ce garçon qui a besoin d'une greffe de moelle osseuse ?

— Il a treize ans, Stan. Il mourra sans ça.

— Et pourquoi devrais-je vous croire ? J'ai fait quelques recherches, moi aussi. Vous avez travaillé pour le gouvernement.

— Il y a longtemps.

— Et peut-être que maintenant vous aidez vos copains du FBI. Ou même, la famille Lex.

— Non.

— C'est un risque que je ne peux pas courir.

— Pourquoi pas ? Vous me dites la vérité, non ? Il n'y a pas de mal à dire la vérité.

— Elle est excellente, celle-là. J'la connaissais pas.

— Pourquoi Susan Lex a-t-elle parlé de votre père ? Rien.

— Où est votre père ? demanda Myron.

— C'est bien ça le problème.

— Quoi ?

Stan le regarda.

— Il a disparu. Il y a huit ans.

Disparu. Encore ce mot.

— Je sais ce que vous pensez, reprit Stan, et vous vous trompez. Mon père n'était pas un homme bien portant. Sa vie n'a été qu'une longue succession de séjours dans diverses institutions. Nous avons toujours cru qu'il s'était enfui.

— Mais vous n'avez plus jamais reçu de nouvelles de lui.

— C'est exact.

— Dennis Lex disparaît. Votre père disparaît...

— À plus de vingt ans d'intervalle, le coupa Stan. Il n'y a aucun rapport.

— Alors, je ne comprends toujours pas, dit Myron. En quoi votre père ou sa disparition concernent-ils les Lex ?

— Ils pensent que c'est à cause de lui que je voulais faire ce dossier sur eux. Mais ils se trompent.

— Pourquoi penseraient-ils une chose pareille ?

— Mon père a fait partie des étudiants de Raymond Lex. Avant la publication des *Confessions de minuit.*

287

— Et ?

— Mon père a prétendu que le roman était de lui. Il disait que Raymond Lex le lui avait volé.

— Doux Jésus.

— Personne ne l'a cru, ajouta Stan très vite. Comme je disais, il n'avait pas toute sa tête.

— Néanmoins, vous décidez soudain d'enquêter sur cette famille ?

— Oui.

— Et vous êtes en train de me dire qu'il s'agit juste d'une coïncidence ? Que votre enquête n'a rien à voir avec les accusations de votre père ?

Stan posa le front contre la vitre de la portière, comme un gosse qui se languit de rentrer à la maison.

— Personne, moi pas plus que les autres, n'a cru mon père. C'était un homme malade. Délirant même.

— Et ?

— Au bout du compte, c'est quand même mon père. Je lui dois au moins le bénéfice du doute.

— Croyez-vous que Raymond Lex a plagié votre père ?

— Non.

— Croyez-vous que votre père soit toujours en vie ?

— Je ne sais pas.

— Il doit bien y avoir un rapport. Votre article, la famille Lex, les accusations de votre père…

Stan ferma les yeux.

— On arrête.

Myron changea de voie.

— Comment le Semeur de Graines entrait-il en contact avec vous ?

— Je ne révèle jamais mes sources.

— Allons, Stan.

— Non, dit-il fermement. J'ai peut-être beaucoup perdu, mais pas ça. C'est à peu près tout ce qu'il me reste. Vous savez que je ne peux rien dire.

— Vous savez qui c'est, n'est-ce pas ?

— Ramenez-moi chez moi, Myron.

— Est-ce Dennis Lex… ou bien est-ce le même ravisseur qui a enlevé Dennis Lex ?

Stan croisa les bras.

— Chez moi, répéta-t-il.

Son visage s'était fermé. Myron le vit. Il n'en obtiendrait plus rien ce soir. Il prit à droite pour revenir vers l'appartement. Ni l'un ni l'autre ne prononcèrent le moindre mot jusqu'à l'arrêt de la voiture devant l'immeuble.

— C'est vrai ce que vous m'avez dit, Myron ? À propos du donneur de moelle ?

— Oui.

— Ce garçon est un de vos proches ?

Myron garda les deux mains sur le volant.

— Oui.

— Il n'y a donc aucune chance pour que vous renonciez ?

— Aucune.

Stan hocha la tête, pour lui-même surtout.

— Vous allez devoir m'accorder votre confiance.

— Que voulez-vous dire ?

— Donnez-moi quelques jours.

— Pour quoi faire ?

— Vous n'aurez pas de mes nouvelles pendant un moment. Que cela n'ébranle pas votre foi.

— De quoi parlez-vous ?

— Vous avez des choses à faire, dit-il. Moi aussi.

Stan Gibbs sortit de la voiture et disparut dans la nuit.

27

Un coup de téléphone de Greg Downing réveilla Myron le lendemain matin.

— Nathan Mostoni a quitté la ville, dit-il. Je suis revenu à New York. Je dois passer prendre mon fils cet après-midi.

Bonjour-bonjour à toi aussi, pensa Myron. Mais il garda sa langue en sommeil.

— Je vais au Y de la 92e faire quelques paniers, dit Greg. Tu veux venir ?

— Non.

— Viens quand même. À dix heures.

— Je serai en retard.

Myron raccrocha et s'extirpa du lit. Il vérifia ses mails et en trouva un du contact d'Esperanza à AgeComp. Était joint un fichier JPEG. Il cliqua dessus. Une image apparut lentement sur l'écran. Le visage possible d'un Dennis Lex proche de la quarantaine. Bizarre. Myron l'examina. Pas familier. Pas familier du tout. Remarquables, ces images cybertraitées. Très vivantes. Sauf les yeux. Les yeux ressemblent toujours à des yeux de morts.

Il cliqua sur l'icône d'impression et entendit son Hewlett-Packard se mettre au boulot. Myron vérifia l'heure dans le coin en haut à droite de l'écran. Il était tôt encore, mais il ne voulait pas attendre.

Il appela le père de Melina Garston.

George Garston accepta de le recevoir dans son penthouse sur la 5e Avenue et la 72e Rue, donnant sur Central Park. Une femme brune vint répondre à la porte. Elle se présenta comme Sandra et le précéda dans un couloir. Myron regarda par une fenêtre. Il aperçut la silhouette gothique du Dakota de l'autre côté du parc. Il se souvint d'avoir lu quelque part que Woody et Mia agitaient des serviettes depuis leurs appartements respectifs de part et d'autre de Central Park. Autres temps, autres mœurs.

— Je ne comprends pas pourquoi vous vous intéressez à ma fille, lui dit George Garston.

Il portait un polo bleu qui aurait fait trop classique sans la touffe de poils blancs qui en jaillissait à la manière d'une poupée troll. Son crâne chauve était une sphère quasi parfaite coincée entre les deux rocs qui lui servaient d'épaules. La carrure solide et fière proclamait l'immigrant qui a réussi, mais on sentait qu'il avait pris un coup. Il avait le dos rond de ceux qui souffrent en permanence. Myron avait déjà vu ça. Des peines qui vous cassent les os. Vous continuez à avancer mais vous êtes voûté. Vous souriez, mais c'est juste une contraction musculaire.

— Je recherche quelqu'un, expliqua-t-il. Il se peut que cette personne soit liée au meurtre de votre fille, mais je n'ai aucune certitude.

Les rideaux étaient tirés et la seule lampe allumée avait bien du mal avec le mobilier en merisier trop sombre. George Garston se tourna de profil pour contempler l'élégant papier peint.

— Nous avons déjà travaillé ensemble, dit-il à Myron. Pas nous personnellement. Nos sociétés. Vous le saviez ?

— Oui.

George Garston avait fait fortune en montant une chaîne de quasi-restaurants grecs, ces trucs qui marchent surtout dans les centres commerciaux, pris en sandwich entre un débit de burgers et une pizzeria. La chaîne s'appelait Achilles Meals. Sans blague. Myron avait eu sous contrat un joueur de hockey grec qui avait fait de la pub pour les Tendrons d'Achille. Quelque part dans le Middle West.

— Donc, un agent sportif s'intéresse au meurtre de ma fille, dit Garston.

— C'est une longue histoire.

— Les policiers ne sont pas très bavards. Mais ils croient que c'est son petit ami. Le journaliste. Vous êtes aussi de cet avis ?

— Je ne sais pas. Qu'en pensez-vous ?

Garston émit un bruit méprisant. Myron distinguait à peine son visage.

— Qu'en pensez-vous ? répéta Garston. On croirait entendre un de ces psys censés vous aider à surmonter votre deuil.

— Ce n'était pas mon intention.

— À dégueuler toutes ces conneries sur la sensibilité. Ils cherchent juste à faire diversion. Ils prétendent le contraire. Mais, en fait, ils vous font creuser si loin au fond de vous-même que c'est comme un trou. Et là, au fond du trou, vous pouvez plus voir à quel point votre vie est foutue.

Il grogna et s'agita sur sa chaise.

— Je n'ai pas d'avis sur Stan Gibbs. Je ne l'ai jamais vu.

— Saviez-vous que votre fille sortait avec lui ?

Dans la pénombre, Myron vit la grosse tête se balancer silencieusement d'avant en arrière.

— Elle m'avait dit qu'elle voyait quelqu'un. Sans me dire son nom. Ni qu'il était marié.

— Vous l'auriez désapprouvée ?

— Bien sûr que je l'aurais désapprouvée.

Il essayait de se montrer cassant mais il était bien au-delà de ce genre d'indignation.

— Vous seriez d'accord, vous, si votre fille sortait avec un homme marié ?

— J'imagine que non. Donc, vous ne saviez rien de sa relation avec Stan Gibbs ?

— Rien.

— On m'a dit que vous lui avez parlé peu de temps avant sa mort.

— Quatre jours avant.

— Pouvez-vous me parler de cette conversation ?

— Melina avait bu, dit-il de ce ton monotone qu'on a quand les mots ont ricoché trop longtemps dans le crâne. Beaucoup. Elle buvait trop, ma fille. Elle tenait ça de Papa... qui lui-même le tenait de son papa. Le patrimoine familial des Garston.

Cette fois, son ricanement ressemblait bien plus à un sanglot qu'à quoi que ce soit proche d'un rire.

— Melina vous a parlé de son témoignage ?

294

— Oui.

— Pourriez-vous me répéter ce qu'elle a dit exactement ?

— « J'ai fait une erreur, Papa. » Voilà ce qu'elle a dit. Elle a dit qu'elle avait menti.

— Qu'avez-vous répondu ?

— Je ne savais même pas de quoi elle parlait. Comme je vous disais, je n'étais pas au courant pour son ami.

— Lui avez-vous demandé de s'expliquer ?

— Oui.

— Et ?

— Elle ne l'a pas fait. Elle m'a dit de laisser tomber. Elle a dit qu'elle allait s'en occuper. Puis elle m'a dit qu'elle m'aimait et elle a raccroché.

Silence.

— J'ai eu deux enfants, monsieur Bolitar. Vous le saviez ?

Myron secoua la tête.

— Mon Michael est mort dans un avion qui s'est écrasé il y a trois ans. Et maintenant, une bête humaine a torturé et tué ma fille. Ma femme, elle s'appelait Melina elle aussi, est décédée il y a quinze ans. Il n'y a plus personne. Quand je suis venu dans ce pays il y a quarante-huit ans, je n'avais rien. J'ai gagné beaucoup d'argent. Et maintenant, j'ai vraiment rien. Vous comprenez ?

— Oui, dit Myron.

— Ce sera tout ?

— Votre fille avait un appartement sur Broadway ?

— Oui.

— Ses affaires personnelles s'y trouvent-elles encore ?

— Sandra – c'est ma belle-fille – a commencé à les emballer. Mais elles y sont encore. Pourquoi ?

— J'aimerais les voir, si cela ne vous dérange pas.

— La police les a déjà toutes examinées.

— Je sais.

— Vous pensez trouver un indice qui lui a échappé ?

— Je suis presque certain que non.

— Mais ?

— Mais j'attaque cette affaire sous un angle différent. Je n'ai pas le même point de vue. Je verrais peut-être autre chose.

George Garston alluma sa lampe de bureau. L'obscurité s'épaissit autour de sa grosse tête jaune et glabre. Myron vit qu'il avait les yeux trop secs, comme des grains de raisin abandonnés au soleil.

— Si vous trouvez qui a tué ma Melina, vous viendrez me le dire.

— Non, dit Myron.

— Savez-vous ce qu'il lui a fait ?

— Oui. Et je sais ce que vous voulez faire. Mais ça ne vous apportera rien.

— Vous dites cela comme si vous saviez de quoi vous parlez.

Myron garda le silence.

George Garston éteignit la lumière et se détourna.

— Sandra va vous conduire.

*

* *

— Papa reste dans ce bureau toute la journée, lui dit Sandra Garston en pressant le bouton d'ascenseur. Il ne sort plus.

— C'est encore trop récent, dit Myron.

Elle secoua la tête. Ses longues boucles plates étaient d'un noir bleuté. Un noir du Nord. D'Islande, pensa Myron en contemplant la silhouette digne d'une patineuse de classe mondiale. Ses traits étaient aigus, abrupts. Sa peau avait cette rougeur que donne le froid.

— Il n'a plus personne, dit-elle.

— Il vous a.

— Je suis sa belle-fille. Quand il me voit, il pense à Michael. Je n'ai pas le cœur de lui dire que j'ai enfin recommencé à sortir avec quelqu'un.

Quand ils furent dans la rue, Myron demanda :

— Melina et vous étiez proches ?

— Je le crois, oui.

— Elle vous avait parlé de Stan Gibbs ?

— Oui.

— Mais pas à son père ?

— Elle ne l'aurait jamais fait. En général, Papa acceptait mal les garçons qu'elle fréquentait. Alors, vous imaginez, un homme marié.

Ils traversèrent la rue pour s'engager dans cette merveille plantée au beau milieu de la ville : Central Park. Il était bondé en cette journée assez splendide. Les portraitistes asiatiques croulaient sous le travail. Des types joggaient, ceints de ces shorts qui ressemblent un peu trop à des couches. On bronzait sur les pelouses, une multitude de corps tassés les uns contre les autres et autant de personnes

297

parfaitement seules. New York. E.B. White a dit un jour que New York offre deux cadeaux : la solitude et l'intimité. Rien de plus juste. C'était comme si chacun était branché sur son propre Walkman intérieur, tous jouant un morceau différent, avec un beat différent et procurant un oubli différent.

Un mec, bandana autour de la tête, lança un Frisbee en criant « Attrape ! » sauf qu'il n'avait pas de chien. Des femmes au corps dur en soutifs de jogging noirs faisaient du skate. Des hommes de toutes sortes se baladaient torse nu. Exemples : un tas de bourrelets dépassa Myron en tressautant et, derrière, un type bien bâti exécuta un dérapage, poings sur les tempes et en public, pour admirer l'enflure de ses biceps. Myron fronça les sourcils. Il ne savait pas ce qui était pire : les mecs qui ne devraient pas enlever leurs T-shirts et qui les enlevaient, ou bien les mecs qui devraient enlever leurs T-shirts et qui les enlevaient.

Quand ils atteignirent Central Park West, il reprit le dialogue :

— Cela vous posait-il un problème qu'elle sorte avec un homme marié ?

Sandra haussa les épaules.

— Il avait dit à Melina qu'il allait quitter sa femme.

— Ils le disent tous, non ?

— Melina le croyait. Elle semblait heureuse.

— Avez-vous rencontré Stan Gibbs ?

— Non, leur relation était censée rester secrète.

— Vous a-t-elle jamais parlé du mensonge qu'elle aurait fait au tribunal ?

— Non. Jamais.

Sandra utilisa sa clé. Myron entra derrière elle. Des couleurs. Beaucoup. Joyeuses. Les Teletubbies en plein Magical Mystery Tour. Des teintes éclatantes, des verts surtout, et des taches psychédéliques. Les murs étaient couverts d'aquarelles très vives représentant des contrées ou des océans lointains. Et aussi des paysages irréels. On se serait cru dans un clip d'Enya.

— J'ai commencé à ranger ses affaires dans des cartons, dit Sandra. Mais c'est dur d'emballer une vie.

Myron acquiesça. Il se mit à arpenter le petit appartement dans l'espoir, pourquoi pas, d'une révélation mystique. Rien. Pas le moindre souffle divin. Il se concentra sur les œuvres.

— Elle était censée faire sa première expo dans le Village dans un mois, dit Sandra.

Myron étudia une peinture avec des dômes blancs et une eau bleue limpide. Il reconnut l'endroit à Mykonos. C'était merveilleusement réalisé. On pouvait presque sentir le sel de la Méditerranée, le goût du poisson grillé sur la plage, le sable collé à la peau qu'on embrasse la nuit. Pas d'indice ici, mais il admira le tableau encore une ou deux minutes.

Il commença par les cartons. Il trouva un album de lycée, classe 1986, qu'il feuilleta jusqu'à ce qu'il tombe sur la photo de Melina. Elle aimait peindre, disait la légende. Il contempla de nouveau les murs. Si ardent et optimiste, son travail. La mort, il le

299

savait, est toujours ironique. Surtout la mort de quelqu'un d'aussi jeune.

Il reporta son attention sur la photographie. Melina regardait un peu sur le côté avec ce sourire hésitant, incertain du lycée. Myron referma l'album et ouvrit les placards. Les vêtements étaient impeccablement rangés, des tas de pulls pliés sur l'étagère du haut, plein de souliers alignés comme des petits soldats en bas. Il revint aux cartons et à la boîte à chaussures, évidemment, contenant les photos. Myron secoua la tête. Sandra s'assit sur le sol près de lui.

— C'est sa mère, dit-elle.

Myron regarda la photo de deux femmes, visiblement la mère et la fille, s'étreignant. Il n'y avait rien d'incertain maintenant dans le sourire. Ce sourire – le sourire qu'on a dans les bras d'une mère – se déployait comme les ailes d'un ange. Myron contempla le sourire ailé et imagina cette bouche céleste proférant des hurlements d'agonie. Il pensa à George Garston seul dans son bureau, à sa grosse tête jaunâtre dans la pénombre. Et il comprenait.

Il consulta sa montre. Les aiguilles tournaient. Il fallait se dépêcher. Il regarda les images du père, de la mère, du frère, de Sandra, des sorties familiales, la norme. Pas de photo de Stan Gibbs. Rien d'utile.

Un carton était rempli de maquillage et de parfums. Le suivant contenait un journal intime, mais Melina ne le tenait plus depuis deux ans. Il le feuilleta quand même avant de s'arrêter brusquement : il avait trop l'impression de commettre un viol. Il trouva une lettre d'amour d'un ancien petit copain. Il trouva quelques reçus.

Et il trouva des copies des articles de Stan Gibbs. Hum.

Dans son carnet d'adresses. Tous les articles. Sans la moindre annotation. Juste des coupures trombonées ensemble. Et alors ? Qu'est-ce que ça voulait dire ? Il en examina certaines. Rien de spécial. Des coupures de presse et des trombones. Quelque chose tomba. Myron ramassa un bout de papier crème ou alors jauni par l'âge, dont le rebord gauche avait été déchiré. À vrai dire, il ressemblait plus à une carte pliée en deux. Sur la moitié supérieure, les mots *Avec amour, Ton Père* avaient été inscrits en script. Myron repensa à George Garston assis seul dans cette pièce et sentit quelque chose lui brûler la peau.

Il était assis sur le divan maintenant, essayant de faire surgir quelque chose. Ça pourrait paraître bizarre – rester assis dans cette pièce trop vide où flottait encore la délicate odeur d'une morte, un peu comme la petite vieille dans la série des *Poltergeist* – mais on ne sait jamais. Les victimes ne venaient pas lui parler, ni rien de ce genre. Mais parfois il parvenait à imaginer ce qu'elles avaient pensé ou ressenti et une étincelle jaillissait et venait mettre le feu. Voilà pourquoi il essayait.

Rien.

Myron laissa ses yeux errer sur les tableaux et sentit de nouveau sa peau brûler. Il laissa les couleurs éclatantes lui crever les prunelles. Tant d'éclat aurait dû la protéger. Ben voyons. Une vie. Melina travaillait, peignait, aimait les couleurs éclatantes, possédait trop de pulls, gardait ses précieux souvenirs dans une boîte à chaussures et quelqu'un avait soufflé cette vie parce que rien de tout cela n'avait la moindre signification pour lui. Rien de tout cela n'avait d'importance. Myron en était malade.

Il ferma les yeux pour tenter de faire baisser la colère. La colère n'est pas bonne. Elle obscurcit l'esprit. Il avait déjà laissé cette part de lui prendre le dessus – son complexe de Batman, comme l'appelait Esperanza – mais ce n'était pas une bonne idée de jouer au héros recherchant la justice ou la vengeance (au cas où ce ne serait pas la même chose). On finit toujours par voir des choses qu'on n'a pas envie de voir. À apprendre des vérités qu'on n'aurait jamais dû savoir. Ça brûle et ensuite, ça vous use. Mieux vaut rester à l'écart.

Mais la chaleur ne quittait pas sa peau. Son sang restait bouillant. Alors, il cessa de se battre contre la brûlure, il la laissa se répandre et l'apaiser, détendre ses muscles, se lover lentement en lui. Peut-être que la chaleur n'était pas si mauvaise. Peut-être que les horreurs qu'il avait vues et que les vérités qu'il avait apprises ne l'avaient pas changé, ne l'avaient pas usé, après tout.

Myron ferma les cartons, jeta un dernier et long regard à l'île de Mykonos baisée de soleil et se fit une promesse.

28

Greg et Myron se retrouvèrent sur le terrain. Myron strappa sa genouillère format armure. Greg évita de regarder. Les deux hommes tirèrent des paniers pendant une demi-heure, se parlant à peine, perdus dans la pureté du geste. Des gens s'attroupèrent, montrant Greg. Plusieurs gosses osèrent venir lui demander un autographe. Greg les signa, visiblement mal à l'aise de cette popularité devant l'homme dont il avait brisé la carrière.

Myron le fixait froidement, ne lui offrant aucune consolation.

Au bout d'un moment, il demanda :

— Tu avais une raison de me faire venir ici, Greg ?

Celui-ci continua à shooter.

— Parce que je dois retourner au bureau, ajouta Myron.

Greg rattrapa le ballon, dribbla deux fois, enchaîna un tir en pivot et en extension.

— Je vous ai vus, Emily et toi, cette nuit-là. Tu le sais ?

— Je le sais.

Greg prit le rebond, réexpédia paresseusement le ballon dans le panier, le laissa rebondir lentement en direction de Myron.

— On se mariait le lendemain. Tu le sais ?

— Oui, ça aussi.

— Et t'étais là, l'ex-petit copain à la baiser jusqu'à la gorge.

Myron récupéra le ballon.

— Je suis en train d'essayer d'expliquer, dit Greg.

— J'ai couché avec Emily, dit Myron. Tu nous as vus. Tu as voulu te venger. Tu as dit à Big Burt Wesson de me démolir pendant un match de présaison. Ce qu'il a fait. Fin de l'histoire.

— Je voulais qu'il te blesse, oui. Je ne voulais pas qu'il foute ta carrière en l'air.

— Tu dis blanc bonnet, je dis bonnet blanc.

— Ce n'était pas intentionnel.

— Ne le prends pas mal, dit Myron d'une voix qu'il trouva lui-même horriblement calme, mais j'en ai rien à foutre de tes intentions. Tu as tiré sur moi. Tu voulais peut-être juste que la balle traverse, mais ce n'est pas ce qui s'est passé. Tu crois que ça te rend moins responsable ?

— Tu baisais ma fiancée.

— Et elle me baisait. Je ne te devais rien. Elle, si.

— T'es en train de me dire que tu ne comprends pas ?

— Je comprends. Cela ne t'absout pas pour autant.

— Je ne cherche pas l'absolution.

— Alors que cherches-tu, Greg ? Tu veux qu'on se tape dans les mains en chantant *Kumbaya* ? Est-ce que tu sais ce que tu m'as pris ? Est-ce que tu sais ce que ce bref instant m'a coûté ?

304

— Peut-être, dit Greg. Peut-être que je sais.

Il ravala sa salive et tendit une main implorante comme s'il voulait s'expliquer encore, puis son bras retomba.

— Je suis vraiment désolé.

Myron se mit à tirer mais il avait mal à la gorge.

— Tu ne sais pas à quel point je suis désolé.

Myron ne dit rien. Greg essaya d'attendre. Ça ne marcha pas.

— Que veux-tu que je te dise d'autre, Myron ?

Myron continua à jeter le ballon.

— Comment te dire que je suis désolé ?

— Tu l'as déjà dit.

— Mais tu n'acceptes pas mes excuses.

— Non, Greg. Je ne les accepte pas. Je vis sans jouer au basket. Tu vis sans que j'accepte tes excuses. T'es pas perdant dans l'histoire, il me semble.

Le portable de Myron sonna. Il courut vers ses affaires, prit la communication.

Un murmure demanda :

— Avez-vous suivi mes instructions ?

Ses os se transformèrent en bâtons de glace.

— Vos instructions ?

— Le garçon, murmura la voix.

La glace attaqua ses chairs, prit ses poumons.

— Quoi, le garçon ?

— Lui avez-vous dit une dernière fois au revoir ?

Quelque chose tout au fond de Myron se congela et craqua. Ses genoux cédèrent.

Et la voix redemanda :

— Avez-vous dit une dernière fois au revoir au garçon ?

305

29

Myron se tourna brusquement vers Greg.

— Où est Jeremy ?

— Quoi ?

— Où est-il ?

Greg vit quelque chose sur son visage et lâcha le ballon.

— Il est avec Emily, j'imagine. Je ne dois pas le prendre avant midi.

— Tu as un portable ?

— Oui.

— Appelle-la.

Greg fonçait déjà vers son sac de sport, l'athlète aux merveilleux réflexes.

— Qu'est-ce qu'il y a ?

— Probablement rien.

Myron expliqua l'appel. Greg ne s'arrêta pas pour l'écouter. Il composait déjà le numéro. Myron se mit à courir vers sa voiture. Greg le suivit, téléphone à l'oreille.

— Pas de réponse, dit-il.

Il laissa un message.

— Elle a un portable ?

— Si elle en a un, j'ai pas le numéro.

Myron tapa la touche préprogrammée tout en continuant à courir. Esperanza décrocha.

— Il me faut le numéro de portable d'Emily.

— Donnez-moi cinq minutes.

Myron heurta une autre touche.

— Articule, dit Win.

— Ennuis possibles.

— Je suis là.

Ils atteignirent la voiture. Greg était calme. Ce qui surprit Myron. Sur le terrain, quand la pression montait, son *modus operandi*, c'était le pétage de plombs, le court-circuit, hystérique et hurlant. Mais, bien sûr, maintenant ce n'était plus un jeu. Comme son père le lui avait récemment dit, quand une vraie bombe explose, on ne sait jamais comment les gens vont réagir.

Le téléphone de Myron sonna. Esperanza lui donna le numéro du portable d'Emily. À la sixième sonnerie, la boîte vocale répondit. Merde. Il laissa un message avant de se tourner vers Greg.

— Une idée d'où pourrait être Jeremy ?

— Non.

— Un voisin qu'on pourrait appeler ? Un ami quelconque ?

— Pendant notre mariage, on vivait à Ridgewood, dit Greg. Je ne connais pas leurs voisins à Franklin Lakes.

Myron broya le volant, écrasa l'accélérateur.

—Jeremy est probablement en sécurité, dit-il en tentant de se persuader. Je ne sais même pas comment ce type pourrait connaître son nom. C'est sûrement un coup de bluff.

Greg se mit à trembler.

— Tout ira bien.

— Seigneur, Myron, j'ai lu ces articles. Si ce type a pris mon fils...

— On devrait appeler le FBI, dit Myron. Au cas où.

— Tu penses que c'est ce qu'il faut faire ? demanda Greg.

Myron le regarda.

— Pourquoi ? Pas toi ?

— Je veux juste payer la rançon et récupérer mon garçon. Je ne veux pas que quelqu'un vienne foutre sa merde.

— Je pense qu'on devrait les appeler, dit Myron. Mais c'est à toi de décider.

— Il y a autre chose à considérer, dit Greg.

— Quoi ?

— Il y a une bonne chance que ce tordu soit notre donneur, n'est-ce pas ?

— Oui.

— Si le FBI le tue, c'est fini pour Jeremy.

— Chaque chose en son temps, dit Myron. Nous devons d'abord trouver Jeremy. Et nous devons trouver ce ravisseur.

Greg continuait à trembler.

— Que veux-tu faire, Greg ?

— Tu penses qu'on devrait les appeler ?

— Oui.

Il hocha lentement la tête.

— Alors, appelle, dit-il.

Myron composa le numéro de Kimberly Green. Des vagues lui martelaient le crâne, le sang battait à ses oreilles. Il essayait de ne pas penser au visage de Jeremy, à son sourire quand il avait ouvert la porte.

Vous avez dit une dernière fois au revoir au garçon ?

— Bureau Fédéral d'Investigation.

— Myron Bolitar pour Kimberly Green.

— L'agent spécial Green n'est pas disponible.

— Le Semeur de Graines a peut-être kidnappé quelqu'un d'autre. Passez-la-moi.

L'attente fut plus longue que Myron ne s'y attendait.

Et fut rompue par un aboiement :

— C'est quoi, ces conneries ? fit Kimberly Green.

— Il vient de m'appeler, dit Myron avant de lui expliquer.

Ils rencontrèrent un bouchon à l'embranchement de la 4 et de la 17, mais Myron passa sur le terre-plein central, renversant quelques cônes orange au passage. Il emprunta la Route 208 et sortit près de la synagogue. Trois kilomètres après, ils viraient enfin dans la rue d'Emily. Myron vit deux voitures du FBI qui prenaient le virage juste derrière eux.

Greg, qui semblait être parti dans une sorte de transe, se réveilla et tendit un doigt.

— La voilà.

Emily insérait sa clé dans la porte. Myron klaxonna comme un furieux. Elle se retourna, surprise. Il écrasa le frein en braquant le volant. Dérapage à peine contrôlé. Imité par une des caisses du FBI. Myron et Greg étaient déjà dehors avant que la bagnole soit à l'arrêt.

— Où est Jeremy ? dirent-ils à l'unisson.

Emily les regarda.

— Quoi ? Qu'est-ce qu'il y a ?

— Où est-il, Emily ? demanda Greg.

— Chez une amie...

À l'intérieur de la maison, un téléphone se mit à sonner. Tout le monde se figea. Emily fut la première à réagir. Elle se rua à l'intérieur pour décrocher. Elle porta le récepteur à l'oreille, s'éclaircit la gorge et dit :

— Allô ?

À travers le combiné, tous entendirent le hurlement de Jeremy.

30

Il y avait six agents fédéraux en tout, Kimberly Green dirigeant cette force d'intervention. Ils se mirent en place avec une discrète efficacité. Myron était assis dans un canapé, Greg dans l'autre. Emily faisait les cent pas entre eux. Il y avait probablement un truc symbolique là-dedans, mais Myron n'était pas certain de savoir lequel. Il essayait de s'extraire de son hébétude pour envisager de réaliser un truc utile.

Le coup de téléphone avait été bref. Après le hurlement, la voix murmurante avait dit : « Nous rappellerons. » Rien de plus. Pas de menaces au cas où on préviendrait les autorités. Aucun commentaire sur une éventuelle somme d'argent. Pas de nouveau rendez-vous téléphonique fixé. Rien.

Ils étaient tous assis là, le cri du garçon résonnant encore en silence, lancinant, déchirant, se muant en images de ce qui avait pu faire hurler comme ça un gamin de treize ans. Myron ferma les yeux et les repoussa de toutes ses forces mentales. C'était ce que voulait cet enfoiré. Ne pas jouer son jeu.

Greg avait contacté sa banque. Il n'était pas du genre à se lancer dans des investissements risqués, la plupart de ses avoirs étaient donc en liquide. Si une rançon s'avérait nécessaire, il serait prêt. Les agents fédéraux, tous masculins à l'exception de Kimberly Green, installèrent des micros sur chaque téléphone disponible, y compris celui de Myron. Ils conféraient beaucoup *sotto voce*. Myron ne les avait pas encore emmerdés. Mais il n'allait pas tarder.

Kimberly accrocha son regard et lui fit signe de la rejoindre. Il se leva en s'excusant. Ni Greg ni Emily ne firent attention à lui, encore perdus dans le vortex de ce hurlement.

— Il faut qu'on parle, dit Kimberly.

— D'accord, dit Myron. Commencez par me dire ce qui s'est passé quand vous vous êtes intéressés à Dennis Lex.

— Vous ne faites pas partie de la famille, dit-elle. Je pourrais vous foutre dehors.

— Vous n'êtes pas chez vous ici, dit-il. Parlez-moi de Dennis Lex.

Elle mit les mains sur les hanches.

— C'est une impasse.

— C'est-à-dire ?

— Nous l'avons retrouvé. Il n'est en rien mêlé à ceci.

— Comment le savez-vous ?

— Myron, allons. Nous ne sommes pas stupides.

— Où est Dennis Lex ?

— Aucun intérêt pour vous de le savoir.

— Vous plaisantez ? Même si ce n'est pas le ravisseur, c'est le seul donneur compatible.

— Non, dit-elle. Votre donneur s'appelle Davis Taylor.

— Qui est le nom pris par Dennis Lex.

— Pas forcément.

Myron la fixa.

— De quoi parlez-vous ?

— Davis Taylor était un employé du groupe Lex.

— Quoi ?

— Vous êtes sourd ?

— Pourquoi a-t-il donné son sang pour un test de recherche de moelle osseuse ?

— C'est un truc professionnel, dit-elle. Le patron de son usine a un neveu malade. Tout le monde dans la boîte a donné son sang.

Myron acquiesça. Enfin une information utile.

— Donc, s'il avait refusé de donner le sien, dit-il, cela aurait paru bizarre.

— Exact.

— Vous avez un signalement ?

— Il travaillait dans son coin, ne se mêlait pas aux autres. Tout ce dont les gens se rappellent, c'est d'un type avec une barbe, des lunettes et de longs cheveux blonds.

— Un déguisement, dit Myron. Et nous savons que Davis Taylor s'appelait autrefois Dennis Lex. Quoi d'autre ?

Kimberly Green leva les mains.

— Ça suffit.

Elle se pencha en avant, comme pour se servir de son poids pour faire basculer le cours de cette conversation.

313

— Stan Gibbs reste toujours notre suspect principal. De quoi avez-vous parlé hier soir ?

— De Dennis Lex, dit Myron. Vous ne comprenez pas ?

— Qu'est-ce qu'il y a à comprendre ?

— Dennis Lex est lié à toute cette histoire. Soit, c'est le ravisseur, soit il a été sa première victime.

— Ni l'un ni l'autre, dit-elle.

— Alors, où est-il ?

Elle balaya la question.

— De quoi d'autre avez-vous parlé ?

— Du père de Stan.

Ce qui éveilla son attention.

— Edwin Gibbs ? Mais encore ?

— Il a disparu il y a huit ans. Mais vous le saviez déjà, non ?

Elle acquiesça un peu trop vite.

— Oui.

— Que lui est-il arrivé selon vous ? demanda Myron.

Elle hésita.

— Vous pensez que Dennis Lex a pu être la première victime du Semeur de Graines, c'est ça ?

— Je crois que c'est envisageable, oui.

— Notre théorie, enchaîna-t-elle, c'est que sa première victime a peut-être été Edwin Gibbs.

Myron en resta baba.

— Vous pensez que Stan a kidnappé son propre père ?

— Qu'il l'a tué. Lui et les autres. Nous ne croyons pas qu'aucun d'entre eux soit encore en vie.

Myron essaya de ne pas laisser ça le perforer.

— Vous avez une preuve – ou un mobile – quelconque ?

— Parfois, la pomme ne tombe pas loin de l'arbre.

— Quoi ? C'est ça, votre argument qui va sidérer le jury. Mesdames et messieurs, la pomme ne tombe pas loin de l'arbre. N'oubliez pas non plus de ne pas mettre la charrue avant les bœufs. Et à chaque jour suffit sa peine. Non mais, vous vous entendez ?

— Dit comme ça, j'admets que ça n'a pas de sens. Mais réfléchissez. Il y a huit ans, Stan commençait sa carrière. Il avait vingt-quatre ans, son père quarante-six. D'après ce qu'on sait, les deux hommes ne s'entendaient pas bien. Soudain, Edwin Gibbs disparaît. Une disparition que Stan n'a jamais signalée.

— C'est idiot.

— Peut-être. Mais ajoutez à ça ce que l'on sait maintenant. Le seul journaliste qui décroche ce scoop. Le plagiat. Melina Garston. Tout ce dont Eric Ford a parlé avec vous hier.

— Ça ne tient toujours pas debout.

— Alors, dites-moi où est Stan Gibbs.

Myron la regarda.

— Il n'est pas chez lui ?

— La nuit dernière, après votre rencontre, Stan Gibbs nous a semés. C'est déjà arrivé. Généralement, on le retrouve au bout de quelques heures. Mais pas cette fois. Tout à coup, il s'évapore et – appréciez la coïncidence – Jeremy Downing se fait enlever par le Semeur de Graines. Vous voulez bien m'expliquer ça ?

La bouche de Myron était sèche.

— Vous ne savez pas où il est ?

— On a lancé un avis de recherche. Mais on a déjà pu apprécier à quel point ce type sait se planquer. Une idée d'où il aurait pu aller ?

— Aucune.

— Il ne vous a rien dit à ce sujet ?

— Il a fait une vague allusion, disant qu'il risquait de devoir partir quelques jours. Mais que je devais continuer à lui faire confiance.

— Mauvais conseil, dit-elle. Rien d'autre ?

Myron secoua la tête.

— Où est Dennis Lex ? essaya-t-il de nouveau. L'avez-vous vu ?

— Je n'en ai pas eu besoin, dit-elle d'une voix un peu trop monotone. Il n'est pas mêlé à cette histoire.

— Vous n'arrêtez pas de répéter ça, dit Myron. Mais comment le savez-vous ?

— La famille.

— Vous voulez dire Susan et Bronwyn Lex ?

— Oui.

— Et alors ?

— Ils nous ont donné des assurances.

Myron faillit sursauter.

— Et vous les avez crus sur parole ?

— Je n'ai pas dit ça.

Elle regarda autour d'elle, laissa échapper un soupir.

— Et c'est pas mon affaire.

— Quoi ?

Elle le fixa droit dans les yeux et au-delà.

— Eric Ford s'en est chargé en personne.

Myron n'en croyait pas ses oreilles.

— Il m'a dit de ne pas m'en mêler, reprit-elle, que c'était réglé.

— Ou enterré, dit Myron.

— *Je* ne peux rien y changer.

Elle le regarda. Elle avait insisté sur le *Je*. Puis elle s'en fut sans ajouter un mot. Myron sortit son portable.

— Articule, dit Win.

— On va avoir besoin d'aide, dit Myron. Tu sais si Zorra fait encore des piges ?

— Je l'appelle.

— Et peut-être Big Cyndi aussi.

— Tu as un plan ?

— On n'a pas le temps d'avoir un plan, dit Myron.

— Oooh, fit Win. Alors, on va devenir vraiment méchant.

— Oui.

— Et moi qui pensais qu'on n'enfreindrait plus jamais les règles.

— Rien que cette fois, dit Myron.

— Ah, répliqua Win. Ils disent tous ça.

31

Win, Esperanza, Big Cyndi et Zorra l'attendaient dans son bureau.

Zorra portait un cardigan jaune à monogramme (un Z qui voulait dire Zorra), un collier de gros coquillages nacrés, une jupe écossaise et des socquettes blanches. Sa perruque faisait très Bette Midler première époque ou alors Little Orphan Annie sous méthadone. Elle – ou il, si vous tenez à l'anatomiquement correct – avait dû piquer ses escarpins rouges à talons hauts à une Dorothy d'Oz reconvertie au tapin. Taille quarante-cinq.

Zorra sourit à Myron.

— Zorra est heureuse de voir vous.

— Ouais, dit Myron. Et Myron est aussi heureux de voir vous.

— Cette fois, on est du même côté, hein ?

— Oui.

— Zorra contente.

De son vrai nom, Shlomo Avrahaim, Zorra était un ex-agent du Mossad. Myron avait récemment fait sa connaissance dans des circonstances tellement piquantes qu'il en gardait la marque sur sa poitrine : une cicatrice en forme de Z, gravée par la lame que Zorra planquait dans son talon.

— Le Lex Building est trop bien gardé, dit Win.

— On passe au plan B, alors, dit Myron.

— C'est déjà fait, dit Win.

Myron regarda Zorra.

— Vous êtes armée ?

Zorra tira une arme de sous sa jupe.

— Uzi, dit Zorra. Zorra aime Uzi.

— Très patriotique, commenta Myron.

— Une question, dit Esperanza.

— Laquelle ?

Esperanza posa ses yeux dans les siens.

— Et si le type refuse de coopérer ?

— Nous n'avons pas le temps de nous soucier de ça, dit Myron.

— Ce qui veut dire ?

— Ce tordu détient Jeremy, dit Myron. Vous comprenez ? Notre priorité absolue doit être Jeremy.

Esperanza secoua la tête.

— Alors, restez là, dit-il.

— Vous avez besoin de moi.

— Exact. Et Jeremy a besoin de *moi*.

Il se leva.

— On y va.

Esperanza secoua de nouveau la tête mais elle vint avec eux. Le groupe – une version réduite aux deux tiers et assez kitsch des *Douze Salopards* – se sépara dans la rue. Esperanza et Zorra partirent à pied tandis que Win, Myron et Big Cyndi se dirigeaient vers un parking à trois blocks de là. Win y

319

gardait une bagnole. Une Chevy Nova. Faux papiers, fausses plaques. Il en avait toute une collection. Il appelait cela ses véhicules jetables. Comme des mouchoirs. Les riches. Mieux valait ne pas savoir à quoi elles lui servaient.

Win prit le volant, Myron la place du mort et Big Cyndi, avec un peu plus de difficulté, la banquette arrière : son intromission évoquait le film d'un accouchement diffusé à l'envers. L'opération achevée, ils démarrèrent.

Stokes, Layton et Grace était un des plus prestigieux cabinets d'avocats de New York. Big Cyndi resta à la réception tandis que la préposée, une petite chose maigre en tailleur gris, essayait de ne pas la dévisager. En réponse, Big Cyndi lui faisait les gros yeux. Y ajoutant parfois quelques grondements. De bête. Sans raison. Comme ça, pour le plaisir.

Myron et Win furent introduits dans une salle de conférences qui ressemblait à un million d'autres salles de conférences de grands cabinets d'avocats de Manhattan. Myron griffonna sur un bloc-notes jaune identique à un million d'autres blocs-notes jaunes de grands cabinets d'avocats de Manhattan, regardant défiler de l'autre côté de la porte vitrée des diplômés d'Harvard au visage rose et glabre, à l'air satisfait, eux aussi parfaitement semblables à leurs congénères œuvrant dans un million de grands cabinets d'avocats de Manhattan. Discrimination à rebours peut-être, mais tous ces jeunes juristes masculins et blancs lui paraissaient interchangeables.

Cela dit, Myron était lui aussi mâle, blanc et diplômé de droit de Harvard. Hum.

Chase Layton était tout en rondeurs, ventre rondouillard, visage rondouillard, mains rondouillardes et démarche rondouillarde. Ses cheveux gris étaient coiffés avec tout le soin nécessaire pour ne pas briser cette ronde harmonie et il ressemblait, eh bien, à un membre fondateur d'un grand cabinet d'avocats de Manhattan. Il portait un anneau doré à une main et une bague de Harvard à l'autre. Il salua Win avec chaleur – les gens riches saluent toujours Win avec chaleur – avant de gratifier Myron d'une ferme poignée de main, genre vous-pouvez-compter-sur-moi. Puis ils passèrent dans son bureau.

— Nous sommes pressés, dit Win.

Chase Layton chassa son chaleureux sourire de la pièce et enfila son air sérieux. Trois paires de fesses trouvèrent leurs sièges. Chase Layton croisa les mains devant lui. Il se pencha en avant, faisant déborder quelques chairs abdominales au-dessus du dernier bouton de sa veste.

— Que puis-je faire pour vous, Windsor ?

Les gens riches l'appellent toujours Windsor.

— Cela fait longtemps que vous voulez ma société, dit Win.

— Eh bien, ce n'est pas ainsi que je…

— Je suis ici pour vous la donner. En échange d'un service.

Chase Layton était trop malin pour mordre du premier coup. Il regarda Myron. Un subalterne.

Peut-être y avait-il quelque chose à deviner sur ce visage plébéien. Myron resta impassible. Une figure qu'il maîtrisait de mieux en mieux. L'influence de Win, sans doute.

— Il faut que nous voyions Susan Lex, dit Win. Vous êtes son avocat. Nous aimerions qu'elle vienne ici sur-le-champ.

— Ici ?

— Oui, dit Win. Dans votre bureau. Immédiatement.

Chase ouvrit la bouche, la referma, jeta de nouveau un regard au sous-fifre. Toujours aucun indice.

— Êtes-vous sérieux, Windsor ?

— Si vous faites ça, Locke-Horne est à vous. Vous avez, je pense, une idée précise du chiffre d'affaires que cela représente ?

— Un chiffre très conséquent, dit Chase Layton. Mais qui ne s'élèverait cependant même pas au tiers de ce que nous recevons de la famille Lex.

Win sourit.

— Vous pourriez avoir le beurre et l'argent du beurre.

— Je ne comprends pas de quoi il s'agit.

— Il me semble pourtant avoir été très clair, Chase.

— Pourquoi voulez-vous voir Mme Lex ?

— Pour des raisons qu'il nous est impossible de divulguer.

— Je vois.

Chase Layton gratta une joue rose jambon avec un doigt manucuré.

— Mme Lex est une personne qui tient par-dessus tout à la discrétion.

— Nous le savons.

— Elle et moi sommes amis.

— Je n'en doute pas, dit Win.

— Je pourrais peut-être lui suggérer des présentations.

— Non. Il faut que ce soit maintenant.

— Eh bien, elle et moi réglons d'habitude nos affaires chez elle…

— Encore non. Il faut que ce soit ici.

Chase fit rouler son cou, pour gagner du temps, essayant de comprendre ce qui se passait, cherchant un angle d'attaque.

— C'est une femme très occupée. Je ne saurais même pas quoi lui dire pour la faire venir ici.

— Vous êtes un bon avocat, Chase, dit Win en réunissant les extrémités de ses doigts. Je suis certain que vous trouverez quelque chose.

Chase hocha la tête, baissa les yeux, étudia sa manucure.

— Non, dit-il enfin en relevant lentement les yeux. Je ne vends pas mes clients, Windsor.

— Même pour récupérer un autre client aussi important que Locke-Horne ?

— Même.

— Et vous ne me donnez pas cette réponse dans le simple but de m'impressionner par votre probité ?

Chase sourit, soulagé, comme s'il comprenait enfin la plaisanterie.

— Non, dit-il. Mais cette probité me permettra peut-être d'avoir le beurre et l'argent du beurre ?

Il essaya d'en rire. Win ne se joignit pas à lui.

— Il ne s'agit pas d'un test, Chase. Il faut qu'elle vienne ici. Je vous garantis qu'elle ne saura pas que vous nous avez aidés.

— Vous croyez que je ne me soucie que de cela ? Des apparences ?

Pas de réponse de Win.

— Si c'est le cas, vous m'avez mal compris. La réponse, j'en ai peur, reste toujours non.

— Réfléchissez, dit Win.

— C'est tout réfléchi, dit Chase en basculant en arrière sur son siège, croisant les jambes et s'assurant que le pli du pantalon était bien là où il devait être. Vous ne pensiez quand même pas que j'allais marcher, n'est-ce pas, Windsor ?

— Je l'espérais.

Chase regarda de nouveau Myron, puis Win.

— J'ai bien peur de ne pouvoir vous aider, messieurs.

— Oh, vous allez nous aider, dit Win.

— Je vous demande pardon ?

— Votre aide dépend uniquement de ce qu'il nous faudra faire pour l'obtenir.

Chase fronça les sourcils.

— Essayeriez-vous de m'acheter ?

— Non, dit Win. Cela, je viens de le tenter. En vous offrant ma société.

— Alors, je ne comprends pas…

Myron prit la parole pour la première fois.

— Je vais vous faire comprendre.

Chase Layton le dévisagea et sourit.

— Je vous demande pardon ? répéta-t-il.

Myron se leva. Le regard vide, se souvenant de ce qu'il avait appris aux côtés de Win en matière d'intimidation.

— Je ne vous veux aucun mal. Mais vous allez appeler Susan Lex et faire en sorte qu'elle vienne ici. Et vous allez le faire maintenant.

Chase croisa les bras au-dessus de son ventre.

— Si vous souhaitez encore discuter de ceci...

— Je ne le souhaite pas, dit Myron.

Il contourna la table. Chase ne recula pas.

— Je ne l'appellerai pas, dit-il fermement. Windsor, voulez-vous bien dire à votre ami de s'asseoir ?

Win feignit un haussement d'épaules impuissant.

Myron se planta juste au-dessus de Chase. Il se tourna vers Win.

— Laisse-moi m'occuper de ça, dit celui-ci.

Myron secoua la tête. Il se pencha sur Chase, laissa tomber son regard.

— Dernière chance.

Le visage de Chase Layton était calme, amusé presque. Pour lui, tout cela n'était qu'une farce bizarre... ou peut-être, et plus sûrement, était-il certain que Myron renoncerait. Ça se passe comme ça dans le monde des Chase Layton. La violence physique ne fait pas partie de l'équation. Oh, bien sûr, ces créatures sans éducation qui traînent dans les rues peuvent s'y adonner. Il peut arriver que l'une d'entre elles vous attaque pour vous dérober votre portefeuille. Certains – des gens inférieurs, pour tout dire – résolvent leurs problèmes par la violence. Mais dans le monde des Chase Layton, un monde élégant, fortuné, respectable, on ne se touche pas. On menace. On se poursuit en justice. On profère des insultes. On complote dans le dos des autres. Mais on ne se livre jamais à des actes de violence directe.

Voilà pourquoi Myron savait qu'un bluff ne marcherait pas. Les hommes comme Chase Layton sont convaincus que tout ce qui peut ressembler à une agression physique est un bluff. Si Myron lui avait braqué une arme sur la tête, il n'aurait pas réagi. Et, dans ce cas bien précis, Chase Layton aurait eu raison de ne pas réagir.

Mais seulement dans ce cas précis.

Myron lui claqua violemment les deux oreilles avec les paumes ouvertes.

Les yeux de Chase s'écarquillèrent comme ils ne l'avaient sans doute encore jamais fait. Myron le bâillonna de la main, étouffant son hurlement. Le saisissant par la nuque, il le jeta de sa chaise.

Chase se retrouva par terre sur le dos. Myron le regarda droit dans les yeux et vit une larme rouler sur sa joue. Il en eut la nausée. Il pensa à Jeremy et cela l'aida à garder un visage inexpressif.

— Appelez-la, dit-il.

Il écarta lentement la main.

Chase respirait avec difficulté. Myron jeta un coup d'œil à Win. Celui-ci secouait la tête.

— Vous, dit Chase, crachant les mots, irez en prison.

Myron ferma les yeux, serra un poing et cogna l'avocat sous les côtes, du côté du foie. Le visage rondouillard parut se retrousser. Myron lui tenait toujours la bouche, mais cette fois il n'y eut pas de cri à étouffer.

Win se renversa en arrière sur sa chaise.

— Pour mémoire, je suis le seul témoin de cette scène. Je jurerais sous serment qu'il s'agissait de légitime défense.

Chase paraissait perdu.

— Appelez-la, répéta Myron.

Il était terrorisé à l'idée que cet ordre sonne comme une supplique. Il contempla Chase Layton. Sa chemise était sortie de son pantalon, sa cravate était de travers, sa coiffure ravagée. Myron sentit que rien ne serait plus jamais pareil pour lui. Chase Layton avait été agressé physiquement. Il marcherait toujours avec un peu plus de crainte désormais. Il dormirait un peu moins profondément. Quelque chose avait à jamais un tout petit peu changé en lui.

Et en Myron aussi peut-être.

Il cogna de nouveau. Chase fit *oouf*. Win se posta près de la porte. Ne montre rien, se dit Myron. Un type qui fait son travail. Un type qui ne s'arrêtera pas quoi qu'il arrive. Il serra de nouveau le poing.

Cinq minutes plus tard, Chase Layton appelait Susan Lex.

32

— Il aurait mieux valu, dit Win, que tu me laisses faire.

Myron continua à marcher.

— Cela n'aurait rien changé.

Win haussa les épaules. Ils avaient une heure devant eux. Big Cyndi se trouvait maintenant dans la salle de conférences avec Chase Layton, pour soi-disant rédiger son nouveau contrat de catcheuse professionnelle. Quand elle était entrée dans la pièce, deux mètres et cent cinquante kilos moulés dans son costume de Big Chief Mama, Chase Layton avait à peine levé la tête. La douleur due aux coups, Myron en était certain, se dissipait. Il ne l'avait pas frappé de façon à provoquer des dommages durables, du moins d'ordre physique.

Esperanza était installée dans le hall de l'immeuble. Myron et Win retrouvèrent Zorra deux étages plus bas, au septième. Zorra avait patrouillé et repéré les niveaux inférieurs et décidé que celui-ci serait le plus discret et le plus facile à contrôler. Tous les bureaux du côté nord étant vides, toute entrée ou sortie devait se faire par un accès unique. Elle s'y était retranchée avec un téléphone portable. Esperanza en avait un autre en bas. Win gardait le troisième. Ils communiquaient sur une ligne à trois canaux. Myron et Win étaient en position. Au cours des vingt dernières minutes, l'ascenseur ne s'était arrêté à leur étage qu'à deux reprises. Bien. Quand les portes s'étaient ouvertes, Myron et Win avaient feint d'être en pleine conversation, deux types qui attendaient l'ascenseur pour aller dans le sens opposé. Un vrai petit commando infiltré en territoire ennemi.

Myron crevait de trouille à l'idée que quelqu'un ne survienne sur les lieux au mauvais moment. Zorra les préviendrait, bien sûr, mais une fois que l'opération aurait démarré, il serait impossible de revenir en arrière. Ils avaient inventé une espèce d'excuse, mais Myron n'était pas certain de pouvoir de nouveau frapper des innocents aujourd'hui. Il ferma les yeux. Plus question de reculer maintenant. Il était allé trop loin.

Win lui sourit.

— Tu te demandes encore si la fin justifie les moyens ?

— Non, dit Myron.

— Non ?

— Je sais que la fin ne justifie rien.

— Néanmoins ?

— Écoute, là, tout de suite, je suis pas vraiment d'humeur à l'introspection.

— Tu fais ça si bien, pourtant, dit Win.

— Merci.

— Te connaissant, je dirais que tu gardes cela pour plus tard – quand tu auras un peu plus de temps devant toi. Tu serreras les dents en songeant à ce que tu as fait. Tu auras honte, tu seras dévoré par le remords et la culpabilité – tout en éprouvant une étrange fierté de ne pas m'avoir laissé faire le *sale travail*. Tu mettras un terme à ce dilemme en produisant une déclaration sans la moindre équivoque : cela n'arrivera plus jamais. Et peut-être sera-ce le cas... en tout cas, tant que les enjeux ne seront pas aussi élevés.

— Donc, je suis un hypocrite, dit Myron. Content ?

— Encore une fois, tu me comprends mal.

— Je te comprends mal ?

— Tu n'es pas un hypocrite. Tu vises des hauteurs prodigieuses. Le fait que ta flèche ne puisse pas toujours les atteindre ne fait pas de toi un hypocrite.

— Donc, en conclusion, et si je te suis bien, la fin ne justifie pas les moyens. Sauf parfois.

Win écarta les mains.

— Tu vois ? Je viens de t'épargner des heures d'examen de conscience. Je devrais peut-être envisager de rédiger un de ces manuels sur comment faire fructifier son temps libre.

Esperanza intervint par téléphone.

— Ils sont là.

Win porta le récepteur à l'oreille.

— Combien ?

— Trois qui montent. Susan Lex, ce Granite Man dont Myron ne cesse de parler et un autre gros bras en blazer. Deux autres restent garés dehors.

— Zorra, dit Win dans le téléphone, pourriez-vous, s'il vous plaît, garder à l'œil les deux gentlemen en voiture ?

— Et s'ils bougent ? demanda Zorra.

— Faites en sorte qu'ils ne bougent plus.

— Avec plaisir, gloussa Zorra.

Win l'imita. Vous avez demandé un fou furieux ? Ne quittez pas, SVP. Le premier appel est gratuit.

Myron et Win attendirent. Deux minutes passèrent.

— Ascenseur du milieu, dit Esperanza. Tous les trois dedans.

— Personne d'autre ?

— Non... Attendez. Merde ! Deux hommes d'affaires montent avec eux.

Myron ferma les yeux et jura.

Win le regarda.

— À toi de décider.

La panique broya la poitrine de Myron. Des innocents dans l'ascenseur. La violence inéluctable. Et maintenant, il y aurait des témoins.

— Eh bien ?

— Attendez.

C'était encore Esperanza.

— Gueule de Caillou les empêche de monter. On dirait qu'il leur conseille de prendre le suivant.

— Sécurité haut de gamme, commenta Win. Qu'il est doux de constater que nous n'avons pas affaire à des amateurs.

— C'est bon, dit Esperanza. Il n'y a qu'eux dans la cabine.

331

Le soulagement de Myron fut presque aussi douloureux que la panique précédente.

— Les portes se referment... ils montent. Maintenant.

Myron pressa le bouton d'appel. Win dégaina son quarante-quatre et Myron son Glock. Ils attendirent. Myron gardait son arme à hauteur de hanche. Elle semblait lourde, d'une façon terriblement réconfortante. Il ne cessait de regarder derrière lui dans le couloir. Personne. Pourvu que leur chance continue. Son pouls s'accélérait. Sa bouche était sèche. La température semblait avoir brusquement monté.

Moins d'une minute plus tard, la lumière au-dessus de l'ascenseur du milieu émit un *ding*.

Le visage de Win était ailleurs, euphorique presque. Il tortilla un sourcil et annonça :

— En scène.

Muscles bandés, Myron se pencha en avant. Le ronronnement discret de l'ascenseur se tut. Il y eut un petit instant de répit avant que les portes commencent à glisser. Win n'attendit pas. Il se retrouva à l'intérieur avant : que la fente dépasse les trente centimètres. Il trouva Grover et lui enfonça son flingue dans l'oreille. Myron en fit autant avec l'autre garde.

— Oreille bouchée, Grover ? dit Win de sa plus belle voix de spot de pub. Smith et Wesson ont la solution !

Susan Lex commença à ouvrir la bouche. Win posa un index sur ses lèvres et murmura :

— Chhh.

Puis il fouilla et désarma Grover. Imité par Myron avec le second garde. Grover fusillait Win du regard. Fusillade que Win soutenait avec flegme.

— Je vous en prie : faites un geste brusque.

Grover ne moufta pas.

Win recula. La porte de l'ascenseur commençait à se refermer. Myron la bloqua du pied. Il braqua son arme sur Susan Lex.

— Vous venez avec moi, dit-il.

— Vous ne voulez pas vous venger d'abord ? fit Grover.

Myron se tourna vers lui.

— Allez-y, dit Grover en écartant les bras. Frappez-moi dans le ventre. Allez-y. Mettez tout ce que vous avez.

— Pardonnez-moi, dit Win en excellent français. Mais cette offre me concerne-t-elle aussi ?

Grover baissa les yeux vers cet homme nettement plus chétif et le lorgna comme une miette appétissante.

— J'ai entendu dire que vous n'étiez pas mauvais, dit-il.

Win se tourna vers Myron.

— « Pas mauvais », répéta-t-il. *Monsieur* Grover a entendu dire que je ne suis « pas mauvais ».

— Win, dit Myron.

Le genou de Win perfora l'entrejambe de Grover. Et il accompagna son geste, lui remontant les testicules jusqu'à l'estomac. Grover n'émit pas le moindre son. Il se coucha simplement comme une mauvaise main au poker.

— Oh, attendez, vous avez dit « ventre », n'est-ce pas ?

Win baissa les yeux vers lui, sourcils froncés.

— Je dois travailler ma précision. Vous avez raison. Je ne vaux guère mieux que « pas mauvais ».

Grover était tombé à genoux, les mains entre les jambes. Win le frappa à la tempe du cou-de-pied, le faisant basculer comme une quille de bowling. Puis il regarda l'autre garde, qui leva précipitamment les mains et recula contre la paroi.

— Direz-vous à vos amis que je ne suis « pas mauvais » ? s'enquit Win.

Le blazer secoua la tête.

— Ça suffit, dit Myron.

Win s'empara de son téléphone.

— Zorra. Au rapport.

— Ils pas bouger, mon cœur.

— Dans ce cas, montez. Vous pourrez m'aider à faire un peu de ménage.

— Ménage ? Ooooh, Zorra monte vite.

Win éclata de rire.

— Ça suffit, répéta Myron.

Win ne lui répondit pas mais il ne comptait pas vraiment sur une réponse. Myron saisit Susan Lex par le bras.

— Allons-y.

Il l'entraîna dans l'escalier. Zorra surgit, bondissante… sur ses hauts talons, bien sûr. Laisser deux hommes désarmés avec Win et Zorra. Qui avait parlé de terreur ? Mais il n'avait pas le choix. Il se tourna vers Susan Lex, la tenant toujours solidement par le coude.

— J'ai besoin de votre aide, lui dit-il.

Susan Lex le dévisagea, tête haute, pas intimidée.

— Je promets de ne rien dire, poursuivit-il. Je ne cherche nullement à vous blesser, votre famille ou vous. Mais vous allez m'emmener voir Dennis.

— Et si je dis non ?

Myron se contenta de la regarder.

— Vous me feriez du mal ? dit-elle.

— Je viens de frapper un homme innocent, dit-il.

— Et vous en feriez autant à une femme ?

— Je ne voudrais pas être accusé de sexisme.

Elle continua à le défier mais, à la différence de Chase Layton, elle semblait comprendre comment cela se passe dans le monde réel.

— Vous savez de quel pouvoir je dispose.

— Oui.

— Dans ce cas, vous savez ce que je vous ferai quand tout sera terminé ?

— Ça m'est plus ou moins égal. Un garçon de treize ans a été kidnappé.

Elle faillit sourire.

— Je croyais qu'il avait besoin d'une greffe de moelle osseuse.

— Je n'ai pas le temps de vous expliquer.

— Mon frère n'est en rien mêlé à ceci.

— C'est ce qu'on n'arrête pas de me dire.

— Parce que c'est la vérité.

— Alors, prouvez-le-moi.

Quelque chose se passa alors avec son visage. Ses traits changèrent, se relâchèrent pour exprimer quelque chose qui ressemblait à de la tranquillité.

— Venez, dit-elle. Allons-y.

33

Susan Lex lui fit prendre le FDR vers le nord jusqu'au Harlem River Drive puis encore vers le nord sur la 684. Une fois qu'ils furent dans le Connecticut, la circulation se raréfia. Les forêts épaissirent. Les habitations disparurent.

— Nous y sommes presque, dit Susan Lex. J'aimerais connaître la vérité maintenant.

— Je ne vous ai dit que la vérité.

— Bien.

Puis :

— Comment comptez-vous vous en sortir ?

— Me sortir de quoi ?

— Allez-vous me tuer ?

— Non.

— Dans ce cas, attendez-vous à des représailles. Pour le moins, à un procès.

— Je vous l'ai déjà dit, ça m'est égal. Mais je ne suis pas si inquiet, à vrai dire.

— Non ?

— Non. Dennis va me sauver.

— Comment ?

— Si c'est le Semeur de Graines...

— Ce n'est pas lui.

— ... ou bien s'il est lié d'une façon ou d'une autre au Semeur de Graines, alors ce que je suis en train de faire, c'est du vol de bonbons en comparaison.

— Et si ce n'est pas lui ?

Myron haussa les épaules.

— Quoi qu'il en soit, je vais apprendre ce que vous tenez tant à cacher. Nous pourrions conclure un marché. Je ne révèle pas ce que j'ai vu et, en échange, vous me laissez tranquille.

— Ou alors, tout aussi tranquillement, je pourrais vous tuer.

— Je ne pense pas que vous ferez ça.

— Non ?

— Vous n'êtes pas une tueuse. Et même si vous l'étiez, ce serait trop compliqué. J'ai laissé des preuves derrière moi. Et puis, il y a Win. Vous n'irez pas vous mettre dans un merdier pareil.

— On verra, dit-elle sans rien concéder. Tournez, là, à droite.

Elle montrait une route en terre battue qui avait surgi de nulle part. Une guérite les attendait à une cinquantaine de mètres de l'embranchement sur la gauche. Myron s'arrêta. Susan Lex se pencha et sourit. Le garde leur fit signe de passer. Il n'y avait aucune pancarte, rien pour signaler ce qu'était cet endroit. Myron songea vaguement au camp retranché d'une milice.

Après la barrière, la terre battue était remplacée par des pavés. Des pavés neufs à en juger par leur aspect luisant, comme trempés par la pluie. Des

337

deux côtés, des arbres étaient massés, spectateurs d'une parade invisible. Plus loin, la route s'étrécissait. Les arbres se rapprochaient. Un virage à gauche et la voiture franchit un portail en fer forgé gardé par deux faucons de pierre.

— Où sommes-nous ? demanda Myron.

Susan Lex ne répondit pas.

Une bâtisse émergea des bois, un monumental manoir géorgien. Classique. Impeccable. Façade blanc cassé, fenêtres palladiennes, pilastres, frontons à froufrous, balconnets pigeonnants et feuilles de vigne très vierges. Un jeu de doubles portes géantes s'ouvrait en plein centre, tout l'édifice obéissant à une symétrie parfaite.

— Garez-vous sur le parking, dit Susan Lex.

Myron suivit son index. C'était effectivement un parking. Une vingtaine de véhicules de marques diverses. Une BMW, deux ou trois Honda Accord, trois Mercedes de différentes lignées, des Ford, des 4 × 4, un break. Le bon vieux melting-pot américain. Myron jeta un nouveau coup d'œil vers le gigantesque bâtiment. Et, pour la première fois, remarqua les rampes. Des tas de rampes. Il vérifia les pare-brise. Beaucoup arboraient des macarons de médecins.

— Un hôpital, dit-il.

Susan Lex sourit.

— Venez.

Ils remontèrent une allée de briques. Des jardiniers gantés et agenouillés bichonnaient des massifs de fleurs. Une femme leur sourit poliment mais sans leur adresser la parole. Ils franchirent une porte en ogive pour se retrouver dans un hall s'élevant sur deux étages. Une employée assise derrière le bureau se leva aussitôt, visiblement surprise.

— Madame, nous ne vous attendions pas, dit-elle.

— Ne vous inquiétez pas.

— La sécurité n'est pas en place.

— Ne vous inquiétez pas de cela non plus.

— Bien, madame.

Susan Lex avait à peine ralenti l'allure. Elle s'engagea sur l'un des deux escaliers qui enlaçaient le vestibule, restant au milieu des marches, sans toucher la rampe.

— Que voulait-elle dire en parlant de la sécurité ? s'enquit Myron.

— Quand je viens, ils veillent à ce que je ne croise personne dans les couloirs.

— Pour garder votre secret ?

— Oui, dit-elle sans cesser de monter. Peut-être avez-vous remarqué qu'elle m'a appelée « madame ». Cela fait aussi partie des mesures de discrétion. On ne prononce jamais le moindre nom ici.

À l'étage, Susan tourna à gauche. Le papier peint au motif floral recouvrant les murs du couloir était l'unique décoration. Pas de petites tables, pas de chaises, pas d'images encadrées, pas de carpette orientale. Ils passèrent devant une douzaine de chambres, dont deux seulement avec la porte ouverte. Remarquant la largeur inusitée de ces portes, Myron repensa au *Babies and Children's Hospital*. Là-bas aussi, elles étaient très larges. Pour permettre l'accès aux brancards et aux fauteuils roulants.

Au bout du couloir, Susan s'arrêta et inspira profondément avant de se tourner vers lui.

— Vous êtes prêt ?

Il l'était.

Elle ouvrit la porte et entra. Myron la suivit. Un lit à baldaquin, genre Cendrillon s'éclate à Las Vegas, lui sauta aux yeux. Puis il remarqua les murs d'un vert chaleureux ornés de boiseries, le petit lustre en cristal, le canapé victorien lie-de-vin, le tapis persan aux taches écarlates. La stéréo jouait un concerto pour violon de Mozart un peu trop fort. Assise dans un coin, une femme lisait. Elle non plus ne put cacher sa stupeur. Son livre à la main, elle se leva immédiatement en découvrant Susan Lex.

— Tout va bien, dit celle-ci. Vous voulez bien nous laisser quelques instants ?

— Oui, madame. Si vous avez besoin de quoi que ce soit...

— Je sonnerai, merci.

La femme exécuta une espèce de révérence et fila. Myron regarda l'homme dans le lit. La ressemblance avec l'image obtenue par ordinateur était hallucinante, quasi parfaite. Y compris, assez bizarrement, les yeux morts. Myron s'approcha. Dennis Lex le suivit d'un regard vide, vitreux. En un mot : mort.

— Monsieur Lex ?

Dennis Lex le fixait.

— Il ne peut pas parler, dit Susan.

Myron se tourna vers elle.

— Je ne comprends pas.

— Vous aviez raison. Il s'agit bien d'un hôpital. En quelque sorte. Il fut un temps où on aurait sans doute appelé cet endroit un sanatorium privé.

— Depuis quand votre frère est-il ici ?

— Depuis trente ans.

Elle vint vers le lit et, pour la première fois, baissa les yeux vers son frère.

— Vous voyez, monsieur Bolitar, c'est là l'un des inconvénients de la richesse.

Elle tendit la main pour caresser la joue de Dennis.

— Nous sommes trop bien éduqués pour ne pas offrir ce qu'il y a de mieux à ceux que nous aimons. Les soins les plus humains, le plus grand confort possible...

Myron attendit qu'elle en dise davantage. Elle continuait à caresser la joue. Il essayait de voir son visage mais elle le gardait baissé et légèrement détourné.

— Pourquoi est-il ici ? demanda-t-il.

— Je l'ai abattu, dit-elle.

Myron ouvrit la bouche, la referma, fit le calcul.

— Mais vous n'étiez qu'une enfant quand il a disparu.

— J'avais quatorze ans. Bronwyn en avait six.

Les caresses s'arrêtèrent.

— C'est une vieille histoire, monsieur Bolitar. Que vous avez déjà dû entendre cent fois. Nous jouions avec un pistolet chargé. Bronwyn le voulait, je refusais de le lui laisser, il a tenté de s'en saisir, le coup est parti.

Elle avait dit tout cela dans un seul souffle, les yeux sur son frère. Elle recommença à le caresser.

— Voilà le résultat, conclut-elle.

Myron contempla les yeux morts dans le lit.

— Et depuis, il est ici ?

Elle acquiesça.

— J'ai longtemps attendu sa mort. De façon à être officiellement une meurtrière.

— Vous étiez une enfant, dit Myron. C'était un accident.

Elle le regarda et sourit.

— Eh bien, venant de vous, voilà qui veut dire quelque chose. Merci.

Il garda le silence.

— Quoi qu'il en soit, reprit-elle, Papa s'est occupé de tout. Il a veillé à ce que mon frère bénéficie des meilleurs soins. Une personne très secrète, mon père. L'arme lui appartenait. Il l'avait laissée là où ses enfants pouvaient jouer avec. Ses affaires prenaient de l'importance, sa réputation aussi. Il avait même des aspirations politiques. Son principal souci était donc que ce malheureux événement ne s'ébruite pas.

— Et il a réussi.

Elle inclina la tête d'avant en arrière.

— Oui.

— Et votre mère ?

— Quoi, ma mère ?

— Comment a-t-elle réagi ?

— Ma mère détestait les désagréments, monsieur Bolitar. Après l'incident, elle n'a plus jamais revu mon frère.

Dennis Lex émit un son, un raclement guttural, qui n'avait rien d'humain. Susan posa la main sur sa poitrine, essayant gentiment de le calmer.

— Bronwyn et vous, avez-vous bénéficié d'un soutien ? s'enquit Myron.

Elle haussa un sourcil.

— Un soutien ?

— Psychologique. Pour vous aider à traverser cela.

Le sourcil monta encore plus haut.

— Oh, s'il vous plaît, dit-elle.

Myron restait planté là. Son esprit tournait en rond. Et, au centre de ce cercle, il n'y avait rien. Rien du tout.

— Voilà, maintenant vous connaissez la vérité, monsieur Bolitar.

— J'imagine.

— Ce qui veut dire ?

— Je me demande pourquoi vous m'avez raconté tout ça. Vous auriez pu vous contenter de me montrer Dennis.

— Maintenant, vous ne parlerez pas.

— Comment pouvez-vous en être aussi sûre ?

Elle sourit.

— Quand on a abattu son propre frère, abattre des étrangers devient nettement plus facile.

— Vous n'y croyez pas vous même.

— Non, je suppose que non, dit-elle avant de le fixer droit dans les yeux. Le fait est, monsieur Bolitar, que vous n'avez pas grand-chose à raconter. Comme vous l'avez déjà fait remarquer, nous avons tous les deux de bonnes raisons de nous taire. Vous pourriez être arrêté pour enlèvement et Dieu sait quoi encore. Les preuves de mon crime – si crime il y a eu – n'existent pas. Vous vous en tireriez beaucoup plus mal que moi.

Myron acquiesça, mais quelque chose apparaissait au centre du cercle. Soit son histoire était vraie, soit elle cherchait à s'attirer sa sympathie, pour limiter les dégâts éventuels. Pourtant, il la croyait. Cette confession était peut-être due à une raison beaucoup plus simple. Après toutes ces années, peut-être avait-elle juste besoin que quelqu'un l'entende. Quoi qu'il en soit, cela ne le menait nulle part. Il n'y avait rien pour lui ici. Dennis Lex était vraiment une impasse.

Il regarda par la fenêtre. Le soleil se couchait. Il consulta sa montre. Jeremy avait disparu depuis cinq heures – cinq heures en compagnie d'un dément – et sa meilleure piste, sa seule piste, gisait sur ce lit d'hôpital, le cerveau grillé.

Tout en se couchant, le soleil était encore éclatant, inondant de blancheur l'élégant jardin. Myron vit un labyrinthe formé de haies taillées. Plusieurs patients dans des chaises roulantes, couverture sur les jambes, étaient assis près de la fontaine. Les rayons semblaient rebondir sur l'eau pour aller frapper une statue plantée au milieu d'une...

Il s'arrêta.

La statue.

Il sentit son sang se transformer en cristal. Il se protégea les yeux pour mieux regarder.

— Bon Dieu, fit-il.

Avant de se ruer hors de la chambre.

34

L'hélicoptère de Susan Lex entamait sa descente vers la zone d'atterrissage de l'hôpital quand Kimberly Green l'appela sur son portable.

— Nous avons arrêté Stan Gibbs, dit-elle. Mais le garçon n'était pas avec lui.

— Normal. Ce n'est pas le ravisseur.

— Vous savez quelque chose que j'ignore ?

Myron ne répondit pas à la question.

— Stan vous a-t-il parlé ?

— Que dalle. Il a déjà un avocat. Il dit qu'il ne parlera qu'à vous. Vous, Myron. Pourquoi cela ne me surprend-il pas ?

Même s'il avait voulu répondre, le vacarme de l'hélicoptère l'en aurait empêché. Il recula de quelques pas. L'engin toucha terre. Le pilote sortit la tête du cockpit et lui fit signe.

— J'arrive, cria Myron dans le téléphone.

Il le coupa avant de se tourner vers Susan Lex.

— Merci.

Elle hocha la tête.

Plié en deux, il fonça vers l'hélicoptère. Tandis qu'ils décollaient, Myron regarda derrière lui. Le menton de Susan Lex était toujours levé. Elle le suivait des yeux. Il la salua. Elle lui rendit son salut.

Stan n'était pas en détention parce qu'ils ne détenaient rien contre lui. Assis dans une salle d'attente, les yeux sur la table, il laissait son avocate, Clara Steinberg, s'occuper des pourparlers. Myron connaissait Clara depuis son plus jeune âge. Et avant ça, même. Tata Clara et Tonton Sydney – il les appelait ainsi en dépit du fait qu'il n'avait aucun lien de parenté avec eux – étaient les meilleurs amis de Papa et Maman. Papa avait été à l'école primaire avec Clara. Maman avait partagé sa chambre d'étudiante avec elle. Pire encore, c'était Tata Clara qui avait manigancé la première rencontre entre Papa et Maman. Elle adorait rappeler à Myron que : clin d'œil, « sans Tata Clara, tu ne serais pas là », re-clin d'œil. Subtile, la Clara. Quand ils étaient en vacances, elle n'arrêtait pas de lui pincer les joues pour exprimer son admiration devant son *punim*. « Un visage pareil ! »

— Je t'explique comment ça va se passer, *bubbe*, lui dit-elle.

Cheveux gris métallisé, une paire de culs de bouteille sur le nez. Elle leva ses verres géants vers lui et les yeux de mouche mutante le radiographièrent jusqu'à la moelle. Avec son chemisier blanc sous le tailleur gris, son foulard autour du cou et les perles accrochées aux oreilles, on aurait dit Barbara Bush. Version *shtetl*.

— Afin que les choses soient claires, dit-elle, sache que je suis l'avocate de M. Gibbs. J'ai exigé que cette conversation reste strictement confidentielle. Je nous ai fait changer quatre fois de pièce afin de m'assurer que les autorités ne nous espionnent pas. Mais je ne leur fais pas confiance. Ils prennent ta tante Clara pour une vieille schnock. Ils s'imaginent qu'on va papoter ici.

— Et on ne va pas papoter ici ? demanda Myron.

— On ne va pas papoter ici.

Il crut sentir le pincement sur sa joue. Si Clara avait été boxeur, on aurait dit qu'elle avait enfilé son protège-dents et son regard de tueur.

— D'abord, reprit-elle, on va se lever. Tu comprends ?

— Se lever, répéta Myron.

— Bien. Ensuite, je vais vous conduire dehors, Stan et vous, et vous irez de l'autre côté de la rue. Je resterai de ce côté-ci en compagnie de tous ces charmants agents du FBI. On va faire ça tout de suite, sur-le-champ, pour ne pas leur laisser le temps de déballer leurs micros longue portée. C'est compris ?

Myron acquiesça. Stan gardait les yeux sur le Formica.

— Bien, nous voilà donc tous sur la même longueur d'onde.

Elle frappa à la porte. Kimberly Green ouvrit. Clara la dépassa sans un mot. Myron et Stan la suivirent. Kimberly se précipita derrière le trio.

— Où croyez-vous aller comme ça ?

— On a changé nos plans, mon chou.

— Vous ne pouvez pas.

— Bien sûr que je peux. Je suis une charmante vieille dame.

— Vous pourriez être la Reine Mère que j'en aurais rien à foutre, dit Kimberly. Vous allez nulle part.

— Vous êtes mariée, mon chou ?

— Quoi ?

— Peu importe, dit Clara. Je vais vous dire quelque chose et vous allez y réfléchir. Mon client exige la confidentialité.

— Nous avons déjà promis...

— Chut, vous parlez alors que vous devriez écouter. Mon client exige la confidentialité. Donc, M. Bolitar et lui vont aller faire un petit tour ensemble. Vous et moi les observerons à distance. Nous ne les écouterons pas.

— Je vous ai déjà dit...

— Chut, vous me donnez la migraine.

Tata Clara roula des yeux et continua à marcher, Myron et Stan sur ses talons. Ils arrivèrent à la sortie. Clara montra un arrêt de bus de l'autre côté de la rue.

— Asseyez-vous là-bas, dit-elle. Sur le banc.

Myron dit d'accord. Clara posa la main sur son coude.

— Traverse dans les clous. Et respecte les feux.

Les deux hommes marchèrent jusqu'au coin de la rue et attendirent avant de traverser. Kimberly Green et ses collègues fulminaient. Clara les prit par la main et les ramena à l'entrée du bâtiment. Stan et Myron s'assirent sur le banc. Stan suivit du regard un car de la New Jersey Transit comme s'il emportait le secret de la vie.

348

— Nous n'avons pas le temps d'admirer le paysage, Stan.

Stan se pencha en avant, posa les coudes sur ses genoux.

— C'est difficile pour moi.

— Si cela peut vous faciliter les choses, dit Myron, je sais que votre père est le Semeur de Graines.

Le visage de Stan tomba dans ses paumes.

— Stan ?

— Comment l'avez-vous découvert ?

— Grâce à Dennis Lex. Je l'ai retrouvé dans un sanatorium privé du Connecticut. Il y est depuis trente ans. Mais vous le saviez déjà, n'est-ce pas ?

Gibbs ne dit rien.

— Au sanatorium, il y a un grand jardin. Avec une statue de Diane Chasseresse. Dans votre appartement, j'ai vu une photo de vous avec votre père devant cette même statue. Il a été hospitalisé là-bas. Inutile de confirmer ou de nier. J'en viens. Susan Lex a de l'influence. Un administrateur nous a appris qu'Edwin Gibbs y a effectué plusieurs séjours plus ou moins longs pendant plus de quinze ans. Le reste se devine. Votre père était un patient, il lui était facile, malgré les soi-disant mesures de sécurité, de connaître les autres patients. Même ceux qui ne sortent jamais de leur chambre. Donc, il a su pour Dennis Lex. Et il lui a volé son identité. Un véritable petit exploit, je veux bien le reconnaître. Autrefois, il était assez facile de se procurer une fausse identité. Vous visitiez un cimetière à la recherche d'un enfant mort et il suffisait de demander

349

son numéro de sécu pour devenir un homme neuf. Mais ça ne marche plus. Les ordinateurs ont mis de l'ordre dans tout ça. De nos jours, quand vous mourez, votre numéro de sécurité sociale meurt avec vous. Donc, votre père a pris l'identité de quelqu'un qui était toujours en vie, mais qui n'en avait pas l'usage, quelqu'un qui était à jamais cloué sur un lit. En d'autres termes, il a pris l'identité d'un vivant qui ne vivait pas. Et, pour être encore moins repérable, il a changé son nom. Dennis Lex est devenu Davis Taylor. Il a effacé toutes les traces.

— Pas toutes. Vous l'avez retrouvé.

— J'ai eu de la chance.

— Continuez, dit Stan. Dites-moi ce que vous savez encore.

— On n'a pas le temps de jouer à ça, Stan.

— Vous ne comprenez pas.

— Quoi ?

— Si c'est vous qui le dites – si vous devinez tout seul – ce sera moins une trahison. Vous voyez ?

Pas le temps de discuter. Et peut-être que Myron voyait.

— Commençons par la question que tout journaliste aurait envie de poser : pourquoi vous ? Pourquoi le Semeur de Graines vous a-t-il choisi vous plutôt qu'un autre ? La réponse : parce que c'était votre père. Il savait que vous ne le dénonceriez pas. Peut-être espériez-vous que quelqu'un devinerait. Je ne sais pas. Je ne sais pas non plus si c'est vous qui l'avez trouvé ou bien si c'est lui qui vous a trouvé.

— C'est lui, dit Stan. Il est venu me voir en tant que journaliste. Pas en tant que fils. Il a été très clair là-dessus.

— Oui, dit Myron. Double assurance. Il se protégeait des deux côtés : vous auriez dénoncé votre propre père et vous auriez enfreint la règle cardinale du journaliste sérieux. Ce très cher Premier amendement. On ne révèle jamais ses sources. L'échappatoire idéale. Vous pouviez respecter votre éthique tout en restant un bon fils.

Stan leva la tête.

— Vous voyez bien que je n'avais pas le choix.

— Oh, à votre place, je ne serais pas aussi indulgent, dit Myron. Ce n'était pas que de l'altruisme de votre part. L'ambition a aussi joué son rôle et on dit que vous n'en manquiez pas. Cette histoire vous a rendu célèbre. Elle vous a servi de tremplin, et quel tremplin ! Le genre qui propulse une carrière dans la stratosphère. Vous passiez à la télé et vous aviez même votre propre émission sur le câble. Votre salaire a été multiplié par 10, vous étiez invité aux soirées chic. Vous voulez me dire que tout ça ne comptait pas ?

— C'était une conséquence, dit Stan. Pas un facteur.

— Ben voyons.

— Vous l'avez dit vous-même : je ne pouvais pas le dénoncer, même si je l'avais voulu. Il y avait un principe constitutionnel en jeu. Même si ça n'avait pas été mon père, j'avais l'obligation…

— Gardez ça pour votre confesseur, le coupa Myron. Où est-il ?

Stan ne répondit pas. Myron regarda de l'autre côté de la rue. Beaucoup trop de circulation. Les voitures devinrent floues et, à travers cette brume, debout aux côtés de Kimberly Green, il aperçut Greg Downing.

— Cet homme là-bas, dit-il en le désignant du menton. C'est le père du garçon.

Stan regarda mais son visage ne changea pas.

— Un gosse est en danger, dit Myron. Ça pulvérise votre principe constitutionnel.

— C'est toujours mon père.

— Et il a enlevé un gamin de treize ans, dit Myron. Stan leva les yeux.

— Qu'est-ce que vous feriez, vous ?

— Quoi ?

— Est-ce que vous dénonceriez votre père ? Comme ça ?

Il claqua des doigts.

— S'il kidnappait des enfants ? Ouais, je le dénoncerais.

— Vous croyez vraiment que c'est si facile ?

— Qui a dit que c'était facile ?

Stan enfonça de nouveau sa tête dans ses paumes.

— Il est malade et il a besoin d'aide.

— Et il y a aussi là quelque part un garçon innocent qui a besoin d'aide.

— Et alors ?

Myron le dévisagea, interloqué.

— Je ne veux pas être insensible, reprit Stan Gibbs, mais je ne le connais pas, ce garçon. Il n'a aucun lien avec moi. Tandis que, de l'autre côté, c'est mon père. C'est ça qui compte. Vous apprenez qu'il y a eu un accident d'avion, d'accord ? Deux cents morts, mais vous, qu'est-ce que vous faites ? Vous poussez un soupir, vous remerciez le ciel qu'aucun de ceux que vous aimez n'ait été à bord de cet avion et vous continuez à vivre. Oui ou non ?

— Ce qui nous mène où ?

— Vous agissez ainsi parce que les gens dans cet avion vous sont étrangers. Comme ce garçon. On se fout des étrangers. Ils ne comptent pas.

— Parlez pour vous.

— Êtes-vous proche de votre père, Myron ?

— Oui.

— Tout au fond de votre cœur, et si vous êtes vraiment honnête, sacrifieriez-vous sa vie pour sauver ces deux cents personnes ? Le feriez-vous ? Réfléchissez vraiment. Si Dieu venait vous dire : « D'accord, cet avion ne s'est jamais écrasé. Tous ces gens sont arrivés en parfaite santé. En échange, votre père mourra. » Vous accepteriez le marché ?

— En général, j'évite de me prendre pour Dieu ou de faire des affaires avec lui.

— Mais vous me demandez de le faire, dit Stan. Si je dénonce mon père, ils le tueront. Il aura droit à une injection mortelle. Si ça, ce n'est pas se prendre pour Dieu, je ne sais pas ce que c'est. Donc, je vous le demande. Échangeriez-vous deux cents vies contre celle de votre père ?

— Nous n'avons pas le temps...

— Le feriez-vous ?

— D'accord, si mon père avait fait sauter cet avion, dit Myron, oui, Stan, je ferais cet échange.

— Et si votre père n'était pas coupable ? Et s'il était malade ou dérangé ?

— Stan, nous n'avons pas le temps de jouer à ça.

Quelque chose craqua sur le visage de Stan. Il ferma les yeux.

— C'est un gamin, dit Myron. Nous ne pouvons pas le laisser mourir.

— Et s'il est déjà mort ?

— Nous n'en savons rien.

— Ce sera la mort de mon père.

— Cela non plus, nous ne le savons pas, dit Myron

Stan prit une longue inspiration et se tourna vers Greg Downing. Celui-ci le fixait, lui trouait la rétine.

— D'accord, dit-il enfin. Mais on y va seuls.

— Seuls ?

— Juste vous et moi.

Kimberly Green piqua une crise de rage.

— Vous êtes cinglés ?

Ils étaient de retour à l'intérieur, autour de la table en Formica. Kimberly Green, Rick Peck, et deux fédéraux sans visage s'aggloméraient les uns contre les autres comme pour ne former qu'un face à Clara Steinberg et son client. Greg était assis aux côtés de Myron. L'enlèvement de Jeremy lui avait siphonné le sang du visage. Sa peau semblait desséchée, ses yeux trop fixes et trop solides. Myron posa une main sur son épaule. Greg ne parut pas la remarquer.

— Voulez-vous la coopération de mon client, oui ou non ? demanda Clara.

— Je suis censée laisser partir mon suspect numéro un ?

— Je ne m'enfuirai pas, dit Stan.

— Et je devrais vous croire sur parole ? rétorqua Kimberly.

— C'est le seul moyen, dit Stan, suppliant. Si vous y allez avec vos armes, il y aura au moins un mort.

— Nous sommes des professionnels, répliqua Green. Nous ne tirons pas à tort et à travers.

— Mon père est agité. S'il voit débarquer des flics, je vous garantis qu'il y aura un bain de sang.

— C'est pas forcé, dit-elle. Tout dépend de lui.

— Exactement, dit Stan. Je ne veux pas prendre ce risque avec la vie de mon père. Vous nous laissez y aller. Vous ne nous suivez pas. Je m'arrange pour qu'il se rende. Myron sera tout le temps avec moi. Il est armé et il a un téléphone portable.

— Allons, dit Myron. Nous sommes en train de perdre du temps.

Kimberly Green se bouffait la lèvre inférieure.

— Je n'ai pas l'autorisation...

— Laissez tomber, dit Clara Steinberg.

— Je vous demande pardon ?

Clara pointa un doigt charnu vers Kimberly Green.

— Écoutez, mon chou, vous n'avez pas arrêté M. Gibbs, n'est-ce pas ?

Green hésita.

— C'est exact.

Clara se tourna vers Stan et Myron et agita ses mains.

— Alors, du balai, du vent. Nous sommes en train de parler pour ne rien dire. Filez. Pfuit.

Stan et Myron se levèrent lentement.

— Pfuit !

Stan toisa Kimberly.

— Si je repère une filature, je laisse tomber. On est bien d'accord ?

Elle macéra en silence.

— Ça fait trois semaines que vous me suivez maintenant. Je sais vous repérer.

— Elle ne vous suivra pas.

C'était Greg Downing. De nouveau, son regard se verrouilla à celui de Stan. Il se leva.

— Je veux venir, dit Greg. Et je suis probablement celui qui tient le plus à ce que votre père reste en vie.

— Et pourquoi ça ?

— La moelle osseuse de votre père peut sauver la vie de mon fils. S'il meurt, mon fils meurt aussi. Et si Jeremy a été blessé ou si on lui a fait du mal... eh bien, j'aimerais être là pour lui.

Stan ne réfléchit pas longtemps.

— Dépêchons-nous.

35

Stan conduisit. Greg s'assit à ses côtés, Myron à l'arrière.

— Où allons-nous ? demanda celui-ci.

— Bernardsville, dit Stan. Dans le Morris County.

Myron connaissait.

— Ma grand-mère est morte il y a trois ans, dit Stan. Nous n'avons pas encore vendu la maison. Mon père y va de temps en temps.

— Où loge-t-il, sinon ?

— Waterbury, Connecticut.

Greg se retourna vers Myron. Le vieux gaga, la perruque blonde. Le déclic se fit en même temps chez les deux hommes.

— C'est Nathan Mostoni ?

Stan acquiesça.

— C'est le pseudo qu'il utilise le plus souvent. Le vrai Nathan Mostoni est un autre patient de Pine Hill – c'est comme ça que s'appelle cet asile chicos dans la forêt, Pine Hill. C'est Mostoni qui, le premier, a eu l'idée d'utiliser l'identité d'autres internés ; il montait des arnaques. Mon père et lui sont devenus très amis. Quand Nathan a définitivement glissé dans le délire, mon père s'est approprié son nom.

Greg secoua la tête, serra les deux poings.

— Vous auriez dû dénoncer ce salopard.

— Vous aimez votre fils, n'est-ce pas, monsieur Downing ?

Greg lui lança un regard qui aurait pu percer des trous dans du titane.

— Quel rapport ?

— Vous aimeriez que votre fils vous dénonce à la police ?

— Ne jouez pas à ça avec moi. Si j'étais un psychopathe assoiffé de sang, ouais, j'aimerais que mon fils me dénonce. Ou mieux encore, j'aimerais qu'il me foute une balle dans la tête. Vous saviez que votre père était malade, hein ? Le moins que vous auriez pu faire, c'est lui trouver de l'aide.

— On a essayé, dit Stan. Il a été interné pendant pratiquement toute sa vie. Ça n'a rien changé. Ensuite, il s'est enfui. Quand, finalement, il a repris contact avec moi, je ne l'avais pas revu depuis huit ans. Imaginez. Huit ans. Il m'appelle et il me dit qu'il a besoin de me parler en tant que journaliste. Il l'a bien répété : « C'est au journaliste que je m'adresse. Quoi que je dise, tu ne pourras pas révéler ta source. » Il m'a fait jurer. J'étais complètement paumé. Mais j'ai accepté. Et c'est là qu'il m'a raconté son histoire. Ce qu'il avait fait. Je pouvais à peine respirer. Je voulais mourir. Je voulais juste me vider sur place et mourir.

Greg mit les doigts devant sa bouche. Stan se concentra sur la route. Myron regarda par la vitre. Il pensait au père des trois jeunes enfants, quarante et un ans ; à l'étudiante, vingt ans ; au couple tout juste marié, vingt-huit et vingt-sept ans. Il pensait au hurlement de Jeremy dans le téléphone. Il pensait à Emily attendant à la maison, aux sales graines que son esprit semait.

Ils sortirent de la 78 pour prendre la 287 vers le nord et ne tardèrent pas à se retrouver dans des ruelles tortueuses sans le moindre bout de ligne droite. Bernardsville était un coin pour vieux riches à la fortune rustique, avec un tas de moulins reconvertis en « villas » ornées de roues à eau. L'herbe longue et brune qui recouvrait les champs frémissait encore. Tout ça était un peu trop impeccable et un peu trop délaissé.

— C'est sur cette route, dit Stan.

Myron se redressa. Sa bouche était sèche. Il avait des fourmis dans le ventre. La voiture se tortilla sur une autre rue en tire-bouchon, les graviers crissant sous ses roues. Les maisons avaient du mal à s'extraire des bois, mais chacune possédait sa pelouse de banlieue. À côté des villas, avaient poussé des tas de baraques à colonnes et pas mal de ces trucs bâtis dans les années soixante-dix qui voulaient évoquer des ranches et qui vieillissaient comme du lait hors du frigo. Une pancarte avertissait à propos d'enfants qui jouaient. Myron n'en vit aucun.

Ils remontèrent une allée craquelée avec des mauvaises herbes qui grouillaient dans chaque craquelure.

Myron baissa sa fenêtre. L'herbe était cramée par le soleil mais une douce odeur de lis flottait encore, à en devenir écœurante. Le chant des criquets. Les fleurs sauvages. Pas une once de menace.

Un peu plus loin, il aperçut une longue maison basse sans étage. Des volets noirs étaient dépliés sur les bardeaux blancs. Il y avait des lumières à l'intérieur et, en cette fin d'après-midi, elles avaient quelque chose de curieusement réconfortant et accueillant. Tout aussi curieusement, il n'y avait ni rocking-chair ni pichet de citronnade sur la véranda. Ils auraient dû y être.

Quand la voiture arriva devant la maison, Stan serra le frein à main et éteignit le moteur. Les criquets se calmèrent un peu. Myron n'aurait pas été étonné si quelqu'un avait dit : « C'est tranquille, ici » et si un autre avait répondu : « Ouais, trop tranquille. »

Stan se tourna vers eux.

— Vaut mieux que j'y aille seul d'abord.

Ni l'un ni l'autre ne le contredirent. Greg fixait la demeure, essayant probablement de chasser de son esprit des horreurs indicibles. La jambe gauche de Myron se mit à jouer au marteau-pilon. Ça lui arrivait souvent quand il était tendu. Stan saisit la poignée de sa portière.

C'est alors que la première balle traversa le pare-brise, côté passager.

Le verre explosa et Myron vit la tête de Greg partir en arrière à une vitesse qu'elle n'était pas censée atteindre. Un énorme mollard écarlate vint lui éclabousser la joue.

— Greg !

L'instinct prit le dessus. Myron saisit Greg, le poussa sous le tableau de bord, essayant de baisser la tête lui aussi. Du sang. Beaucoup. Celui de Greg. Il saignait, abondamment, mais Myron ne savait pas d'où. Une autre détonation éclata. Une autre vitre se brisa, lui projetant des échardes de verre sur la tête. Il garda ses mains sur Greg, essayant de le couvrir, de le protéger. Une des mains de Greg, elle, se baladait sur sa poitrine et son visage, cherchant calmement le trou fait par la balle. Le sang continuait à ruisseler. Du cou. Du cou de Greg. Ou de la clavicule. Impossible de savoir précisément. Myron n'y voyait pas grand-chose à travers le crachat de sang. Il essaya d'arrêter le flot avec ses mains nues, repoussant le liquide poisseux à l'intérieur, un doigt dans la blessure, faisant pression avec sa paume. Mais le sang continuait à s'insinuer entre ses doigts, sous sa paume. Greg leva vers lui des yeux immenses.

Stan Gibbs mit les mains sur sa tête et se baissa en avant, comme pour un atterrissage d'urgence.

— Arrête ! hurla-t-il d'une voix de gosse. Papa !

Troisième coup de feu. Nouvelle pluie d'échardes. Myron fouilla dans sa poche et en sortit son arme. Greg lui saisit le bras, l'attira contre lui. Il avait une force incroyable.

— Le tue pas, dit Greg.

Il y avait du sang dans sa bouche.

— S'il meurt… Jeremy.

Myron hocha la tête, mais il ne rengaina pas son pistolet. Il lança un coup d'œil vers Stan. Au loin, ils entendirent un hélicoptère. Puis des sirènes. Les fédéraux débarquaient. Pas surprenant. Il n'y avait aucune chance qu'ils ne tentent pas de les suivre.

Des bulles rosâtres jaillissaient de la bouche de Greg. Ses yeux devenaient gris vitreux.

— Il faut qu'on fasse quelque chose, Stan, dit Myron.

— Restez baissés, dit Stan avant d'ouvrir la porte de la voiture et de crier : Papa !

Pas de réponse.

Stan sortit de la voiture. Il leva les mains et se dressa.

— S'il te plaît, cria-t-il. Ils arrivent. Ils vont te tuer.

Rien. L'air était si immobile que Myron croyait encore entendre l'écho des coups de feu.

— Papa ?

Myron leva un peu la tête pour risquer un coup d'œil. Un homme apparut, derrière un des coins de la maison. Edwin Gibbs portait un treillis militaire avec des bottes de combat. Une ceinture de munitions pendait sur son épaule. Son fusil était pointé vers le sol. C'était bien Nathan Mostoni, même s'il semblait avoir vingt ans de moins. Tête et menton hauts. Dos droit.

Greg gargouilla. Myron déchira sa chemise et plaqua le bout de tissu sur la blessure. Les yeux de Greg se fermaient.

— Reste avec moi, dit Myron. Allez, Greg, reste ici.

Greg ne répondit pas. Ses paupières papillonnèrent puis restèrent closes.

— Greg ?

Myron chercha un pouls. Il en trouva un qui ne lui parut pas très fort. Oh, merde, non, pas ça.

Dehors, Stan s'approchait de son père.

— S'il te plaît, dit-il. Pose ce fusil par terre, Papa.

Les voitures des fédéraux se déversèrent dans l'allée. Des freins couinèrent. Des agents bondirent hors des véhicules, prenant position, utilisant les portes ouvertes comme boucliers, braquant leurs armes. Edwin Gibbs semblait perdu, paniqué, le monstre de Frankenstein soudain encerclé par les villageois en colère. Stan accéléra nettement l'allure.

L'air parut s'épaissir, comme de la mélasse. Difficile de bouger, de respirer. Myron sentit presque les agents se raidir, leur doigt hésiter sur le métal froid de la détente. Il abandonna Greg un instant pour crier :

— Ne tirez pas !

Un fed leva un mégaphone.

— Posez ce fusil ! Tout de suite !

— Ne tirez pas ! hurla Myron.

Pendant quelques secondes, rien ne se produisit. Le temps fit ce mouvement de va-et-vient où tout semble se pétrifier et se précipiter au même moment. Une autre voiture arriva en dérapage. Un van des médias la suivait, stoppant dans un hurlement de freins. Stan continuait à marcher vers son père.

— Vous êtes encerclé ! dit le mégaphone. Lâchez ce fusil et croisez les mains derrière la tête. Mettez-vous à genoux.

Edwin Gibbs regarda à gauche, à droite. Puis il sourit. Une sale impression saisit Myron. Gibbs leva son fusil.

Myron roula hors de la voiture.

— Non !

Stan Gibbs se mit à sprinter. Son père le repéra, le visage très calme. Il leva son arme vers son fils. Stan continua à courir. Cette fois, le temps s'arrêta, attendant le coup de feu. Mais il ne vint pas. Stan avait été trop rapide. Edwin Gibbs ferma les yeux et laissa son fils le plaquer. Les deux hommes tombèrent. Stan resta sur son père, le couvrant de son corps, ne laissant pas la moindre ouverture.

— Ne le tuez pas, cria-t-il de nouveau avec sa voix blessée, sa voix d'enfant. Je vous en prie, ne le tuez pas.

Edwin Gibbs gisait sur le dos. Il lâcha son fusil. Qui tomba dans l'herbe. Stan le repoussa, toujours couché sur son père, le protégeant. Ils restèrent ainsi jusqu'à ce que les agents prennent le relais. Ils écartèrent le fils avec gentillesse avant de faire rouler le père sur le ventre pour lui passer les menottes. La caméra des journalistes n'en rata pas une fraction de seconde.

Myron retourna dans la voiture. Les yeux de Greg étaient toujours fermés. Il ne bougeait pas. Deux autres feds les rejoignirent, demandant déjà une ambulance par radio. Myron ne pouvait plus rien pour Greg maintenant. Il regarda la maison, le cœur toujours coincé dans la gorge, puis se mit à courir. Il saisit le loquet de la porte. Elle était verrouillée. Il se servit de son épaule. La porte tomba. Myron entra.

— Jeremy ?

Mais il n'y eut pas de réponse.

36

Ils ne trouvèrent pas Jeremy Downing.

Myron vérifia chaque pièce, chaque placard, la cave, le garage. Rien. Les fédéraux grouillaient autour de lui. Ils commencèrent à abattre les murs. Ils utilisèrent un détecteur de chaleur au cas où il y aurait une cachette souterraine, une grotte. Rien. Dans le garage, ils découvrirent un van blanc. Et, à l'arrière, une des baskets rouges de Jeremy.

C'est tout.

Des camionnettes des médias, en grand nombre, s'entassaient au bout de l'allée. Avec l'enlèvement du garçon, la blessure du père, star du basket désormais entre la vie et la mort, l'arrestation d'un éventuel tueur en série, le lien avec Stan Gibbs, le célèbre journaliste accusé de plagiat, cette histoire avait droit à la couverture maximale, avec banc-titre déroulant vingt-quatre heures sur vingt-quatre, gimmick musical attitré et hystérie généralisée façon La Mort de Lady Di. Des correspondants à la coiffure aussi impeccable que leurs dents refaites pour le petit écran donnaient le tempo avec des phrases comme « les recherches continuent » ou bien « nous en sommes à la xième heure d'angoisse » ou « derrière moi, vous apercevez la tanière du tueur » ou « nous resterons à l'antenne jusqu'à ce que... ».

Une photographie récente de Jeremy, celle qu'Emily avait diffusée sur le Web, restait en incrustation permanente dans un coin du poste. Brokaw, Jennings et Rather interrompirent le cours normal de leurs émissions. Des téléspectateurs appelèrent pour donner des infos dont aucune ne mena nulle part.

Et les heures passaient.

Emily vint sur les lieux. On la vit sur toutes les chaînes, tête baissée, se précipitant comme un criminel après son arrestation vers une voiture qui l'attendait, les flashes créant un grotesque effet stroboscopique. Les cadreurs se castagnèrent à coups de coudes et de caméras pour capturer l'image de la mère frappée par le malheur s'écroulant sur la banquette arrière. Ils eurent même une image d'elle en larmes. De la grande télé.

La nuit amena les projecteurs. Volontaires et agents des autorités fouillaient les environs à la recherche d'une tombe récente. Rien. Ils amenèrent des chiens. Rien. Ils parlèrent aux voisins, certains qui « n'avaient jamais eu confiance dans cette famille » mais la plupart pour qui « c'étaient des gens gentils, sans histoires, des voisins normaux, quoi ».

Dans un premier temps, Edwin Gibbs fut interrogé au poste de police de Bernardsville mais il refusa de parler. Clara Steinberg devint son avocate. Elle resta avec lui. Stan aussi. Myron devina qu'ils supplièrent Edwin mais, avec eux aussi, il refusa de parler.

Du côté de la maison, le vent se levait. Le mauvais genou de Myron lui faisait mal, chaque pas déclenchant une décharge de douleur. Celle-ci était imprévisible, s'invitant quand elle en avait envie, s'installant dans son corps comme un hôte sans gêne. Elle n'avait aucun effet secondaire positif, elle ne lui annonçait pas le mauvais temps ou quoi que ce soit de ce genre. Certains jours, il avait mal, c'est tout. Il ne pouvait rien y changer. Il rejoignit Emily et la prit dans ses bras.

— Il est toujours là, dit-elle à l'obscurité.

Silence de Myron.

— Il est tout seul. Il fait nuit. Et il a probablement peur.

— On va le trouver, Emily.

— Myron ?

— Hmm.

— Est-ce que c'est cette nuit qu'on paie encore ?

Un nouveau groupe d'hommes revint, les épaules voûtées de résignation, sinon de défaite. Un truc bizarre, ces recherches d'enfants disparus. On veut trouver quelque chose et, en même temps, on ne veut pas.

— Non, dit Myron. Je pense que tu avais raison. Cette erreur qu'on a commise, c'est ce qui nous est arrivé de mieux. Et peut-être qu'il y a un prix à payer pour quelque chose d'aussi beau.

Elle ferma les yeux, mais elle ne pleura pas. Myron ne la quitta pas. Le vent hurlait, dispersant les voix des hommes comme autant de feuilles mortes, fouettant les branches, et murmurant à l'oreille comme le plus terrifiant des amants.

37

À travers le miroir sans tain, Myron et Win regardaient le dos de Clara Steinberg et les visages de Stan et Edwin Gibbs. Que contemplaient aussi Kimberly Green et Eric Ford. Emily était à l'hôpital où Greg se faisait opérer. Personne ne semblait savoir s'il s'en était sorti.

— Pourquoi ne les écoutez-vous pas ? demanda Myron.

— Nous n'avons pas le droit d'espionner les conversations entre un prévenu et son avocat.

— Ils y sont depuis longtemps ?

— En gros, depuis qu'on l'a amené ici.

Myron consulta l'horloge derrière sa tête. Près de trois heures du matin. Les équipes scientifiques avaient désossé la maison sans dénicher le moindre indice quant à l'endroit où se trouvait Jeremy. La fatigue creusait les visages, sauf peut-être celui de Win. La fatigue ne semblait jamais le marquer. Il devait la garder enfermée à l'intérieur. À moins que l'absence de fatigue ait un rapport avec l'absence de conscience.

— Le temps joue contre nous, dit Myron.

— Je sais, dit Eric Ford. La nuit a été longue pour tout le monde.

— Faites quelque chose.

— Quoi, par exemple ? Que voudriez-vous que je fasse au juste ?

Win se chargea de lui répondre.

— Peut-être pourriez-vous parler à Mme Steinberg en privé.

Ceci éveilla l'attention de Ford.

— Quoi ?

— Emmenez-la dans une autre pièce, dit Win, et laissez-moi seul avec le suspect.

Eric Ford le regarda.

— Vous ne devriez même pas être ici. Il...

Un geste vers Myron.

— ... représente la famille Downing et je trouve déjà ça regrettable. Vous n'avez aucune raison d'être ici.

— Inventez-en une, dit Win.

Eric Ford agita la main comme si cela ne valait même pas la peine qu'il perde son temps.

Win garda une voix basse, apaisante.

— Il n'est pas nécessaire que vous vous en mêliez, dit-il. Parlez simplement à l'avocate. Laissez Gibbs seul dans la pièce. C'est tout. Rien de contraire à l'éthique.

Ford secoua la tête.

— Vous êtes fou.

— Il nous faut des réponses, dit Win.

— Et vous voulez les obtenir par la torture ?

— La torture laisse des traces, dit Win. Je ne laisse jamais de trace.

— C'est pas comme ça que ça marche, mon pote. Vous avez entendu parler d'un truc qui s'appelle la Constitution ?

— C'est un document, dit Win, pas un cache-sexe. Vous avez le choix. Les droits obscurs de ce sous-homme...

Un geste vers le miroir.

— ... ou bien le droit à la vie d'un jeune garçon.

Ford appuya son front contre la vitre.

— Si le garçon meurt pendant que nous restons là à attendre, dit Win, comment vous sentirez-vous ?

Ford ferma les yeux. Dans la salle d'interrogatoire, Clara Steinberg quitta sa chaise. Elle se retourna et, pour la première fois, Myron vit son visage. Il savait qu'elle avait déjà défendu des gens vilains – des gens très, très vilains – mais les horreurs, quelles qu'elles fussent, qu'elle venait d'entendre avaient privé sa peau de toute couleur et s'étaient gravées en elle d'une façon indélébile. Elle s'approcha du miroir sans tain pour le heurter d'un doigt replié. Ford manœuvra l'interrupteur de son.

— Il faut qu'on parle, dit-elle. Laissez-moi sortir.

Eric alla au-devant d'elle à la porte.

— Par ici, dit-il avec un geste vers le couloir.

— Non, dit Clara.

— Pardon ?

— Nous parlons ici, dit-elle, là où je peux voir mon client. Personne ne voudrait qu'il arrive un accident, n'est-ce pas ?

Il n'y avait pas de chaise, aussi ils restèrent tous debout devant la grande vitre : Kimberly Green, Eric Ford, Clara Steinberg, Stan Gibbs, Myron et

Win. Stan gardait la tête baissée et se torturait la lèvre inférieure. Myron essaya de croiser son regard. Stan ne lui en donna pas l'occasion.

— D'accord, commença Clara. D'abord, il nous faut un District Attorney.

— Pour quoi faire ? demanda Eric Ford.

— Nous voulons conclure un marché.

Ford essaya de jouer au plus malin.

— Vous avez perdu l'esprit ?

— Non. Mon client est le seul qui puisse vous révéler où se trouve Jeremy Downing. Il le fera sous certaines conditions.

— Quelles conditions ?

— C'est pour cela que nous avons besoin d'un D.A.

— Un D.A. confirmera tout ce que j'accepterai, dit Eric Ford.

— Je veux ça par écrit.

— Et je veux entendre ce que vous attendez de moi.

— Bien, dit Clara, voilà le marché. Nous vous aidons à trouver Jeremy Downing. En échange, vous garantissez de ne pas réclamer la peine de mort contre Edwin Gibbs. Vous accepterez aussi des tests psychiatriques. Vous recommanderez ensuite qu'il soit placé dans une institution appropriée et non dans une prison.

— Vous vous moquez de moi.

— Ce n'est pas tout, dit Clara.

— Pas tout ?

— M. Edwin Gibbs acceptera aussi de faire un don de moelle osseuse à Jeremy Downing si besoin est. Je crois comprendre que M. Bolitar représente la famille. Je note sa présence en tant que témoin à cet accord.

Personne ne dit rien.

— Nous sommes d'accord ? dit Clara.

— Non, dit Ford. Nous ne sommes pas d'accord.

Clara rajusta ses lunettes.

— Ce marché n'est pas négociable.

Elle tourna les talons, prête à partir, son regard butant sur celui de Myron. Celui-ci secoua la tête.

— Je suis son avocate, dit-elle.

— Et tu laisserais un garçon mourir pour lui ? répondit Myron.

— Ne commence pas, dit Clara mais sa voix était douce.

Myron scruta de nouveau son visage, n'y décela aucun signe de faiblesse. Il se tourna vers Ford.

— Acceptez.

— Vous êtes cinglé ?

— La famille tient à ce qu'il soit puni. Mais elle tient surtout à retrouver son fils. Acceptez ses conditions.

— Vous croyez que je prends mes ordres de vous ?

La voix de Myron resta douce, elle aussi.

— Allons, Eric.

Ford serra les dents. Il se frotta le visage puis ses mains retombèrent.

— Cet accord ne sera valable, bien sûr, que si le garçon est toujours vivant.

— Non, dit Clara Steinberg.

— Quoi ?

— Qu'il soit vivant ou mort ne change rien à l'état mental d'Edwin Gibbs.

— Donc, vous ne savez même pas s'il est viv...

— Si nous l'avions su, cela aurait été parce que notre client nous l'aurait confié et ce serait donc confidentiel.

Myron la dévisagea avec une véritable horreur. Elle soutint son regard sans ciller. Myron fit une tentative du côté de Stan, mais celui-ci fixait obstinément le sol. Même Win, d'ordinaire un modèle de neutralité, était à cran. Il avait envie de faire mal à quelqu'un. De lui faire très mal.

— Nous ne pouvons pas accepter, dit Ford.

— Dans ce cas, il n'y a pas de marché, dit Clara.

— Soyez raisonnable...

— Sommes-nous d'accord, oui ou non ?

— Non.

— Nous nous reverrons au tribunal.

Myron lui barra la route.

— Écarte-toi, Myron, dit Clara.

Il se contenta de baisser les yeux vers elle. Elle leva les siens.

— Tu penses que ta mère n'en ferait pas autant ?

— Laisse ma mère en dehors de ça.

— Écarte-toi, répéta-t-elle.

Tante Clara avait soixante-six ans. Pour la première fois depuis qu'il la connaissait, elle faisait plus que son âge. Myron se retourna vers Eric Ford.

— Acceptez.

— Le gosse est probablement mort, dit Ford en secouant la tête.

— Probablement, répéta Myron. Pas sûrement.

Win parla à son tour.

— Acceptez, dit-il.

Ford le regarda.

— Il ne s'en sortira pas si facilement, dit Win.

La tête de Stan se redressa enfin.

— Qu'est-ce que vous voulez dire par là ?

Win le fixa froidement.

— Absolument rien.

— Je veux qu'on éloigne cet homme de mon père.

Win lui sourit.

— Vous ne comprenez pas, hein ? fit Stan. Aucun de vous ne comprend. Mon père est malade. Il n'est pas responsable. Nous ne sommes pas en train d'inventer je ne sais quoi. N'importe quel psychiatre compétent vous le dira. Il a besoin d'aide.

— Il devrait mourir, dit Win.

— C'est un homme malade.

— Les malades meurent souvent, dit Win.

— Ce n'est pas ce que je veux dire. Il est comme quelqu'un qui a un cœur abîmé. Ou un cancer. Il a besoin d'aide.

— Il enlève des gens et il les tue, dit Win.

— Et la raison pour laquelle il fait ça ne compte pas ?

— Bien sûr qu'elle ne compte pas, dit Win. Il le fait. Cela suffit. Il ne devrait pas être placé dans une confortable institution psychiatrique. Il ne devrait plus être en situation d'apprécier un bon film, de lire un grand livre ou de rire. Il ne devrait plus pouvoir admirer une belle femme ni écouter du Beethoven ni connaître de la douceur ou de l'amour... parce que cela n'arrivera plus jamais à ses victimes. Qu'est-ce que vous ne comprenez pas là-dedans, monsieur Gibbs ?

Stan tremblait. Il se tourna vers Ford.

— Acceptez, dit-il, ou nous ne vous aiderons pas.

— Si le garçon meurt à cause de ces négociations, dit Win à Stan, vous mourrez.

Clara se planta devant Win.

— Vous menacez mon client ? s'écria-t-elle.

Win lui sourit.

— Je ne menace jamais.

— Il y a des témoins.

— Vous avez peur de perdre vos honoraires, maître ? demanda Win.

— Assez.

C'était Eric Ford. Il regardait Myron. Celui-ci hocha la tête.

— D'accord, dit Ford. Nous acceptons. Maintenant, où est-il ?

— Il va falloir que je vous emmène, dit Stan.

— Encore ?

— Je serais incapable de vous expliquer où c'est. Même moi, après toutes ces années, je ne suis pas sûr de retrouver.

— Mais, cette fois, nous vous accompagnons, dit Kimberly Green.

— Oui.

Il y eut un blanc, un calme soudain que Myron n'aima pas.

— Jeremy est-il encore vivant ? demanda-t-il.

Le silence dura un peu. Abominable.

— Je ne sais pas, dit enfin Stan.

38

Eric Ford conduisait avec, à ses côtés, un fusil à pompe et Kimberly Green ; Myron et Stan étaient à l'arrière. Plusieurs voitures gavées d'agents les suivaient. Après, venaient celles de la presse. Impossible de les tenir à l'écart.

— Ma mère est morte en 1977, dit Stan. D'un cancer. Mon père n'était déjà pas très bien. La seule chose qui comptait pour lui dans la vie – la seule bonne chose –, c'était elle. Il l'aimait beaucoup.

L'horloge de la bagnole annonçait 04:03. Stan leur dit de prendre la Route 15. Une pancarte annonçait DINGSMAN BRIDGE. Ils allaient en Pennsylvanie.

— L'agonie de ma mère lui a enlevé le peu de raison qu'il lui restait. Il l'a regardée souffrir. Les médecins ont tout essayé – ils ont utilisé toute leur technologie – mais ils n'ont réussi qu'à la faire souffrir davantage. C'est alors que mon père a commencé avec la force de l'esprit. Si seulement ma mère ne s'était pas fiée à la technologie. Si seulement elle avait utilisé son esprit. Si seulement elle avait vu son fabuleux potentiel mental. La technologie l'avait tuée. Elle lui avait donné de faux espoirs. Elle

376

l'avait empêchée d'utiliser la seule chose qui aurait pu la sauver... le cerveau humain qui ne connaît pas de limites.

Personne ne fit le moindre commentaire.

— Nous avions une maison de vacances, une sorte de cabane, par ici. Un coin superbe. Six hectares de terrain, un lac tout proche. Mon père m'y emmenait pêcher et chasser. Mais il y a des années que je n'y suis plus allé. Je n'y pensais même plus. C'est ici qu'il a emmené ma mère mourir. Ensuite, il l'a enterrée dans les bois. Vous voyez, c'est là qu'elle a enfin cessé de souffrir.

La question évidente plana dans la voiture, muette : *et qui d'autre ?*

Plus tard, Myron n'aurait plus aucun souvenir de ce trajet. Aucun bâtiment, aucun repère, aucun arbre. Dehors, derrière sa vitre, le noir recouvrait le noir, des yeux fermés dans la plus sombre des pièces. Il restait assis et attendait.

Stan leur dit de s'arrêter au pied d'une colline boisée. Encore des criquets. Les autres voitures s'immobilisèrent près de la leur. Les fédéraux en sortirent et se mirent à passer la zone au peigne fin. Des rayons issus de projecteurs puissants révélèrent un sol accidenté. Myron les ignora. Il ravala sa salive et se mit à courir. Stan courut avec lui.

Avant que l'aube ne se lève, les fédéraux allaient trouver des tombes. Ils trouveraient le père de trois enfants, l'étudiante et le jeune couple.

Mais, pour l'instant, Myron et Stan continuaient à courir. Des branches giflaient le visage de Myron. Il trébucha sur une racine, exécuta une roulade, se

377

redressa sans cesser de courir. Ils aperçurent une petite habitation, à peine visible au clair de lune. Pas de lumière à l'intérieur, aucun signe de vie. Cette fois, Myron ne se donna pas la peine d'essayer le loquet. Il se rua sans ralentir, défonçant la porte. Obscurité, plus noire encore. Il entendit un cri, se retourna, tâtonna à la recherche d'un interrupteur, le trouva.

Jeremy.

Il était là, enchaîné à un mur... sale, terrifié et très vivant.

Myron sentit ses genoux céder, mais il se battit contre eux et resta debout. Il se précipita vers le garçon qui tendit les bras. Myron l'étreignit et sentit son cœur tomber et se casser. Jeremy pleurait. Myron leva la main pour lui caresser les cheveux et murmurer « chh... chh... chh... ». Comme son père l'avait fait d'innombrables fois. Une soudaine et merveilleuse chaleur inonda ses veines, lui chatouillant les doigts et les orteils, et pendant un instant Myron crut comprendre ce que son père éprouvait. Myron avait toujours adoré être du côté fils de l'étreinte, mais maintenant, pendant le plus fugace des instants, il expérimentait quelque chose de tellement plus fort – l'autre côté – que chaque atome de son corps en tremblait.

— Tout va bien, dit-il en lui tenant doucement la tête. C'est fini.

Mais ça n'était pas fini.

Une ambulance arriva. On y installa Jeremy. Myron appela le Dr Karen Singh. Qui ne protesta pas d'être réveillée à cinq heures du matin. Il lui raconta tout.

— Waouh, dit-elle quand il eut terminé.

— Oui.

— Nous allons trouver quelqu'un pour récolter la moelle tout de suite. Je commencerai à préparer Jeremy cet après-midi.

— Vous voulez dire avec de la chimio ?

— Oui, dit-elle. Vous avez été bien, Myron. Quoi qu'il en soit, vous pouvez être fier.

— Quoi qu'il en soit ?

— Venez à mon bureau demain après-midi.

Le cœur de Myron toussa.

— Pourquoi ?

— Le test de paternité. Nous devrions avoir le résultat.

Jeremy était en route vers l'hôpital. Myron erra dans les bois. Les fédéraux creusaient sous la surveillance des médias. Au-delà de toute émotion, Stan Gibbs regardait grossir les monticules de terre. Il n'y avait pas un bruit – même les criquets s'étaient tus – en dehors de celui des pelles se plantant dans la terre. Le genou de Myron faisait des siennes. Il était épuisé. Il voulait voir Emily. Il voulait aller à l'hôpital. Il voulait connaître le résultat de ce test et ensuite il voulait savoir ce qu'il allait en faire.

Il grimpa un talus, pour retourner vers la voiture. Encore des journalistes. L'un d'eux l'appela. Il l'ignora. Il y avait de plus en plus d'agents fédéraux travaillant en silence. Myron passa devant eux. Il n'avait pas le cœur d'apprendre ce qu'ils avaient trouvé. Pas maintenant.

Quand il arriva au sommet de l'éminence – quand il vit Kimberly Green, son regard – son cœur s'arrêta une nouvelle fois.

Il fit encore un pas.

— Greg ? dit-il.

Elle secoua la tête, l'air hagard.

— Ils n'auraient pas dû le laisser seul, dit-elle. Ils auraient dû le surveiller. Même après une fouille soignée. On ne fouille jamais assez.

— Fouiller qui ?

— Edwin Gibbs.

Myron fut certain d'avoir mal entendu.

— Comment ça ?

— Ils viennent de le trouver, dit-elle, se débattant avec les mots. Il s'est suicidé dans sa cellule.

39

Karen Singh résuma la situation : il est impossible de prélever la moelle d'un mort.

Emily ne s'effondra pas en apprenant la nouvelle. Elle encaissa le coup sans sourciller et passa aussitôt à l'étape suivante. Elle se trouvait désormais dans une autre dimension, quelque part où la panique n'entrait pas.

— On dispose en ce moment d'un extraordinaire accès aux médias, dit-elle alors qu'ils étaient assis dans le bureau de Karen Singh à l'hôpital. On va lancer une campagne. On va organiser des tests de recherche de moelle osseuse. La NBA nous aidera. Des joueurs viendront à la télé.

Myron hocha la tête mais l'enthousiasme n'y était pas. Le Dr Singh singea sa réaction.

— Quand aurez-vous les résultats du test de paternité ? demanda Emily.

— J'étais sur le point d'appeler le labo, dit le Dr Singh.

— Alors, je vous laisse tous les deux, dit Emily. J'ai une conférence de presse en bas.

Myron la regarda.

— Tu ne veux pas connaître le résultat ?

— Je le connais déjà.

Elle quitta la pièce sans se retourner. Karen Singh fixait Myron. Il se pencha en avant, croisa les mains, bras sur les cuisses.

— Prêt ? demanda-t-elle.

Il acquiesça.

Karen Singh décrocha son téléphone. Quelqu'un répondit. Karen lut un numéro de dossier. Elle attendit, tapotant son bureau avec un crayon. Au bout du fil, le quelqu'un dit quelque chose. Karen remercia, raccrocha, ramena son regard sur Myron.

— Vous êtes le père.

Myron retrouva Emily dans le hall. Elle donnait sa conférence de presse. L'hôpital avait dressé une estrade devant son logo parfaitement visible, afin que caméras et appareils photo ne le ratent surtout pas. Un logo d'hôpital. Comme McDo ou Toyota. Pour s'offrir une pub gratos. La déclaration d'Emily fut simple et émouvante. Son fils était en train de mourir. Il avait besoin d'une greffe de moelle osseuse. Tous ceux qui désiraient l'aider devaient faire un examen sanguin. Elle jouait sur la corde sensible. Elle voulait faire pleurer, donner le sentiment à chaque spectateur qu'il connaissait personnellement Jeremy. Le pouvoir de la célébrité.

Sa déclaration terminée, elle quitta l'estrade sans répondre aux questions. Myron la rejoignit près des ascenseurs, là où on avait interdit l'accès aux journalistes. Elle le dévisagea. Il hocha la tête et elle sourit.

— Alors, qu'est-ce qu'on fait maintenant ? demanda-t-elle.

— Il faut le sauver.

— Oui.

Derrière eux, la presse continuait à hurler ses questions. Un vacarme qui n'avait pas de sens et qui se fondit peu à peu dans un fond insonore. Quelqu'un courait avec un brancard vide.

— Tu as dit que jeudi, on avait les meilleures chances, fit Myron.

L'espoir illumina ses yeux.

— Oui.

— D'accord, dit-il. On essaie jeudi.

*
* *

La balle qui avait touché Greg était entrée à la base du cou pour continuer sa course dans la poitrine. Elle s'était arrêtée juste avant le cœur. Non sans avoir provoqué pas mal de dégâts. Il avait survécu à l'opération mais il n'avait pas repris conscience et son état « critique » était « sous observation ». Myron passa le voir. Des tubes dans le nez. Des tas de fils reliés à une machinerie terrifiante qu'il préférait ne pas comprendre. Le teint cireux, le corps sans rien dedans, Greg ressemblait à un cadavre. Myron resta assis quelques minutes avec lui. Mais pas très longtemps.

Il retourna à MB Sports le lendemain.

— Lamar Richardson vient cet après-midi, annonça Esperanza.

— Je sais.

— Ça va ?

— Au poil.

— La vie continue, c'est ça ?

— Faut croire.

L'agent spécial Kimberly Green arriva, quasiment guillerette, quelques minutes plus tard.

— L'affaire est bouclée, lui dit-elle et, pour la première fois, il la vit sourire.

— Je vous écoute.

— Edwin Gibbs, alias Dennis Lex/Davis Taylor avait un vestiaire à son travail. Dans son casier, nous avons trouvé les portefeuilles de deux de ses victimes, Robert et Patricia Wilson.

— Le couple en lune de miel ?

— Oui.

Ils observèrent tous les deux un moment de silence, en signe de respect pour les morts, sans doute. Myron imagina un jeune et gentil couple commençant sa vie, débarquant dans la Big Apple pour voir quelques spectacles, faire un peu de shopping, se promener main dans la main dans les rues célèbres, un peu effrayé par l'avenir mais prêt à tenter le coup. *The end.*

Kimberly s'éclaircit la gorge.

— Gibbs a aussi loué un Ford Windstar blanc en se servant de la carte de crédit de Davis Taylor. Une de ces réservations automatiques. Vous passez un coup de fil et il vous suffit de prendre directement votre bagnole sur le parking de la succursale. Personne ne vous voit.

— Où l'a-t-il récupéré ?

— À l'aéroport de Newark.

— J'imagine que c'est le van que nous avons trouvé à Bernardsville ?

— Lui-même.

— Impeccable, dit-il, se servant d'un mot de Win. Quoi d'autre ?

— Les résultats préliminaires d'autopsie révèlent que toutes les victimes ont été tuées avec un trente-huit. Deux balles dans la tête. Aucune autre blessure ni le moindre signe de trauma. Il ne les a sans doute pas torturées. Son *modus operandi* devait être de provoquer ce premier hurlement puis de les tuer.

— Ce n'était pas chez eux qu'il voulait faire pousser les graines, mais dans les familles.

— Oui.

— Parce que, pour ses victimes, la terreur aurait été réelle. Il voulait que tout se passe dans l'esprit.

Pause un peu hallucinée, avant d'enchaîner :

— Que vous a raconté Jeremy à propos de son enlèvement ?

— Vous ne lui avez pas parlé ?

Myron s'agita sur sa chaise.

— Non.

— Edwin Gibbs portait le déguisement qu'il utilisait à son travail – la perruque blonde, la barbe et les lunettes. Il lui a mis un bandeau sur les yeux dès qu'ils se sont retrouvés dans le van et ils ont filé tout droit à cette cabane. Edwin lui a dit de hurler dans le téléphone – il l'a même fait répéter avant

385

pour s'assurer qu'il hurlait correctement. Après l'appel, il l'a enchaîné au mur et l'a laissé seul. Vous connaissez la suite.

Oui, il la connaissait.

— Et pour les accusations de plagiat et le roman ?

Elle haussa les épaules.

— Stan et vous aviez raison. Edwin l'avait lu, sans doute juste après la mort de sa femme. Ça l'a influencé.

Myron la fixa un moment, sans rien dire.

— Quoi ? fit-elle.

— Vous aviez tout deviné dès l'instant où vous avez reçu le roman, hein ? Vous avez compris que Stan n'avait pas commis de plagiat. Que le tueur avait copié le livre.

Elle secoua la tête.

— Non.

— Allons, vous saviez pour les enlèvements. Vous vouliez juste mettre la pression sur Stan pour l'obliger à parler. Et peut-être aussi vous venger un peu sur lui.

— Ce n'est pas exact, dit Kimberly Green. Je ne suis pas en train de dire que certains de nos agents ne se sont pas sentis personnellement vexés, mais nous pensions vraiment qu'il était le Semeur de Graines. Je vous ai déjà expliqué plus ou moins pourquoi. Maintenant, il est clair qu'un grand nombre de ces preuves conduisent à son père.

— Quelles preuves ?

Elle secoua la tête.

— Cela n'a plus aucune importance. Nous savions que dans cette histoire Stan jouait plus qu'un simple rôle de journaliste. Et nous avions raison. Nous avons même pensé qu'il nous induisait volontairement en erreur... qu'il utilisait les péripéties décrites dans le livre et non ce qui s'était vraiment passé.

Si la vérité a un accent, la voix de Kimberly Green ne le possédait pas, mais Myron préféra ne pas insister. Il scanna son Mur des Clients en essayant de se concentrer sur la visite de Lamar Richardson.

— Donc, pour vous citer, l'affaire est bouclée.

Elle sourit.

— À double tour. Comme une ceinture de chasteté dans un couvent.

— Vous l'avez trouvée toute seule, celle-là ?

— Ouais.

— Heureusement que vous avez un port d'armes, dit Myron. Donc, vous allez avoir droit à une grosse promotion ?

Elle se leva.

— Je vais sans doute devenir agent superspécial.

Cette fois, il sourit. Ils se serrèrent la main et Kimberly s'en fut. Une fois seul, il se frotta les yeux et réfléchit à ce qu'elle avait dit et à ce qu'elle n'avait pas dit... et plus il réfléchissait, plus il avait l'impression que, si elle était bouclée, la ceinture de chasteté n'était pas posée au bon endroit.

*

* *

Lamar Richardson, bloqueur vedette, arriva pile à l'heure et seul. Choquant. Le rendez-vous se déroula à la perfection. Myron débita son boniment standard, mais son boniment standard était excellent. Plus que ça, même. Tous les hommes d'affaires ont besoin d'un boniment. Le boniment, c'est bon. Esperanza parla elle aussi. Elle avait commencé à mettre au point sa propre salade. Un truc aux petits oignons. L'accompagnement parfait pour le plat de résistance mitonné par Myron. Leur association devenait un pur délice.

Win passa en coup de vent, comme prévu. Pour rester dans la métaphore gastronomique, Win était la troisième étoile, celle qui remportait définitivement le morceau. Les gens connaissaient son nom, sa réputation – sa réputation en affaires, ne mélangeons pas tout. Et quand les éventuels futurs clients apprenaient que Windsor Horne Lockwood III en personne allait s'occuper de leurs finances, ils se mettaient à saliver et à sourire. Ils n'avaient plus du tout envie de rester éventuels. La petite agence marquait un point décisif.

Lamar Richardson la joua fine. Il hocha souvent la tête. Il posa des questions mais pas trop. Deux heures après son arrivée, il leur serra la main en disant qu'il ne tarderait pas à reprendre contact. Myron et Esperanza le raccompagnèrent à l'ascenseur et lui souhaitèrent une bonne journée.

Esperanza se tourna vers Myron.

— Alors ?

— C'est gagné.

— Comment pouvez-vous en être sûr ?

— Je vois tout, je comprends tout.

Ils retournèrent dans son bureau.

— Si Lamar nous préfère à IMG ou à TruPro…

Esperanza s'interrompit pour sourire.

— … c'est notre graaand come-back.

— Ouais.

— Ce qui signifie que Big Cyndi va pouvoir revenir.

— Et c'est censé être une bonne nouvelle, ça ?

— Vous êtes en train de tomber amoureux d'elle, vous savez.

— Ouais, pas besoin de me le rappeler.

Esperanza étudia son visage. Elle faisait ça souvent. Myron ne croyait pas beaucoup à la lecture des visages. Esperanza, si.

— Que s'est-il passé dans ce cabinet d'avocats ? demanda-t-elle. Avec Chase Layton.

— Je lui ai claqué les oreilles et je l'ai frappé sept fois.

Les yeux d'Esperanza restèrent sur lui.

— Vous êtes censée dire : « Mais vous avez sauvé la vie de Jeremy », ajouta Myron.

— Non, ça, c'est la réplique de Win.

Elle rajusta sa tenue sans cesser de tenir son regard. Elle portait un costume bleu-vert, croisé très bas sur sa poitrine, pas de chemisier ; un miracle que Lamar ait pu se concentrer sur autre chose. Myron avait l'habitude mais l'effet était toujours là, toujours éblouissant. C'était juste qu'il était ébloui autrement.

— À propos de Jeremy, dit-elle.

— Oui.

— Vous faites encore votre blocage ?

Myron réfléchit à ça, se souvint de l'étreinte dans la cabane, bloqua le souvenir.

— Plus que jamais, dit-il.

— Et donc ?

— Le résultat est tombé. Je suis le père.

Quelque chose émergea sur les traits d'Esperanza – du regret, peut-être – mais n'y resta pas longtemps.

— Vous devriez lui dire la vérité.

— Pour le moment, je veux juste lui sauver la vie.

Elle continua à étudier son visage.

— Bientôt, peut-être, dit-elle.

— Bientôt, peut-être quoi ?

— Vous ne ferez plus de blocage, dit Esperanza.

— Ouais, peut-être.

— On pourra parler. D'ici là…

— Ne soyez pas débile, conclut-il à sa place.

Le club de gym était situé dans un hôtel classieux. Des miroirs en guise de murs et tout le reste, plafond, moquette, réception, d'un blanc laiteux. Assorti aux tenues portées par les entraîneurs personnels. Les haltères et les engins étaient si modernes, si beaux, si propres et si chromés qu'on n'avait pas envie de les toucher. Tout ce qui ne brillait pas étincelait. Fallait s'entraîner avec des lunettes de soleil.

Myron le trouva en train de faire du développé couché, luttant seul, sans aide. Il attendit, l'observant dans sa guerre contre la fonte et la gravité. Le visage de Chase Layton était cramoisi, ses dents serrées, les veines sur son front clignotant comme des néons noirs. Cela lui prit un moment, mais l'avocat remporta la victoire. Il lâcha la barre sur son support. Ses bras retombèrent comme s'ils ne lui appartenaient plus.

— Vous ne devriez pas retenir votre respiration, dit Myron.

Chase le regarda. Il ne parut ni surpris ni troublé. Il s'assit sur le banc, le souffle court. Il s'essuya le visage avec une serviette.

— Je ne vous dérangerai pas longtemps.

Chase posa la serviette et le regarda encore.

— Je voulais juste vous dire que, si vous portez plainte, Win et moi ne ferons rien pour vous en empêcher.

Toujours aucune réponse.

— Et je suis vraiment désolé d'avoir fait ça.

— J'ai vu les nouvelles, dit Chase. Vous l'avez fait pour sauver ce garçon.

— Ne me trouvez pas d'excuses.

Chase se leva pour ajouter un disque de chaque côté de la barre.

— Franchement, monsieur Bolitar, je ne sais que penser.

— Si vous voulez porter plainte...

— Je ne le veux pas.

Myron, lui, ne sut que répondre. Il finit par choisir :
— Merci.

Chase Layton hocha la tête et se rassit sur le banc. Avant de regarder Myron.

— Vous voulez savoir le pire ?

Non, je ne veux pas savoir, pensa Myron.

— Si vous voulez me le dire.

— La honte, dit Chase.

Myron commença à ouvrir la bouche mais Chase lui fit signe de se taire.

— Ce ne sont pas les coups ou la douleur. Mais le sentiment d'impuissance totale. C'était primitif. D'homme à homme. Et je ne pouvais rien faire d'autre qu'encaisser. À cause de vous, j'avais l'impression de…

Il leva la tête, trouva les mots justes, fixa Myron droit dans les yeux.

— … de ne pas être un homme.

Myron eut honte.

— J'ai fait les grandes écoles, j'appartiens à tous les clubs adéquats, j'ai amassé une fortune dans la profession que j'ai choisie. Je suis le père de trois enfants que j'ai éduqués et aimés du mieux que j'ai pu. Et voilà qu'un jour, vous me frappez… et je me rends compte que je ne suis pas un homme.

— Vous vous trompez.

— Vous allez me dire que la violence n'est pas la mesure d'un homme. À un certain niveau, vous aurez raison. Mais, à un autre niveau, à ce niveau de base qui fait justement de nous des hommes, nous savons tous les deux que c'est faux. Ne faites pas semblant de ne pas comprendre de quoi je parle. Ce ne serait qu'une insulte supplémentaire.

Myron ravala ses clichés. Chase respira plusieurs fois à fond et saisit la barre.

— Besoin d'aide ? proposa Myron.

Chase serra la barre et la souleva de son support.

— Je n'ai besoin de personne.

Vint le jeudi. Karen Singh les présenta à une experte en fertilité, le Dr Barbara Dittrick, qui tendit à Myron un petit flacon en forme de coupe en lui disant de se masturber dedans. Il devait exister des expériences plus irréelles et plus embarrassantes dans la vie, se dit-il, mais être conduit dans une petite pièce pour se branler dans une coupette pendant que tout le monde vous attend dans la pièce voisine ne devait pas en être très éloigné.

— Par ici, s'il vous plaît, dit le Dr Dittrick.

Myron contemplait son récipient avec scepticisme.

— En général, j'apprécie des fleurs et un film.

— Au moins, vous aurez le film, lui dit-elle en lui montrant la télévision.

Elle quitta la pièce en fermant ostensiblement la porte derrière elle.

Myron consulta les titres disponibles. *Au bout d'une blonde. Par tous les seins* (avec Mona Cow). *Culs de rêves* (« vous les rêvez, on les filme »). Il n'insista pas. Pour ainsi dire. Il contempla le fauteuil en cuir pivotant où probablement des centaines d'autres s'étaient assis pour... et le couvrit de mouchoirs en papier avant de se mettre au travail. L'ouvrage lui prit néanmoins un certain temps. Son imagination courait, oui, mais pas dans le bon sens, générant une ambiance à peu près aussi érotique qu'un furoncle sur une fesse flasque. Quand il eut terminé, il ouvrit la porte et tendit la coupe au Dr Dittrick en essayant de sourire. Il se faisait l'effet du dernier des couillons. Elle portait des gants en latex même si le... spécimen était bien à l'abri sous un couvercle. Des fois qu'un spermatozoïde particulièrement endurant réussisse à traverser le plastique. Elle porta l'échantillon dans un labo pour faire « laver » (ce sont eux qui le dirent) la semence. Qui fut déclarée « adéquate mais lente ».

— C'est drôle, commenta Emily. J'ai toujours trouvé Myron adéquat mais rapide.

— Ha ha.

Fit-il.

Quelques heures plus tard, Emily était allongée dans un lit d'hôpital. Tout sourires, Barbara Dittrick lui inséra une seringue qui ressemblait à celles qu'on utilise pour répartir le jus sur une dinde au four et pressa la pompe. Myron prit la main d'Emily. Elle sourit.

— Romantique, dit-elle.

Il fit la moue.

— Quoi ?

— Adéquat, plutôt.

Elle rit.

— Mais rapide.

Le Dr Dittrick acheva sa part de boulot. Emily resta en observation pendant encore une heure. Myron resta avec elle. Ils faisaient ça pour sauver la vie de Jeremy. C'était tout. Il ne laissait pas l'avenir s'immiscer dans l'équation. Il ne considérait pas les effets à long terme ou ce que cela pourrait signifier un jour. Irresponsable, sûrement. Mais chaque chose en son temps.

Ils devaient sauver Jeremy. Au diable le reste.

Terese Collins l'appela depuis Atlanta cet après-midi-là.

394

— Je peux venir ? demanda-t-elle.

— La chaîne t'accorde des vacances ?

— En fait, mon producteur m'y a encouragée.

— Ah ?

— C'est que, mon cher étalon, tu es devenu une très grosse histoire.

— Tu as utilisé « étalon » et « très grosse » dans la même phrase.

— Ça t'excite ?

— Si j'étais moins pur...

— Et tu es moins pur.

— Merci, dit-il.

— Tu es aussi le seul dans cette affaire qui refuse de parler à la presse.

— Donc, tu n'en veux qu'à mon esprit, dit Myron. Je me sens utilisé.

— Rêve, fesses de feu. Moi, j'veux ton corps. C'est mon producteur qui veut ta cervelle.

— Elle est mignonne, ton producteur ?

— Non.

— Terese ?

— Oui.

— Je ne veux pas parler de ce qui s'est passé.

— Tant mieux, dit-elle. Parce que je ne veux pas en entendre parler.

Il y eut un bref silence.

— Ouais, dit enfin Myron. J'aimerais beaucoup que tu viennes.

Dix jours plus tard, Karen Singh l'appela chez lui.

— La grossesse n'a pas pris.

Il ferma les yeux.

395

— Nous pourrons réessayer le mois prochain.

— Merci d'avoir appelé, Karen.

— Pas de quoi.

Blanc.

— Rien d'autre ? demanda Myron.

— Il y a eu un tas de tests de donneurs, dit-elle.

— Je sais.

— L'un d'entre eux semble compatible pour une greffe de moelle avec une patiente dans le Maryland. Elle serait probablement morte sans ça.

— Bonne nouvelle, dit Myron.

— Mais nous n'avons rien pour Jeremy.

— Ouais.

— Myron ?

— Quoi ?

— Je ne crois pas qu'il nous reste beaucoup de temps.

*
* *

Terese retourna à Atlanta plus tard ce même jour et Win invita Esperanza pour une nuit de lobotomie télévisuelle. Ils s'installèrent tous les trois à leurs places habituelles. Au menu, Fritos et Indian. Myron avait la télécommande. Il fit une pause en voyant une image familière sur CNN. Une superstar du basket, un certain TC, un des joueurs les plus controversés de la NBA et coéquipier de Greg, passait chez Larry King. Sa chevelure était rasée de façon qu'on lise *Jeremy* sur son crâne et ses deux énormes boucles d'oreilles portaient elles aussi le nom de Jeremy. Son T-shirt déchiré annonçait simplement SANS VOUS JEREMY MOURRA. Myron sourit. Parmi ses multiples défauts, TC savait aussi rameuter les foules.

Zapping. Stan Gibbs dans un « toc-show » sur MSNBC. Rien de neuf. Les médias adoraient mettre en pièces mais ils adoraient encore plus les rédemptions. Comme promis, Bruce Taylor avait décroché l'exclusivité et il avait amorcé la pompe. Le public était partagé vis-à-vis de Stan mais, dans sa majorité, sympathisait avec lui. Au bout du compte, cet homme avait risqué sa propre vie pour arrêter un tueur, il avait sauvé Jeremy Downing d'une mort certaine et il avait été accusé à tort par une presse qui ne respectait plus la présomption d'innocence. Le fait que Stan ait hésité à dénoncer son propre père plaidait plutôt en sa faveur, surtout depuis que la presse citée ci-dessus était anxieuse d'effacer les accusations de plagiat dont elle l'avait si promptement couvert. Stan avait récupéré son édito. La rumeur disait que son émission allait bientôt reprendre et à un meilleur horaire. Myron ne savait pas trop qu'en penser. Pour lui, Stan n'avait pas l'étoffe d'un héros. Cela dit, pour lui aussi, ce genre d'étoffe était très rare.

Comme tous ses collègues, Stan faisait grand bruit autour des tests de moelle.

— Ce garçon a besoin de votre aide, disait-il directement à la caméra. S'il vous plaît, appelez-nous. Nous restons à l'antenne toute la nuit.

Une blonde à la teinture impeccable interrogea Stan sur son propre rôle dans ce drame, comment il avait plaqué son père à terre, comment il avait foncé droit vers la cabane. Stan joua les modestes. Avec sagesse. Il connaissait la musique.

— Chiant, déclara Esperanza.

— Je n'aurais pas mieux dit, renchérit Win.

— Il n'y a pas une nuit *Les tubes de notre enfance* sur TV Land ?

Soudain, Myron se figea.

— Myron ? dit Win.

Il ne répondit pas.

— Allô, la Terre.

Esperanza lui claqua deux doigts sous le nez.

— Et voici un air que nous chantions tous. *Corne on Get happy*.

Myron éteignit la télévision. Il regarda Win puis Esperanza.

— Dis une dernière fois au revoir au garçon.

Esperanza et Win échangèrent un regard.

— Tu avais raison, Win.

— À quel propos ?

— À propos de la nature humaine, dit Myron.

40

Myron appela Kimberly Green à son bureau.

— Je voudrais vous demander un service.

— Merde, je vous croyais sorti de ma vie.

— Mais pas de vos fantasmes. Vous voulez m'aider, oui ou non ?

— Non.

— J'ai besoin de deux choses.

— Non. J'ai dit « non ».

— Eric Ford a dit que le roman soi-disant plagié vous a été envoyé, à vous directement.

— Et alors ?

— Qui l'a envoyé ?

— Il vous l'a dit. C'était un envoi anonyme.

— Vous n'avez pas la moindre idée ?

— Pas la moindre.

— Où est-il maintenant ?

— Le livre ?

— Oui.

— Dans un placard à pièces à conviction.

— Vous n'en avez jamais rien fait ?

— Comme quoi, par exemple ?

Myron attendit.

— Myron ?

— Je savais que vous nous cachiez quelque chose, dit-il.

— Attendez une seconde...

— L'auteur de ce roman, c'était Edwin Gibbs. Il l'a écrit sous un pseudonyme après la mort de sa femme. Du coup, tout devient plus clair. Vous étiez à sa recherche dès le départ. Vous saviez, bon Dieu. Vous saviez depuis le début.

— Nous soupçonnions, corrigea-t-elle. Nous ne savions pas.

— Toutes ces conneries comme quoi il aurait été la première victime de Stan...

— C'étaient pas que des conneries. Nous savions que c'était l'un des deux. Mais nous ne savions pas lequel. Nous n'avons retrouvé Edwin Gibbs que quand vous nous avez donné l'adresse de Waterbury. Sauf qu'à notre arrivée, il était déjà parti kidnapper Jeremy Downing. Si vous aviez été plus coopératif...

— Vous m'avez menti.

— Nous n'avons pas menti. Nous ne vous avons pas tout dit. C'est pas la même chose.

— Vous entendez ce que vous dites ?

— Nous ne vous devions rien sur ce coup-là, Myron. Vous n'étiez pas agent fédéral sur cette enquête. Vous étiez juste un emmerdeur.

— Un emmerdeur qui vous a aidé à résoudre l'affaire.

— Ce dont je vous remercie.

Les pensées de Myron entrèrent dans le labyrinthe, bifurquèrent à gauche, à droite, firent demi-tour.

— Pourquoi les médias ne savent-ils pas que l'auteur était Gibbs ? demanda-t-il.

— Ils le sauront. Ford voulait d'abord maîtriser la situation. Dans peu de temps, il donnera une autre grosse conférence de presse pour annoncer qu'il y a du nouveau.

— Il pourrait la donner aujourd'hui.

— Il pourrait.

— Mais, du coup, ce serait la fin de l'histoire. Tant que le cirque continue, Ford reste sous les projecteurs.

— C'est un politicien, dit-elle. Et alors ?

Myron prit encore quelques virages, heurta quelques murs, mais il gardait l'impression de pouvoir trouver la sortie.

— Laissez tomber, dit-il.

— Bien. Je peux y aller maintenant ?

— D'abord, j'ai besoin que vous appeliez le fichier national des donneurs de moelle osseuse.

— Pourquoi ?

— Je dois trouver un donneur.

— Cette affaire est terminée, Myron.

— Je sais, dit-il. Mais je crois bien qu'une autre va commencer.

Quand Myron et Win arrivèrent, Stan Gibbs était assis dans son fauteuil de présentateur. Sa nouvelle émission, *Glib with Gibbs*, gloser chez Gibbs, se tournait à Fort Lee, New Jersey, et son studio, comme tous les studios de télévision que Myron avait visités, ressemblait à une pièce dont on avait arraché le toit. Câbles et projecteurs étaient suspendus dans un

401

fouillis indescriptible. Les plateaux, particulièrement les plateaux d'infos, sont toujours beaucoup plus petits en vrai qu'ils ne le paraissent à l'écran. Les bureaux, les chaises, la carte du monde en arrière-plan… tout, plus petit. Le pouvoir de la télévision. Une pièce de cinquante et un centimètres paraît bien plus vaste que dans la réalité.

Stan portait une veste bleue, une chemise blanche, une cravate rouge, un jean et des baskets. Jean et baskets restaient sous le bureau. Tenue classique pour un présentateur. Il leur fit un signe amical dès qu'il les aperçut. Myron lui répondit. Pas Win.

— Il faut qu'on parle, dit Myron.

Stan acquiesça. Il renvoya l'équipe et les producteurs et leur montra les sièges des invités.

Il resta dans son fauteuil tandis que Win et Myron s'installaient ; à la place des invités donc, ce qui avait quelque chose d'étrange, comme si un public les écoutait. Win vérifia son reflet dans l'objectif en verre d'une caméra. Ce qu'il vit lui plut beaucoup.

— Des nouvelles d'un donneur ? s'enquit Stan.

— Aucune.

— Nous en trouverons un.

— Ouais, dit Myron. Écoutez, Stan, j'ai besoin de votre aide.

Stan emmêla ses doigts et posa ses avant-bras sur la table.

— Tout ce que vous voulez.

— Il y a un tas de choses qui ne collent pas dans l'enlèvement de Jeremy.

— Par exemple ?

402

— Pourquoi, selon vous, votre père a-t-il, cette fois, choisi un enfant ? Il ne l'avait encore jamais fait, n'est-ce pas ? Toujours des adultes. Alors, pourquoi subitement un enfant ?

Stan rumina ça, choisit ses mots un par un.

— Je ne sais pas. Je ne suis pas sûr qu'il faisait exprès de prendre des adultes. J'ai l'impression qu'il choisissait ses victimes au hasard.

— Mais là, ce n'était pas un hasard, dit Myron. Le fait qu'il ait choisi Jeremy Downing ne peut être une simple coïncidence.

Stan rumina encore.

— Je suis d'accord avec vous sur ce point.

— Il l'a choisi parce qu'il était lié d'une manière ou d'une autre à mon enquête.

— Ça semble logique.

— Mais comment votre père aurait-il pu connaître l'existence de Jeremy Downing ?

— Je n'en sais rien. Il vous a peut-être suivi.

— Je ne pense pas. Vous voyez, Greg Downing est resté à Waterbury après notre visite. Il voulait garder Nathan Mostoni à l'œil. Nous savons qu'il est resté là-bas jusqu'à la veille de l'enlèvement.

Win se tourna de nouveau vers la caméra. Sourire et salut. Au cas où elle serait branchée.

Stan semblait très perplexe.

— Et ce n'est pas tout, dit Myron. Prenez le coup de téléphone au cours duquel Jeremy a hurlé. Avant, votre père disait toujours aux familles de ne pas appeler les flics. Mais cette fois, non. Pourquoi ? Et vous saviez qu'il portait un déguisement quand il a enlevé Jeremy ?

403

— On me l'a dit, oui.

— Pourquoi ? S'il avait l'intention de le tuer, pourquoi se donner la peine de se déguiser ?

— Il a enlevé Jeremy en pleine rue, dit Stan. Quelqu'un aurait pu l'identifier.

— Ouais, d'accord, ça tient debout. Mais pourquoi avoir mis un bandeau à Jeremy dans le van ? Il a tué tous les autres. Il l'aurait tué, lui aussi. Alors, pourquoi s'inquiéter qu'il puisse voir ses traits ?

— Je l'ignore, dit Stan. Après tout, il a peut-être toujours agi ainsi. Nous n'en savons rien.

— C'est possible, dit Myron. Mais quelque chose là-dedans sonne faux, vous ne trouvez pas ?

Stan entama sa troisième séance de rumination.

— Oui, c'est bizarre, dit-il lentement. Je ne suis pas sûr que ça sonne faux.

— C'est pour cela que je suis venu vous voir. Toutes ces questions n'arrêtaient pas de me tourner dans la tête. Et puis je me suis souvenu du credo de Win.

Stan Gibbs se tourna vers Win qui battit des paupières et baissa modestement les yeux.

— De quel credo s'agit-il ?

— L'autopréservation, dit Myron. L'homme est, avant tout, égoïste.

Pause.

— Vous êtes d'accord avec ça, Stan ?

— Jusqu'à un certain degré, bien sûr. Nous sommes tous égoïstes.

Myron hocha la tête.

— Même vous.

— Oui, bien sûr. Et vous aussi, j'en suis sûr.

— Les médias vous donnent le beau rôle maintenant, dit Myron. Le type déchiré entre sa famille et
son devoir et qui, en fin de compte, agit avec
noblesse. Mais vous ne l'êtes peut-être pas tant
que ça ?

— Quoi ?

— Noble.

— Je ne le suis pas, dit Stan. J'ai mal agi. Je n'ai
jamais prétendu être un saint.

Myron regarda Win.

— Il est bon.

— Très bon, approuva Win.

Stan Gibbs fronça les sourcils.

— De quoi parlez-vous, Myron ?

— Suivez-moi un moment, Stan. Et n'oubliez pas
le credo de Win. Commençons par le commence-
ment. Quand votre père a pris contact avec vous la
première fois. Après lui avoir parlé, vous avez pris
la décision d'écrire les articles sur le Semeur de
Graines. Quelle était votre motivation à ce moment-
là ? Cherchiez-vous un exutoire à votre peur et à
votre culpabilité ? Était-ce simplement pour être un
bon journaliste ? Ou bien – et c'est là qu'intervient
le credo de Win – les avez-vous écrits parce que
vous saviez qu'ils feraient de vous une star ?

Silence.

— Je suis censé répondre à ça ?

— S'il vous plaît.

Stan contempla le vide et frotta la pulpe de ses
doigts avec ses pouces.

— J'imagine que la vérité englobe un peu tout ça.
Oui, l'histoire m'excitait. Et c'est vrai, j'ai pensé que

ça pourrait bien faire un gros coup. Si c'est de l'égoïsme, d'accord, je suis coupable.

Myron à Win, encore :

— Bon.

— Très bon.

— Continuons sur cette voie, d'accord, Stan ? Cette histoire s'est effectivement révélée un très gros coup. Notamment pour vous. Vous êtes devenu une célébrité...

— Nous avons déjà évoqué cela, Myron.

— Exact. Vous avez absolument raison. Passons maintenant au moment où les fédéraux vous ont poursuivi. Ils ont exigé de connaître vos sources. Vous avez refusé. Là encore, il pourrait y avoir plusieurs explications à ce refus. Le Premier amendement, bien sûr. Ça pourrait en être une. Protéger votre père pourrait en être une autre. Et aussi la combinaison des deux. Mais – et songeons encore au credo de Win – quel serait le choix égoïste ?

— Que voulez-vous dire ?

— Pensons de façon égoïste et il ne nous reste qu'une option.

— Qui serait ?

— Si vous aviez cédé aux feds – si vous aviez dit, d'accord, maintenant que j'ai des problèmes avec la justice, je veux bien vous révéler que la source est mon père – eh bien, de quoi auriez-vous eu l'air ?

— D'un vilain méchant, dit Win.

— D'un très vilain méchant. Je doute qu'après avoir vendu votre père – sans parler du Premier amendement – vous auriez pu encore vous faire passer pour un héros ; un type qui court se planquer juste à cause d'une vague menace de poursuites.

Myron sourit.

— Vous voyez ce que je veux dire à propos du credo de Win ?

— Donc, vous pensez que j'ai agi de façon égoïste en ne parlant pas aux fédéraux, dit Stan.

— C'est une possibilité.

— Il est aussi possible qu'en agissant de façon égoïste j'aie agi de la seule façon juste.

— Possible aussi, acquiesça Myron.

— Je n'ai jamais prétendu être un héros dans cette histoire.

— Vous ne l'avez jamais nié, non plus.

Cette fois, Stan sourit.

— Peut-être que je ne l'ai pas nié parce que j'utilise le credo de Win.

— Comment cela ?

— Le nier me ferait du mal, dit Stan. Autant que m'en vanter.

Myron n'eut pas le temps de regarder Win avant de l'entendre dire :

— Très bon.

— Je ne vois pas l'intérêt de cette discussion, reprit Stan.

— Restez avec moi, je pense qu'il ne va pas tarder à vous apparaître.

Stan haussa les épaules.

— Où en étions-nous ? demanda Myron.

— Les feds le traînent en justice, dit Win.

— Ah oui, merci, les feds vous traînent en justice. Vous vous battez. Puis, arrive ce que vous n'aviez pas du tout prévu. Les accusations de plagiat. Pour les besoins de la discussion, nous présumerons que c'est la famille Lex qui a envoyé le livre au FBI. Elle en avait marre de vous avoir aux basques : détruire votre réputation constituait un bon moyen de vous faire lâcher prise. Alors, qu'avez-vous fait ? Comment avez-vous réagi aux accusations de plagiat ?

Stan garda le silence.

— Il a disparu, dit Win.

— Bonne réponse, dit Myron.

Win sourit et remercia la caméra.

— Vous avez détalé, dit Myron à Stan. Encore une fois, la question est pourquoi ? Plusieurs réponses viennent à l'esprit. Peut-être tentiez-vous de protéger votre père. Ou bien peut-être aviez-vous peur de la famille Lex.

— Ce qui obéirait au credo de Win, dit Stan. Autopréservation.

— Exact. Vous aviez peur qu'elle s'en prenne à vous.

— Oui.

— Mais ne voyez-vous pas, Stan ? Là aussi, il faut que nous pensions en égoïste. Vous vous retrouvez devant cette grave accusation de plagiat. Quels choix vous reste-t-il ? Deux, à vrai dire. Soit, vous fuyez... soit, vous dites la vérité.

— Je ne vois toujours pas où vous voulez en venir.

— On y est presque, courage. Si vous aviez dit la vérité, vous auriez eu l'air lamentable. Vous étiez là à défendre le Premier amendement et votre père et, pouf, aux premiers ennuis, vous les lâchez tous les deux. Pas bon. Cela vous aurait démoli.

— Coupable dans tous les cas, commenta Win. Que vous disiez la vérité ou pas.

— Exact, dit Myron. Donc, le truc intelligent – le truc égoïste –, c'était de disparaître un moment.

— Mais j'ai tout perdu en disparaissant.

— Non, Stan, vous n'avez pas tout perdu.

— Comment pouvez-vous dire une chose pareille ?

Myron leva les paumes vers le plafond inexistant et sourit.

— Regardez autour de vous.

Pour la première fois, quelque chose de sombre passa sur le visage de Stan. Myron le vit. Win aussi.

— Continuons, voulez-vous ?

Stan ne dit rien.

— Vous vous cachez et vous commencez à compter vos problèmes. Un, votre père est un meurtrier. Vous êtes égoïste, Stan, mais pas inhumain. Vous vouliez qu'il arrête de rôder dans les rues mais vous ne pouviez pas le dénoncer. Peut-être parce que vous l'aimiez. Mais peut-être doit-on encore penser au credo de Win.

— Pas cette fois, dit Stan.

— Pardon ?

— Le credo de Win ne s'applique pas. J'ai gardé le silence parce que j'aimais mon père et parce que je crois en la protection des sources. Et je peux en donner la preuve.

— Je vous écoute, dit Myron.

— Si j'avais voulu dénoncer mon père – par pur égoïsme, j'entends – j'aurais pu le faire de façon anonyme.

Stan se laissa aller contre son dossier et croisa les bras.

— C'est ça, votre preuve ?

— Oui. Je n'ai pas agi de façon égoïste.

— Non, Stan, dit Myron, il faut creuser plus profond.

— Comment ça, plus profond ?

— Dénoncer anonymement votre père ne vous aurait pas aidé, Stan. Pas vraiment. Oui, il fallait que votre père se retrouve derrière les barreaux. Mais surtout, il fallait que vous gagniez votre rédemption.

Silence.

— Et quelle était la réponse à ces deux nécessités ? Qu'est-ce qui aurait pu vous débarrasser de votre père et vous renvoyer au sommet... si possible un sommet plus élevé qu'avant ? D'abord, il fallait faire preuve de patience. Autrement dit, rester caché. Ensuite, vous ne pouviez pas être celui qui l'avait dénoncé. Une seule solution : vous deviez le piéger.

— Piéger mon père ?

— Oui. Il fallait laisser une piste que les feds pourraient suivre. En quelque sorte, les conduire à lui, mais de façon subtile, indétectable. Vous avez donc pris une fausse identité, Stan – exactement comme l'avait fait votre père. Vous avez aussi pris un boulot où les gens allaient repérer son déguisement préféré et, qui sait, peut-être avez-vous même

410

cherché à impliquer la vieille Némésis de votre père, la famille Lex.

— De quoi parlez-vous, bon Dieu ?

— Vous savez ce qui m'a alerté ? Votre père avait été si prudent en son temps. Et voilà que tout à coup il laisse des preuves accablantes dans son vestiaire. Il loue le van qui sert au kidnapping avec une carte de crédit et il y oublie une basket rouge. Ça ne tenait pas debout. Sauf si quelqu'un d'autre cherchait à le piéger.

L'incrédulité de Stan était presque sincère.

— Vous pensez que j'ai tué ces gens ?

— Non, dit Myron. C'est votre père qui les a tués.

— Alors qu'est-ce...

— Mais c'est vous qui vous êtes servi de l'identité de Dennis Lex, dit Myron, pas votre père.

Stan essayait d'avoir l'air éberlué mais ça ne marchait pas.

— Vous avez enlevé Jeremy Downing. Et vous m'avez appelé en vous faisant passer pour le Semeur de Graines.

— Et pourquoi aurais-je fait tout ça ?

— Pour cette fin héroïque. Pour que votre père soit arrêté. Pour qu'on vous accorde la rédemption.

— Et en quoi le fait de vous appeler...

— Pour que je m'intéresse à cette histoire. Vous aviez probablement appris certaines choses sur moi. Vous saviez qu'il m'arrivait de faire des enquêtes. Vous aviez besoin d'un pigeon et d'un témoin. Si possible, quelqu'un n'appartenant pas à la police. J'étais ce pigeon.

— Le pigeon du jour, ajouta Win.

411

Myron lui lança un regard de travers que Win accueillit aimablement.

— C'est ridicule.

— Non, Stan, tout colle maintenant. Cela répond à toutes mes précédentes questions. Comment le ravisseur a-t-il choisi Jeremy ? Parce que vous m'avez suivi quand j'ai quitté votre appartement. Vous avez vu les feds m'embarquer. C'est comme ça que vous avez su que je leur avais parlé. Ensuite vous m'avez suivi chez Emily. À partir de là, il ne fallait pas le Prix Pulitzer pour deviner que l'enfant malade dont je vous avais parlé était son fils. Sa maladie n'était pas un secret. Du coup, l'enlèvement de Jeremy n'est plus du tout une coïncidence, vous voyez ?

Stan garda les bras croisés.

— Je ne vois rien du tout.

— D'autres questions trouvent des réponses maintenant. Par exemple, pourquoi le ravisseur portait-il un déguisement et pourquoi a-t-il bandé les yeux de Jeremy ? Parce qu'il ne fallait pas qu'il puisse vous identifier. Pourquoi le ravisseur n'a-t-il pas tout de suite tué Jeremy, comme il l'avait fait avec les autres ? Pour la même raison que vous portiez un déguisement. Vous n'aviez pas l'intention de le tuer. Jeremy devait survivre à cette épreuve, de préférence en bonne santé. Sinon, plus moyen de passer pour un héros. Pourquoi le ravisseur n'a-t-il pas exigé, comme à son habitude, qu'on ne contacte pas les autorités ? Parce que vous vouliez que les flics interviennent. Il fallait qu'ils soient les témoins de votre héroïsme. Ça n'aurait pas marché sans eux.

412

Je me suis demandé comment il se faisait que les médias soient toujours là au bon endroit – à Bernardsville, à la cabane. Vous vous êtes aussi occupé de ça. Une fuite anonyme, sans doute. De façon à ce que les caméras puissent saisir et diffuser en boucle votre conduite héroïque… le placage de votre père, le sauvetage dramatique de Jeremy Downing. De la bonne télévision. Vous connaissez le pouvoir de ce genre d'images.

Silence.

— Vous avez fini ?

— Pas encore. Vous voyez, je crois que vous en avez trop fait. Abandonner cette basket dans le van, par exemple. C'était d'un goût douteux. Ostentatoire. Du coup, je me suis interrogé sur ce dénouement un peu trop impeccable. Et j'ai commencé à comprendre que vous m'aviez manipulé, Stan. Et avec quel doigté. J'ai été votre pigeon voyageur. Vous m'avez envoyé exactement là où vous l'aviez décidé. Je ne vous ai pas déçu. Bien entendu, vous aviez d'autres pigeons : les fédéraux. Détail qui tue, pour ainsi dire, la seule photo présente dans votre appartement était celle montrant votre père devant cette statue. Elle était même placée de façon à faire face à la fenêtre. Vous saviez que les feds vous surveillaient. Vous leur avez mis la piste Dennis Lex sous le nez. Ils finiraient bien par aller au sanatorium et comprendre. Sinon, vous auriez trouvé un autre moyen de les aiguiller, par exemple après quelques heures de détention. Vous étiez bien décidé à lâcher votre père. C'est pour ça que vous m'avez attrapé au vol en enlevant Jeremy. Et moi, le

413

pigeon du jour, j'ai volé tout droit jusqu'à ce sanatorium, j'ai vu la statue et j'ai compris. Comme ça a
dû vous plaire.

— C'est de la folie.

— Ça répond à toutes les questions.

— Ça ne veut pas dire pour autant que ce soit la
vérité.

— L'adresse pour Davis Taylor que vous avez
donnée à votre boulot, c'était l'adresse de votre père
à Waterbury. Du coup, il était facile de remonter
jusqu'à lui, jusqu'à Nathan Mostoni. Qui d'autre
aurait pu donner cette adresse ?

— Mon père !

— Pourquoi ? Pourquoi votre père aurait-il
décidé de changer d'identité ? Et si votre père avait
vraiment eu besoin d'une nouvelle identité, ne se
serait-il pas débarrassé de l'ancienne ? Vous seul
avez pu combiner tout ça, Stan. Votre père était lar-
gué. Fou, sans doute. Vous avez kidnappé Jeremy.
Puis vous avez probablement dit à votre père de
vous retrouver à la maison de Bernardsville. Il a fait
comme vous le lui avez demandé... par amour ou
par démence, je ne sais pas. Saviez-vous qu'il irait
jusqu'à se servir de son arme ? J'en doute. Si Greg
avait été tué, vous n'en seriez pas sorti grandi. Mais
je n'en suis pas sûr. Peut-être que le fait qu'il ait tiré
vous a fait paraître plus héroïque encore. L'égoïsme,
Stan. C'est ça, la clé.

Stan secoua la tête.

— « Dites une dernière fois au revoir au garçon »,
dit Myron.

— Quoi ?

— C'est ce que le Semeur de Graines m'a dit au téléphone. Au garçon. J'avais commis une erreur quand il m'avait appelé. Je lui avais dit qu'un garçon avait besoin d'aide. Après cela, j'ai décidé de n'utiliser que le mot « enfant ». Quand j'ai parlé à Susan Lex. Quand je vous ai parlé. J'ai dit qu'un enfant de treize ans avait besoin d'une greffe.

— Et alors ?

— Et alors quand nous avons parlé dans la voiture cette nuit-là, vous m'avez demandé ce que je cherchais vraiment, quel était mon intérêt dans toute cette histoire. Vous vous rappelez ?

— Oui.

— Et je vous ai répondu que je vous l'avais déjà dit.

— C'est exact.

— Et vous avez dit : « Ce garçon qui a besoin d'une greffe de moelle ? » Vous avez dit « ce garçon ». Comment saviez-vous qu'il s'agissait d'un garçon, Stan ?

Win se tourna vers Stan. Stan le regarda.

— Parce que vous n'avez pas dit *une* enfant ! rétorqua Stan. C'est ça, votre preuve ? Vous me faites le quart d'heure Perry Mason ou quoi ? Vous aviez dit un enfant, j'ai supposé que c'était un garçon. Rien de plus normal. Cela n'a rien d'une preuve.

— Vous avez raison. Ce n'est pas une preuve. Mais ça m'a fait réfléchir.

— Les réflexions ne constituent pas des preuves.

— Waouh, dit Win. Les réflexions ne constituent pas des preuves. Je vais m'en souvenir de celle-là.

— Mais il y a une preuve, reprit Myron. Une preuve indiscutable.

— Impossible, dit Stan d'une voix un tout petit peu trop aiguë. Laquelle ?

— J'y viendrai dans un moment. Laissez-moi d'abord exprimer mon indignation.

— Hein ?

— Vous vous êtes comporté comme un salaud, aucun doute là-dessus. Mais un salaud qui voulait bien faire. Il nous arrive souvent à Win et à moi de discuter de la fin et des moyens. Vous pourriez prétendre que c'est ce qui s'est passé. Vous essayez de faire arrêter votre père, l'empêcher de frapper de nouveau. Vous avez fait votre possible pour que personne ne soit blessé. Jeremy n'a jamais été en réel danger et vous ne pouviez pas deviner que Greg prendrait une balle. Au bout du compte, vous avez flanqué une grosse trouille à un gamin, et alors ? Face aux meurtres et aux ravages que votre père risquait de semer, ça ne se compare pas. Vous avez donc accompli une bonne action. La fin justifie peut-être les moyens. Sauf pour une chose.

Stan ne mordit pas à l'hameçon.

— La greffe de moelle de Jeremy, reprit Myron. Il en a besoin pour vivre, Stan. Vous le savez. Vous savez aussi que le donneur compatible, c'est vous et pas votre père. C'est pour cela que vous lui avez fourni cette pilule de cyanure. Parce qu'une fois que nous aurions emmené votre père à l'hôpital et compris qu'il n'était pas compatible, eh bien, nous aurions enquêté. Nous aurions découvert qu'Edwin Gibbs n'était pas Davis Taylor né Dennis Lex. Vous avez donc fait en sorte qu'il se suicide et vous avez ensuite insisté pour que la crémation ait lieu au plus vite. Je ne veux pas paraître aussi dur et froid que ça en a l'air. Vous n'avez pas assassiné votre père. Il a avalé cette pilule tout seul. C'était un homme malade. Il voulait mourir. Encore une fois, la fin justifiait les moyens.

Myron s'interrompit un moment pour regarder Stan dans les yeux. Dans un sens, il était en train d'accomplir du boulot d'agent. Il était, en fait, en train de négocier – la plus importante négociation de sa vie. Il avait acculé son adversaire dans le coin. Maintenant il devait le laisser respirer. Pas l'aider, pas encore. Il devait le garder là, à sa merci. Mais il devait le laisser respirer. Un tout petit peu.

— Vous n'êtes pas un monstre, dit Myron. Vous n'aviez simplement pas prévu cette complication : être donneur de moelle compatible. Vous voulez faire ce qu'il faut pour Jeremy. C'est pour cela que vous vous êtes autant démené pour cette recherche de donneurs. Si on en avait trouvé un autre, ça vous aurait enlevé une belle seringue du dos. Parce que ça fait trop longtemps que vous vous êtes enferré dans ce mensonge maintenant. Vous ne pouvez plus admettre la vérité : que vous êtes le donneur. Cela causerait votre perte. Je vous comprends.

Les yeux de Stan étaient larges et mouillés mais il écoutait.

— Je vous ai dit que j'avais une preuve, dit Myron. Nous avons vérifié au registre national de don de moelle. Vous savez ce qu'on a trouvé, Stan ?

Il ne répondit pas.

— Vous n'y êtes pas inscrit, dit Myron. Vous êtes ici dans ce studio à supplier l'humanité entière de se faire tester et vous-même n'êtes pas inscrit dans le registre. Nous savons tous les trois pourquoi. Parce que vous seriez compatible. Et si le monde apprenait ça, on se poserait de nouveau des tas de questions.

Stan tenta de le défier une dernière fois.

— Ce n'est pas une preuve.

— Dans ce cas, comment expliquez-vous votre absence du registre ?

— Je n'ai pas à expliquer quoi que ce soit.

— Un test sanguin fournira une preuve formelle. Le registre national détient toujours le sang que Davis Taylor a donné. On pourrait faire une comparaison ADN avec le vôtre, voir ce que ça donnerait.

— Et si je n'accepte pas ce test ?

Win estima qu'il lui revenait de répondre.

— Oh, vous donnerez du sang, dit-il, affable. D'une manière ou d'une autre.

Alors, quelque chose se brisa sur le visage de Stan. Il baissa la tête. Les défis étaient terminés. Il était dans les cordes. Plus aucun moyen de s'en sortir. Il allait commencer à se chercher un allié. C'est toujours ce qui se passe dans les négociations. Quand on n'y arrive plus tout seul, on cherche une main secourable. Myron l'avait laissé respirer. Maintenant, il était temps de lui tendre un doigt.

— Vous ne comprenez pas, dit Stan.

— En fait si... curieusement, dit Myron en s'approchant un peu de lui.

Il adopta une voix douce mais impitoyable. La voix du maître.

— Voilà ce que nous allons faire, Stan. Vous et moi allons conclure un marché.

Stan releva le front, désorienté, mais aussi plein d'espoir.

— Quoi ?

— Vous allez accepter de donner votre moelle pour sauver la vie de Jeremy. Vous le ferez de façon anonyme. Win et moi pouvons arranger ça. Personne ne saura jamais qui est le donneur. Vous faites ça, vous sauvez Jeremy, et j'oublie le reste.

— Pourquoi vous croirais-je ?

— Deux raisons. La première, ce que je veux, c'est sauver la vie de Jeremy, pas détruire la vôtre. Et deux...

Il leva de nouveau les paumes vers le non-plafond.

— ... je ne vaux pas mieux. Moi aussi, j'ai triché. J'ai agressé un homme. J'ai kidnappé une femme.

Win secoua la tête.

— Il y a une différence. Ses raisons étaient égoïstes. Toi, par contre, tu essayais de sauver la vie d'un enfant.

Myron se tourna vers son ami.

— Ce n'est pas toi qui disais que les mobiles n'importaient pas ? Que ce qui compte, c'est l'acte.

— Bien sûr, dit Win. Mais cela s'appliquait à lui, pas à toi.

Myron sourit et se tourna de nouveau vers Stan.

— Je ne suis pas votre supérieur moral. Nous avons tous les deux mal agi. Peut-être pourrons-

419

nous tous les deux continuer à vivre malgré ce que nous avons fait. Mais si vous laissez mourir un enfant, Stan, vous franchissez la ligne. Il n'y aura plus de retour possible.

Stan ferma les yeux.

— J'aurais trouvé un moyen, dit-il. J'aurais pris une autre fausse identité, donner mon sang sous un pseudonyme. J'espérais juste...

— Je sais, dit Myron. Je sais.

Myron appela le Dr Singh.

— J'ai trouvé un donneur compatible.

— Quoi ?

— Je ne peux rien expliquer. Mais il doit rester anonyme.

— Je vous ai déjà dit que tous les donneurs de moelle restent anonymes.

— Non. Son nom ne doit même pas apparaître dans le registre national. Nous devons trouver un endroit où on récoltera sa moelle sans lui demander son identité.

— Impossible.

— Rendez-le possible.

— Aucun médecin n'acceptera...

— Nous ne pouvons pas nous amuser à ça, Karen. J'ai un donneur. Personne ne doit savoir qui c'est. Faites que ça marche.

Il l'entendait respirer.

— Il faudra de nouveau tester sa compatibilité, dit-elle.

— Pas de problème.

— Et lui faire un examen général.

— OK.

— Alors, d'accord. On fonce.

Quand Emily apprit la nouvelle, elle lança à Myron un regard bizarre et attendit. Il ne donna aucune explication. Elle ne lui posa aucune question.

Il se rendit à l'hôpital la veille du jour prévu pour la greffe. Il entrouvrit la porte, passa la tête et vit le garçon dormir. Jeremy était chauve à cause de la chimio. Sa peau avait un teint spectral, comme quelque chose qui meurt de manque de soleil. Myron regarda son fils dormir. Puis il rentra chez lui. Et ne revint plus à l'hôpital.

Il retourna travailler à MB Sports et vécut sa vie. Il alla voir son père et sa mère. Il sortit avec Win et Esperanza. Il trouva quelques nouveaux clients et commença à rebâtir sa boîte. Big Cyndi abandonna les rings de catch pour revenir à la réception. Le monde de Myron était encore un peu bancal, mais il avait retrouvé son axe.

Quatre-vingt-quatre jours plus tard – il les avait comptés –, il reçut un appel de Karen Singh. Elle lui demanda de passer la voir à l'hôpital.

Quand il arriva, elle ne perdit pas une seconde.

— Ça a marché. Jeremy est rentré chez lui aujourd'hui.

Myron se mit à pleurer. Karen Singh contourna son bureau. Elle s'assit sur un bras du fauteuil et lui frotta le dos.

Myron frappa à la porte à moitié ouverte.

— Entrez.

Il obéit. Greg Downing était assis dans un fauteuil. Il s'était laissé pousser la barbe durant son long séjour à l'hôpital.

Il sourit à Myron.

— Content de te voir.

— Pareil pour moi. Jolie, la barbe.

— Ça me donne un petit air bûcheron à la Paul Bunyan, tu trouves pas ?

— Je dirais plutôt Père Noël juste après sa barmitzvah.

Greg éclata de rire.

— Je rentre vendredi.

— Génial.

Silence.

— Je t'ai pas beaucoup vu, dit Greg.

— Je voulais pas te déranger. Et laisser le temps à cette barbe de pousser.

Greg essaya de rigoler encore une fois mais on aurait plutôt dit qu'il suffoquait.

— Ma carrière est finie, tu sais.

— Tu t'en remettras.

— C'est si facile que ça ?

Myron sourit.

— Qui a dit facile ?

— Ouais.

— Mais il y a des choses plus importantes dans la vie que le basket, dit Myron. Même s'il m'arrive parfois de l'oublier.

Greg hocha de nouveau la tête. Puis il baissa les yeux.

— On m'a dit que tu as trouvé le donneur. Je ne sais pas comment tu as fait...

— Ce n'est pas important.

Il releva les yeux.

— Merci.

Ne sachant que répondre, Myron préféra se taire. Et c'est alors que Greg le choqua.

— Tu sais, hein ?

Les muscles de la gorge de Myron se tétanisèrent. Il entendit un bruit de mer houleuse dans sa tête.

— Tu as fait un test ? demanda Greg.

Myron réussit à acquiescer. Greg ferma les yeux. Myron déglutit et demanda :

— Depuis quand...

— Je ne sais pas exactement, dit Greg. Depuis le début, je crois.

Il *sait*. Les mots s'écrasèrent sur Myron comme deux grosses gouttes de pluie. *Il a toujours su...*

— Pendant un moment, je me suis persuadé que ce n'était pas vrai, reprit Greg. C'est stupéfiant ce dont on arrive à se convaincre parfois... ce que peut faire l'esprit. Mais à six ans, Jeremy a eu une appendicite. J'ai vu son groupe sanguin sur la feuille de maladie. Ça a confirmé ce que je savais depuis toujours.

Myron restait muet. Les gouttes continuaient à tomber, sauf que, maintenant, elles pénétraient, ruisselaient en lui, balayant les mois de blocage comme autant de jouets d'enfants. L'esprit peut vraiment faire des choses stupéfiantes. À regarder Greg, c'était comme s'il le voyait pour la première fois et ça changeait tout. Il pensa encore une fois aux pères. Il pensa aux vrais sacrifices. Il pensa aux héros.

— Jeremy est un bon garçon, dit Greg.

— Je sais, dit Myron.

— Tu te souviens de mon père ? Le type qui hurlait depuis le bord de la touche comme un fou furieux ?

— Oui.

— J'ai fini par lui ressembler trait pour trait. L'image crachée de mon vieux. Tel père, tel fils. La chair et le sang. L'enfoiré le plus cruel que j'aie jamais connu, dit Greg avant d'ajouter : le sang n'a jamais voulu dire grand-chose pour moi.

Un étrange écho emplit la chambre. Les bruits de fond disparurent et il ne resta plus qu'eux deux, se dévisageant de part et d'autre d'un abîme bizarre.

Greg retourna vers son lit.

— Je suis fatigué, Myron.

— Tu ne crois pas qu'on devrait en parler ?

— Ouais, dit Greg.

Il s'allongea et ferma les yeux un peu trop fort.

— Plus tard, peut-être. Mais pour le moment je suis vraiment fatigué.

À la fin de la journée, Esperanza pénétra dans le bureau de Myron, s'assit et dit :

— Je ne sais pas grand-chose des valeurs familiales ni de ce qui peut rendre une famille heureuse. Je ne connais pas le meilleur moyen d'élever un gosse ni de ce qu'il faut faire pour qu'il soit heureux et bien adapté, si tant est que « bien adapté » signifie quoi que ce soit. Je ne sais pas s'il vaut mieux être enfant unique ou avoir des tas de frères et sœurs, s'il vaut mieux être élevé par deux parents, par un seul, par un couple de lesbiennes ou par un albinos obèse. Mais je sais une chose.

Myron la regarda et attendit.

— Aucun gosse ne souffrira de vous avoir dans sa vie. Esperanza se leva et rentra chez elle.

Stan Gibbs jouait dans le jardin avec ses garçons quand la voiture de Myron et de Win s'engagea dans l'allée. Sa femme – Myron pensait que ce devait être sa femme – était assise sur une chaise longue et les contemplait. Un petit garçon chevauchait Stan comme un poney. L'autre gloussait, affalé dans l'herbe.

Win fronça les sourcils.

— Très Norman Rockwell.

Ils sortirent du véhicule. Stan le poney leva les yeux. Le sourire demeura quand il les aperçut mais on sentait qu'il perdait prise aux coins des lèvres. Stan souleva son fils de son dos et lui dit quelque chose que Myron n'entendit pas. Le garçon fit : « Aaaah, P'pa. » Stan se remit sur pied et ébouriffa la chevelure du gamin. Win fronça de nouveau les sourcils. Tandis que Stan les rejoignait en trottinant, son sourire s'éteignait comme la fin d'une chanson.

— Qu'est-ce que vous faites là ?

— Le retour au bercail, c'est ça ? fit Win.

— On tente un nouvel essai.

— Dites aux gosses de retourner dans la maison, Stan.

— Quoi ?

Une autre voiture s'engagea dans l'allée. Rick le Crayon était au volant. Kimberly Green à la place du mort. Le visage de Stan perdit ses couleurs. Il jeta un regard à Myron.

— On avait passé un marché, dit-il.

— Vous vous souvenez des deux choix que vous aviez quand le livre a été découvert ?

— Je ne suis pas d'humeur...

— J'ai dit que vous pouviez fuir ou que vous pouviez dire la vérité. Vous vous rappelez ?

Le masque de Stan glissa et, pour la première fois, Myron vit la rage.

— Il y avait un troisième choix. Une option que vous m'avez vous-même fait remarquer lors de notre première rencontre. Vous auriez pu dire que le Semeur de Graines était un copieur. Qu'il avait lu le livre. Ça aurait pu vous aider à vous en sortir. Ça aurait pu relâcher la pression.

— Je ne pouvais pas faire ça.

— Parce que ça aurait conduit à votre père ?

— Oui.

— Mais vous ne saviez pas que c'était votre père qui avait écrit le livre, n'est-ce pas, Stan ? Vous avez dit que vous ne connaissiez pas ce livre. Vous me l'avez dit lors de cette première rencontre. Et je vous ai entendu le répéter à la télé. Vous prétendiez que vous ne saviez même pas que votre père l'avait écrit.

— C'est la vérité, dit Stan dont le masque se remettait en place. Mais... je ne sais pas... peut-être qu'inconsciemment je soupçonnais quelque chose.

— Vous êtes bon, dit Myron.

— Très bon, ajouta Win.

— Le problème, reprit Myron, c'est qu'il fallait que vous ne l'ayez pas lu. Parce que, si ça avait été le cas, Stan, eh bien, vous auriez été un plagiaire. Tout ce travail, toutes ces manœuvres incroyables pour retrouver votre réputation... tout cela n'aurait servi à rien. Vous auriez été ruiné.

— Nous en avons déjà discuté.

— Non, Stan, nous n'en avons pas discuté. Du moins, pas de cette partie-là.

Myron sortit le sachet à pièces à conviction contenant la feuille de papier.

Stan serra les mâchoires.

— Vous savez ce que c'est, Stan ?

Il ne dit rien.

— J'ai trouvé ça dans l'appartement de Melina Garston. Dessus, il est écrit « Avec amour, Ton Père ».

Stan déglutit.

— Et alors ?

— Dès le début, ça m'a gêné. D'abord, ce mot : « Père ».

— Je ne comprends pas...

— Bien sûr que vous ne comprenez pas, Stan. La belle-sœur de Melina appelait George Garston « Papa ». Et lui aussi, quand je lui ai parlé, s'appelait lui-même « Papa ». Alors, pourquoi aurait-il signé « Père » un mot adressé à sa fille ?

— Ça ne veut rien dire.

— Peut-être et peut-être pas. La deuxième chose qui me gênait : qui écrit un mot pareil – sur la partie interne et supérieure d'une carte pliée ? Les gens utilisent en général la partie inférieure, non ? Parce que, vous comprenez, Stan, ce n'est pas une carte. C'est une feuille de papier épais pliée en deux. Une page de garde. C'était ça, la réponse. Vous voyez ces marques sur le côté gauche ? Vous les voyez, Stan ? Comme si on l'avait déchirée.

Win tendit à Myron le livre qui avait été envoyé à Kimberly Green. Myron l'ouvrit et y glissa le bout de feuille.

— Disons, d'un livre, par exemple.

La feuille correspondait parfaitement.

— C'est votre père qui a écrit ce mot, dit Myron. Il l'a écrit pour vous. Il y a des années. Vous connaissiez le livre.

— Vous ne pouvez pas le prouver.

— Allons, Stan. Un expert en graphologie n'aura aucun mal à le prouver. Ce ne sont pas les Lex qui ont trouvé ce livre. C'est Melina Garston. Vous lui aviez demandé de mentir pour vous devant le juge. Elle l'a fait. Mais elle a commencé à avoir des soupçons. Alors, elle a fouillé chez vous et elle a trouvé ce livre. C'est elle qui l'a envoyé à Kimberly Green.

— Vous n'avez aucune preuve...

— Elle l'a envoyé anonymement parce qu'elle tenait encore à vous. Elle a même enlevé la dédicace pour que personne, et surtout pas vous, ne sache d'où venait ce bouquin. Vous ne manquiez pas d'ennemis. Susan Lex. Les fédéraux. Elle comptait probablement là-dessus. Elle espérait que vous penseriez que c'était l'un d'entre eux. Mais vous avez immédiatement deviné que c'était elle. Elle n'avait pas prévu ça. Ni votre réaction.

Les mains de Stan se transformèrent en poings. Qui commencèrent à trembler.

— Les familles des victimes ne vous auraient jamais parlé, Stan. Et vous aviez besoin qu'elles le fassent pour pimenter vos articles. Vous avez fini par davantage vous inspirer du livre que de la réalité. Les feds ont cru que c'était pour les induire en erreur. Mais ce n'était pas le cas. Peut-être votre père vous a-t-il juste dit qu'il était le tueur, sans vous donner plus de détails. Peut-être que la véritable histoire n'était pas si intéressante, alors il a fallu que vous l'embellissiez. Peut-être que vous n'écriviez pas si bien que cela et que vous avez eu l'impression qu'il fallait injecter ces citations des familles. Je ne sais pas. Mais vous avez plagié le livre. Et la seule qui pouvait vous relier à ce livre, c'était Melina Garston. Donc, vous l'avez tuée.

— Vous ne pourrez jamais le prouver.

— Les feds vont creuser partout maintenant, Stan. Les Lex vont les aider. Win et moi allons les aider. Nous trouverons quelque chose. À défaut, le jury – et le monde – apprendront ce que vous avez fait. Ils vous haïront assez pour vous condamner.

— Fils de pute.

Le poing de Stan partit vers le visage de Myron. D'un mouvement presque négligent, Win lança sa jambe. Stan s'écroula sur place. Win le montra du doigt et éclata de rire. Sous le regard de ses fils.

Kimberly Green et Rick Peck sortirent de la voiture. Myron leur fit signe d'attendre, mais Kimberly

Green secoua la tête. Ils menottèrent Stan sans ménagement et l'emmenèrent. Toujours sous le regard de ses fils. Myron pensait à Melina Garston et à la promesse qu'il s'était faite. Puis, Win et lui remontèrent dans leur voiture.

— Tu as toujours eu l'intention de le faire arrêter, dit Win.

— Oui. Mais d'abord je voulais m'assurer qu'il donne sa moelle.

— Et dès que tu as su que Jeremy était sorti d'affaire…

— J'ai parlé à Green, oui.

Win embraya.

— Les preuves restent marginales. Un bon avocat trouvera des failles.

— Pas mon problème, dit Myron.

— Tu serais prêt à le laisser s'en sortir ?

— Oui. Mais le père de Melina a de l'influence. Et lui ne le laissera pas s'en sortir.

— Je croyais que tu lui avais conseillé de ne pas se faire justice lui-même.

Myron haussa les épaules.

— On ne m'écoute jamais.

— Voilà qui est bien vrai, dit Win.

Il accéléra.

— Je me demande, dit alors Myron.

— Quoi ?

— Qui était le tueur en série dans cette histoire ? Son père a-t-il vraiment fait tout ça ? Ou bien était-ce Stan ?

— Je doute que nous le sachions jamais, dit Win.

— Probablement pas.

— Que cela ne te trouble pas, dit Win. Comme tu viens de le dire, ils l'auront pour Melina Garston.

— Oui, j'imagine, dit Myron.

— Donc, cette affaire est enfin terminée, mon ami ? fit Win.

La jambe de Myron se mit de nouveau à trembler. Il la força à se calmer et dit :

— Jeremy.

— Ah, fit Win. Vas-tu le lui dire ?

Sans un mot, Myron se tourna vers la vitre.

— Le credo de Win sur l'égoïsme m'inciterait à le faire, fit-il finalement.

— Et le credo de Myron ?

— Je ne suis pas sûr qu'il soit si différent.

Jeremy jouait au basket au Y. Myron grimpa dans les gradins branlants, ces échafaudages de planches et de tubes qui tremblent à chaque pas. Jeremy était encore pâle. Il était plus maigre que lors de leur dernière rencontre mais il avait fait une poussée de croissance ces derniers mois. Myron crut se souvenir de la vitesse à laquelle les changements s'effectuent pour les jeunes et un gros machin se mit à cogner tout au fond de sa poitrine.

Pendant un moment, il se contenta juste d'observer les gestes, essayant de juger le jeu de son fils de manière objective. Jeremy possédait les outils, ça se voyait immédiatement, mais ils étaient rouillés. Ce qui ne devrait pas constituer un problème. Les jeunes, toujours. La rouille ne prend pas sur les jeunes.

Tandis que Myron surveillait l'entraînement, ses yeux s'écarquillaient. Et ses entrailles se recroquevillaient. Il pensa encore une fois à ce qu'il était sur le point de faire et le machin qui cognait se déchaînait, menaçait de lui défoncer la poitrine.

Jeremy sourit quand il le repéra. Le sourire trancha le cœur de Myron en deux morceaux saignants. Il se sentait perdu, à la dérive. Il repensa à ce que Win avait dit, à propos des vrais pères, et il repensa à ce qu'avait dit Esperanza. Il pensa à Greg et à Emily. Il se demanda s'il n'aurait pas mieux fait d'en parler avec son propre père, s'il n'aurait pas dû lui dire qu'il ne s'agissait pas d'une hypothèse, que la bombe était vraiment tombée et qu'il avait besoin de son aide.

Jeremy continuait de jouer, mais Myron sentait qu'il était distrait par sa présence. Il n'arrêtait pas de lui lancer des regards sans en avoir l'air, des regards aveugles, comme autant de passes que Myron n'était pas sûr de capter. Le garçon forçait un peu trop son jeu maintenant, il en faisait un peu trop. Myron connaissait. Le désir d'impressionner. C'était ce qui le motivait à l'époque, plus que la volonté de gagner. Futile, sans doute, mais ça marchait.

Le coach fit faire encore quelques exercices à ses joueurs avant de les aligner sur la ligne de fond. Ils finirent par ce qu'on appelait, avec justesse, les « suicides » ; ce qui consistait à effectuer des sprints effrénés tout en se baissant pour toucher des lignes sur le sol. Si Myron éprouvait de la nostalgie pour des tas de trucs ayant un rapport avec le basket, il n'en avait aucune pour les suicides.

Dix minutes plus tard, alors que la plupart des gosses essayaient encore de retrouver leur souffle, le coach rassembla ses troupes, leur expliqua le programme de la semaine et les renvoya en tapant bruyamment dans ses mains. Certains se dirigèrent vers la sortie, un sac pendu à l'épaule, d'autres gagnèrent les vestiaires. Jeremy vint rejoindre Myron.

— Salut.

— Salut.

La sueur lui trempait les cheveux et le visage.

— Je vais prendre une douche, dit-il. Vous m'attendez ?

— Oui.

— Cool, j'arrive.

Le gymnase se vida. Myron se leva et ramassa un ballon oublié. Ses doigts trouvèrent immédiatement les rainures. Il fit quelques shoots, écoutant le filet chuinter à chaque panier. Souriant, il se rassit, la balle toujours en main. Un employé arriva pour nettoyer le parquet. Ses clés tintaient à sa ceinture. Quelqu'un éteignit les lumières. Jeremy revint peu après. Les cheveux mouillés. Lui aussi avait un sac à dos.

Comme aurait dit Win : « En scène. »

Myron serra un peu plus le ballon entre ses paumes.

— Assieds-toi, Jeremy. Il faut qu'on parle.

Le visage du garçon était serein et presque trop beau. Il fit glisser son sac à dos avant de s'asseoir. Myron avait répété sa tirade. Il l'avait fignolée dans les moindres recoins, avait pesé et soupesé tous les pour et surtout les contre. Il s'était décidé, avait changé d'avis, s'était re-décidé. Il s'était, comme Win l'avait fait remarquer, proprement torturé.

Mais, au bout du compte, il savait qu'il existait une vérité universelle : les mensonges prolifèrent. Vous essayez de les détruire. Vous les enfermez dans une boîte que vous enterrez. Mais ils finissent toujours par sortir de leurs cercueils. Ils se frayent un chemin hors de leurs tombes. Ils peuvent dormir pendant des années. Mais ils se réveillent toujours. Et quand ça arrive, ils se sont reposés, ils sont plus forts, plus insidieux.

Les mensonges tuent.

— Ce que je vais te dire va être difficile à comprendre...

Il s'arrêta. Tout à coup, son discours préparé lui faisait l'effet d'un machin en conserve, rempli de « c'est la faute à personne » et de « les adultes aussi commettent des erreurs » et « ça ne veut pas dire que tes parents t'aiment moins pour autant ». C'était paternaliste, stupide et...

— Monsieur Bolitar ?

Myron leva les yeux vers le garçon.

— P'pa et M'man m'ont tout dit, dit Jeremy. Il y a deux jours.

Ça cogna très fort dans la poitrine de Myron.

— Hein ?

— Je sais que vous êtes mon père biologique.

Myron était surpris tout en ne l'étant pas. Certains pourraient dire qu'Emily et Greg avaient lancé une attaque préventive, un peu comme un avocat qui révèle une mocheté sur son client parce qu'il sait que la partie adverse ne va pas s'en priver. Amortir le choc. Mais peut-être qu'Emily et Greg avaient appris la même leçon que lui sur les mensonges et leur prolifération. Et peut-être aussi, qu'une fois encore, ils essayaient de faire ce qu'il y avait de mieux pour le garçon.

— Et ça te fait quel effet ? demanda Myron.

— C'est assez bizarre, dit Jeremy. Je veux dire, ils avaient l'air de croire que j'allais m'effondrer ou je sais pas quoi. Mais je ne vois pas pourquoi on devrait s'en faire une montagne.

— Tu n'en fais pas une montagne ?

— Bon, oui, d'accord, je vois de quoi il est question mais…

Il s'interrompit, haussa les épaules.

— … c'est pas comme si le monde s'était arrêté de tourner. Vous voyez ce que je veux dire ?

Myron croyait voir.

— C'est peut-être parce que ton monde à toi a bien failli arrêter de tourner.

— Vous parlez de la maladie et du reste ?

— Oui.

— Ouais, peut-être…, dit Jeremy, pensif. Ça doit vous faire bizarre à vous aussi.

— Ouais, dit Myron.

— J'y ai un peu réfléchi. Vous voulez savoir ce que j'en pense ?

Myron déglutit. Il regarda dans les yeux du garçon – il y trouva de la sérénité, oui, mais aucune béatitude.

— Beaucoup, dit-il.

435

— Vous n'êtes pas mon père, dit-il simplement. Je veux dire, vous auriez pu être mon père. Mais vous ne l'êtes pas. Vous comprenez ce que je veux dire ?

Myron parvint à hocher la tête.

— Mais...

Jeremy s'interrompit encore, haussa ses épaules de treize ans.

— ... peut-être que vous pourriez être là.

— Là ? répéta Myron.

Jeremy sourit de nouveau et, *pan*, la poitrine de Myron prit un nouveau coup.

— Ouais. Là. Vous voyez.

— Ouais, dit Myron. Là. Je vois.

— Je pense que ça me plairait.

— Moi aussi, dit Myron.

Jeremy hocha la tête.

— Cool.

— Ouais.

L'horloge du gymnase grogna et avança. Jeremy la regarda.

— M'man doit m'attendre dehors. En général, on passe au supermarché avant de rentrer. Vous voulez venir ?

— Pas aujourd'hui, merci.

— Cool.

Jeremy se leva, étudiant le visage de Myron.

— Ça va, vous ?

— Ça va.

Jeremy sourit.

— Vous inquiétez pas. Ça va marcher.

Myron essaya de lui rendre son sourire.

— Comment tu fais pour être aussi intelligent ?

— Des bons parents, ça aide, dit-il. Des bons gènes aussi.

Myron éclata de rire.

— Tu devrais envisager une carrière politique.

— Ouais, dit Jeremy. À bientôt, Myron.

— À bientôt, Jeremy.

Il suivit le garçon des yeux. Cette démarche si familière, encore une fois. Il y eut le bruit de la porte qui se referme, les échos et puis Myron se retrouva seul. Il se tourna vers le panier et le fixa jusqu'à ce qu'il devienne flou. Il vit les premiers pas du garçon, entendit son premier mot, sentit la douce odeur du pyjama de gosse. Il sentit le claquement de la balle dans le gant, il se pencha pour l'aider à faire ses devoirs, resta debout toute la nuit à cause d'un vilain virus, tout comme son propre père l'avait fait, un tourbillon d'images ironiques, douloureuses, aussi irrécupérables que le passé. Il se vit lui-même posté sur le seuil de la chambre du garçon plongée dans l'obscurité, sentinelle silencieuse de son adolescence, et il sentit ce qui restait de son cœur cramer dans les flammes.

Les images se dissipèrent. Il cligna des paupières. Son cœur se remit à battre. Il fixa de nouveau le panier et attendit. Cette fois, il ne devint pas flou et rien ne se passa.

REMERCIEMENTS

L'auteur voudrait remercier Sujit Sheth, du département de Pédiatrie, au *Babies and Children's Hospital* de New York, Anne Armstrong-Coben, du département de Pédiatrie au *Babies and Children's Hospital* (et ma guenon d'amour), Joachim Schulz, directeur exécutif au *Fanconi Anemia Research Fund*, qui m'ont tous offert de précieux conseils médicaux pour me voir ensuite prendre des libertés ; deux compagnes scribes et amies, Linda Fairstein et Laura Lippman ; Larry Gerson, l'inspirateur ; Nils Lofgren, pour m'avoir bercé au-dessus de la dernière haie ; Maggie Griffin, lectrice des premiers jours et vieille copine ; Lisa Erbach Vance et Aaron Priest pour un nouveau boulot bien fait ; Jeffrey Bedford, agent spécial du FBI (et pas un mauvais conseiller d'éducation) ; comme toujours, Dave Bolt ; et surtout, Jacob Hoye, mon éditeur pour tous les Myron Bolitar... et désormais père. Cette dédicace est pour toi, Jake. Merci, mon pote.

Pour ceux qui voudraient devenir donneurs de moelle osseuse, et peut-être ainsi sauver une vie, je les presse de contacter le *National Marrow Donor*

Program à www.marrow.org. Pour plus d'informations sur l'anémie de Fanconi : www.fanconi.org.

Ce livre est une œuvre de fiction. Ça veut dire que j'invente des trucs.

Pour un complément d'information sur le don de moelle osseuse et l'inscription sur le Registre des donneurs volontaires, consulter le site de l'Agence de la biomédecine à l'adresse suivante : www.dondemoelle.fr

Achevé d'imprimer en novembre 2010 par NIIAG pour le compte de France Loisirs, Paris.
Numéro d'éditeur : 61750 - Dépôt légal : septembre 2010 - Imprimé en Italie